Das Land
zwischen den Gedankenstrichen

Andreas
Schindl

Das Land zwischen den Gedanken- strichen

Neues Nachdenkbuch
für Österreicher

Mit einem Vorwort von
Erhard Busek

styria premium

JÖRG MAUTHE LEBT ...

Aus dem Erleben rund um die Zeit des Zweiten Weltkriegs ist Jörg Mauthe einer gewesen, der zur Identität Österreichs wesentlich beigetragen hat. So würde man heute sagen, wenngleich der Begriff der Identität schwer zu präzisieren ist. Mein Freund Jörg hat das auf seine Weise getan, in jener kritisch heiteren Form, die natürlich klar angedeutet hat, dass man die Dinge durchschauen muss, indem man zum Kern kommt und Richtiges und Falsches unterscheiden kann. Andreas Schindl setzt dieses Bemühen fort. In imponierender und pointierter Weise werden Ereignisse der jetzigen Jahre in Verbindung mit relevanten Ereignissen der europäischen Geschichte gebracht. Das tut Österreich gut, denn die längste Zeit hatten wir die Eigenart, die Geschichte vor dem Ersten Weltkrieg, also den gesamten Hintergrund der Habsburger Monarchie und der Reichs-, Haupt- und Residenzstadt Wien, zu vergessen, wobei ein Teil der verantwortlichen Politiker behauptet hat, dass die Geschichte Österreichs eigentlich erst nach dem Ersten Weltkrieg begonnen hätte. Wir leben aber in einer Zeit, die auf durchgängige Betrachtungsweisen aufbaut, selbst wenn man mit ihnen im Konflikt lebt. Einiges ist in die Richtung besser geworden, wobei es mein geliebtes Land zum Glück verstanden hat, nicht Staatsmythologien und nationale Erzählungen zu entwickeln, wie das für andere Europäer durchaus der Fall ist. Es ist vielmehr der vernünftige Umgang mit dem, was war – im Guten und im Bösen. Mag sein, dass es auch eine mitteleuropäische Eigenschaft ist, die damit sichtbar wird, weil man sich auch der Gefahr bewusst ist, was daraus werden kann, wenn man manches zu ernst nimmt …

Im Übrigen sind Schindls Gedanken auch eine Anregung zur Meditation – und zwar zu einer, die in die Zukunft führt. Wenn heute danach gefragt wird, wofür Europa in der globalisierten Welt steht, so ist es unsere Aufgabe, zu überprüfen, was wir in Österreich dazu beitragen können. Für uns selber, für unser Land und eben auch für dieses Europa, ohne dessen Hintergrund Österreich überhaupt nicht denkbar ist. Das ist weder ein Anlass zur Arroganz, noch zur Verzweiflung, sondern schlicht und einfach eine hervorragende Chance. Das vorliegende Buch hat das Potenzial, die identitätsstiftenden Intentionen Mauthes fortzusetzen, wofür dem Autor mein herzlicher Dank gilt.

Dr. Erhard Busek
Vizekanzler a. D.
Präsident des Institutes für den Donauraum und Mitteleuropa

EINFÜHRUNG

Mancher Leser wird aus dem Titel des vorliegenden Buches zu Recht schließen, dass es sich um eine Fortsetzung von Jörg Mauthes „Nachdenkbuch für Österreicher" handelt. Sein sich 2014 zum 90. Mal jährender Geburtstag scheint mir ein würdiger Anlass dafür. Die Legitimation für dieses Unterfangen leite ich vor allem von zwei Tatsachen ab: Der Bewunderung für den unbeugsam kritischen und doch stets liebevollen Blick Mauthes auf dieses Land und seine Menschen sowie der eigenen Sorge um eben dieses und diese.

Den entscheidenden Anstoß für dieses Projekt verdanke ich einem Geschenk. Es war das Opus magnum „Das große Spektakel" der zu wenig beachteten österreichischen Schriftstellerin Inge Merkel, das alles ins Rollen brachte. Dort beschreibt sie nämlich dieselbe geheimnisvolle Türe im Unterrichtsministerium, die auch in Mauthes „Nachdenkbuch für Österreicher" eine Rolle spielt; ein Umstand, der für mich die Mauthe'sche These bestätigte, wonach in unserem phantastischen Land alles mit allem zusammenhänge und es über Jahrzehnte und Jahrhunderte hinweg eine Reihe von Konstanten gäbe. Da Türen in meinem Leben immer wieder eine gewisse Bedeutung hatten, stellte eben diese den Eingang in die Welt dessen, was Österreich (auch) ist und (wieder) sein sollte, dar und erzeugte den Impuls, dieses Buch zu verfassen.

Als persönliche Koketterie sei die Bemerkung erlaubt, dass es darüber hinaus einige weitere Anknüpfungspunkte zur Person Mauthe und seinem Werk gibt.

Den Roman „Die große Hitze", von dem sich ein meinem Vater gewidmetes Exemplar der Erstausgabe in der elterlichen Bibliothek befand und das mich seit Jahrzehnten begleitet, hatte Mauthe unter anderem seiner Trauzeugin, der Salzburger Malerin Agnes Muthspiel, zugedacht. Von ihr schreibt er, dass sie den Brautstrauß am frühen Morgen der Hochzeit im Mirabellgarten gestohlen hätte. Nun war mein Trauzeuge zwar keine Salzburger Malerin, sondern mein Bruder, aber auch ich habe im Schloss Mirabell geheiratet. Den Brautstrauß habe ich, weil ich in der Aufregung der Hochzeitsvorbereitungen vergessen hatte, ihn rechtzeitig zu besorgen, ebenfalls erst zeitig in der Früh am Hochzeitstag in einer Blumenhandlung am Äußeren Stein gekauft.

Meine Kinderfrau, der ich viele Erkenntnisse und Einblicke in wichtige Belange meines damals jungen Lebens verdanke, hatte einige Jahre zuvor auch im Hause Mauthe sicherlich ebenso tüchtig gewirkt. Einer ihrer dortigen Schützlinge hieß auch Andreas und ist wie ich Mediziner. Nicht ganz so zufällig fand meine erste Begegnung mit ihm statt. Im Anschluss an einen Vortrag sprach ich ihn an und erzählte ihm von dem Umstand, dass wir dieselbe Erzieherin hatten. Seither gibt es einen losen, aber fruchtbaren Kontakt. Als ich ihm von meinem Vorhaben, eine Fortsetzung des Nachdenkbuches zu schreiben, berichtete, gab er mir nach dem Hinweis, dass dieses Buch wohl das genuinste Mauthe-Werk und daher eine Fortsetzung sehr schwierig wäre, doch sein Plazet.

Es mag für einen weiteren Zufall gehalten werden, dass ich bei der Beisetzung meiner Kinderfrau an ihrem offenen Grab einem meiner Lehrer an der Universitätsklinik und dessen Sohn – auch er, wie ich später feststellte, einer ihrer ehemaligen Zöglinge – gegenüberstand. Wenn man allerdings erfährt, dass die Frau, die meine Brüder und ich Tante Theresa nannten, aus dem Waldviertel stammte, aus einer Gegend Österreichs also, in der nebelumfangen Mystisches hinter jedem „Findling", der geologisch korrekt übrigens ein „Restling" ist, möglich ist, sieht die Sache schon wieder anders aus.

Denn „in unserem sonderbaren Lande Österreich sieht ja vieles wie Zufall aus, was sich bei genauerer Erwägung doch nur als Folge einer großen Dichtigkeit auf verhältnismäßig kleinem Raum erweist, einer eminenten Dichte von Zusammenhängen personaler und historischer, administrativer und pur menschlicher Natur, in der alles von allem durchdrungen ist und jedes mit jedem zeitlich wie räumlich derart verbunden ist, dass weitere Konnexe und Konjugationen unaufhörlich von selbst sich herstellen. Was immer man hierzulande angreift, es kann zum Schlüssel werden für alles andere", schrieb Mauthe in seinem Roman „Die Vielgeliebte" und bringt damit auf den Punkt, was dieses Buch verdeutlichen soll.

Ein weiteres persönliches Erlebnis möge zur Untermauerung dieser These dienen: An mehreren Stellen war es geboten, in durchaus verschiedenen Zusammenhängen auf den Fürsten Charles Josef de Ligne hinzuweisen. Das Stadtpalais des bekannten Diplomaten aus der Zeit des Biedermeier, das aus Gründen, die noch erläutert werden sollen, rosarot gestrichen gewesen sein soll, stand auf der Mölkerbastei und damit nur einen Steinwurf von der Ordination des Autors entfernt. Wenige Schritte neben dem Grab des „rosaroten Fürsten" auf dem Kahlenberg ist eine junge Frau begraben, die zu ihrer Zeit als die schönste Frau Wiens gegolten hatte. Einer ihrer glühendsten Verehrer war der Freiherr von Hammer-Purgstall, der seine Sommer gern in jenem Ferienheim für Zöglinge der Orientalischen Akademie verbrachte, in dem die jüngste Tochter des Autors den Kindergarten besucht hat. Hammer-Purgstalls letzte Ruhestätte am Weidlinger Friedhof befindet sich nur einige hundert Meter von jener rot gestrichenen Villa im byzantinischen Stil entfernt, in der der Autor mit seiner Familie einige Jahre lang eine Etage gemietet hatte.

Hans Weigel war es, der einmal schrieb, dass man Bücher erst schreiben solle, nachdem man sie geschrieben hat. Eine ähnliche Erkenntnis überkam mich etwa in der Mitte der Arbeit zu diesem Band. Da stellte ich nämlich fest, dass es fast nicht möglich ist, jene Gedankenquerverbindungen, denen ich hier auf der Spur bin, in jeweils einen Teilbereich oder ein Kapitel einzuordnen. Wen wundert es daher, dass sich zwischen Bodensee und Neusiedlersee die Grenzen zwischen der Quantenphysik und der Dienstpragmatik eines Legationsrats, zwischen dem Werdegang Hitlers und einem Couplet aus dem Biedermeier, den Eigenschaften von Knautschzonen und der Geografie Österreichs die Grenzen zu verwischen beginnen. Der aufmerksame Leser wird sich darum an der einen oder anderen Stelle wohl fragen, warum ein Beitrag oder ein Gedanke diesem oder jenem Kapitel zugeordnet wurde, wo er doch mindestens ebenso gut an einer anderen Stelle gepasst hätte. Und hat man sich als Leser bei solchen Überlegungen tatsächlich ertappt, so wird man selbst zugeben, dass eben genau das das Wesen unseres phantastischen kleinen Landes ausmacht: Ganz gleich an welchem Zipfel man versucht, die Tuchent, die über diesem Land ausgebreitet liegt und unter der so vieles gern zum Verschwinden gebracht wird, ein wenig zu lüften, gerät sofort das Ganze in Bewegung. Es ist eben hierorts alles mit allem so eng verwoben, verbandelt und oft genug verfilzt, dass es ganz gleich ist, wo man beginnt. Wichtig scheint vor allem nämlich, dass man beginnt!

WIE MACHEN DAS
DIE ÖSTERREICHER?

Franz Grillparzer, ein Prototyp des Österreichers, Beamter und Literat, kaisertreu und rebellisch, schrieb in „König Ottokars Glück und Ende" über seine Landsleute:

„Allein, was not tut und was Gott gefällt,
der klare Blick, der offne, richt'ge Sinn,
da tritt der Österreicher hin vor jeden,
denkt sich sein Teil und lässt die anderen reden!
O gutes Land! O Vaterland! Inmitten
Dem Kind Italien und dem Manne Deutschland,
liegst du, der wangenrote Jüngling, da:
Erhalte Gott dir deinen Jugendsinn
Und mache gut, was andere verdarben."

Und wie selbstverständlich, weil das Wesen des Österreichers eben so und nicht anders ist, lässt Grillparzer einige Jahre später in seinem Drama „Ein Bruderzwist in Habsburg" Matthias, den Bruder Kaiser Rudolfs II., die innere Spaltung des Österreichers mit folgenden Worten zum Ausdruck bringen:

„Auf halben Wegen und zu halber Tat
Mit halben Mitteln zauderhaft zu streben."

Wie also machen das die Österreicher, wie gelingt es ihnen, ihr mittlerweile kleines Land in einem, wie Hilde Spiel in „Wien –

Spektrum einer Stadt" schreibt, „Schwebe- und Zwischenzu-
stand" durch die Fahrnisse der Geschichte zu steuern, eilig zu-
sammengezimmerte Provisorien ad infinitum zu prolongieren,
gegen alles und für nichts zu sein und wider jede Vernunft zu
reüssieren?

Um die Spannung gleich vorweg zu zerstören: Wir Österreicher wissen auch nicht, wie wir es schaffen, der sprichwörtlichen
Katze gleich (ist es Schrödingers Katze, die gleichzeitig tot und
lebendig ist?), immer wieder auf die Pfoten zu fallen und uns mit
sieben Leben ausgestattet anmutig durch die europäische Historie zu bewegen.

Ursprünglich waren die Voraussetzungen gar nicht so schlecht:
Den Griechen, deren Bedeutung für Österreich eine weitaus
größere ist, als es die engstirnige Debatte um Hilfszahlungen
an Griechenland vermuten lässt, galt der unbekannte Raum, der
sich im Nordwesten des Olymp befand, zwar als das vermutete
Reich der Toten, als ein nebelumfangenes Mysterium von Geburt und Tod. Was sie allerdings nicht wissen konnten, war, dass
unbekannte Künstler an den Ufern eines Stromes, der später
Donau genannt werden sollte, schon 25.000 Jahre vor Christi
Geburt den ersten Gegenstand der Menschheit, der vermutlich
keinem anderen Zweck diente als der Erbauung, eine üppige
Frauengestalt nämlich, geschaffen hatten und dass in Hallstatt zu
einem Zeitpunkt bereits gewinnbringend Salz abgebaut wurde,
als die Gegend, in der später Rom entstehen sollte, noch unwirt-
liches Sumpfland war. Der damals noch überschaubare Bedarf
an Jagdtieren und Eisenerz konnte leicht gedeckt werden, andere Bodenschätze fehlten aber. Das weiße Gold allerdings sollte
dem Gebiet, das wohl zu Recht als der geografische Mittelpunkt
dessen, was später Österreich heißen sollte, bezeichnet werden
kann, Pracht und Fülle bis über das ebenso goldene Zeitalter des
Barock sichern. Eine weitere Konstante im Schicksal dieses Landes waren Menschenströme, die es von Ost nach West, von Nord
nach Süd und zurück durchquerten.

Aber immer, wenn gerade eine Phase der Entspannung und des Wohlseins eingetreten war, versäumte man notwendige Anpassungen an sich wandelnde Umstände, vertrieb man bewusst oder unbewusst jene, die das Land vorwärtsdenken und -bringen hätten können, sägte also unaufhörlich an dem Ast, auf dem man saß, und schoss sich, wie es scheint zum Spaß, ständig ins eigene Knie. Inge Merkel hat die vielfache Sonderstellung Österreichs und die damit verbundene zeitweise Überforderung seiner Bewohner treffend mit der Überschrift „Wiener Apokalypse – Eine Prophetie" anhand des Urteils Gottes am Tag des Jüngsten Gerichtes beschrieben: „Ich, der Herr, habe euch mit wachen Sinnen und Wendigkeit der Rede begabt [...] und euch an einen empfindlichen Weltpunkt gesetzt, an welchem sich vieles kreuzt. Wohl habt ihr erkannt die Zeichen und Verbindungen über Zeiten und Räume hin, die sich in eurer Stadt zum neuralgischen Knoten verflochten. Zum Gewissen Europas habe ich euch geschaffen. Ihr aber habt Auftrag und Herausforderung leichtfertig vertan ..."

Trotzdem! Selbst nach Völkerwanderungen, Pestilenzen, Glaubenskriegen, selbst angezettelten Weltenbränden und der Verfemung, Verfolgung und Vertreibung maßgeblicher Teile der Intellektuellen, die hier immer suspekt waren, selbst als nichts, aber auch gar nichts übrig geblieben schien, rappelten sich die Menschen dieses kleinen Restes dessen, was einst Einfluss von Mittelamerika bis an die Grenzen des russischen Reiches gehabt hatte, auf und errichteten mithilfe ihrer bloßen Hände und ihrer willensstarken Hirne Arbeit ein neues Österreich, das auch die Unbilden und Herausforderungen des jungen dritten Jahrtausends zur Verwunderung aller und nicht zuletzt der eigenen Leute besser meistert als viele Größere und Mächtigere. Dieses Land, das sich eigentlich nur selbst zerstören kann, was es bei jeder sich bietenden Gelegenheit auch nach Herzenslust versucht, das nicht zu beherzigen gedenkt, dass „ein Land, das nichts im Boden hat, etwas in der Birne haben sollte" (so der

Slogan auf einem Transparent bei einer Demonstration gegen Budgetkürzungen an den Universitäten), prosperiert trotz Wahlfälschungen, Verfassungsbrüchen, Politikerverurteilungen, Korruption und Kleingeistigkeit.

Ein Teil des bisherigen Erfolges dieses Landes kann im Geschichtsbewusstsein seiner Menschen gesehen werden. Damit sind nicht unbedingt fundierte, historische Kenntnisse gemeint, sondern eher ein Gespür für die Erfahrung der Vorväter und deren Bedeutung für die Kindeskinder. Vergessen wir nicht, dass eine Frau auf dem Thron des Hauses Habsburg ihren Machtanspruch einem Dokument verdankt, dessen offizielle Bezeichnung „Pragmatische Sanktion" lautet. Auch wenn oder besser, gerade weil sich die Bedeutung des Begriffes „Pragmatismus" seit der Ausstellung dieser Urkunde durch Kaiser Karl VI. im Jahr 1713 geändert hat, kann er als Programm dieses Landes gesehen werden: die Anwendung der geeigneten Mittel zur Erreichung dessen, was gerade eben noch möglich ist. Und das mit dem geringsten, denkbaren Aufwand. Man kann sagen, die österreichische Herangehensweise an die Herausforderungen des Daseins ist eine existenzielle und war das schon, bevor Sartre und Camus den Begriff überhaupt geprägt haben. Eine zweite Konstante des Österreichischen wurzelt in einem anderen, ebenfalls zunächst vor allem historisch konnotierten Terminus: der „Ausgleich". Durch denselben mit Ungarn wurde 1867 aus dem Kaisertum Österreich die Doppelmonarchie, treffend symbolisiert durch den in entgegengesetzte Richtungen blickenden Doppeladler. Dass dieser schon im babylonischen Reich und später von den byzantinischen Kaisern verwendet worden war, unterstreicht lediglich die Bedeutung des antiken Griechenland für unser Land. Jedenfalls ist gerade der Ausgleich zwischen zwei Polen, seien es politische Parteien oder seien es gesellschaftliche Ideologien, diese Vereinbarkeit der Gegensätze, der Sinn für das Thomistische Maß, das im besten Sinne biedermeierlich Maß- und Taktvolle, der für die erfolgreichen Epochen dieses Landes steht.

König Ludwig XIV. (seine Großeltern waren Habsburger, der Großvater aus Madrid, die Großmutter aus Graz) soll über Österreich gesagt haben: „Ich fürchte nicht meinen Bruder Leopold, den Kaiser, und noch weniger die Armeen. Das, was ich fürchte, sind seine Wunder." Er nimmt damit sowohl das Wunder der geistigen und kulturellen Fülle des Vormärz, über das Robert A. Kann gesagt hat, dass es „keine zufriedenstellende Erklärung für dieses Phänomen der Geistesgeschichte, von kulturellen Hochleistungen in einer Ära finsterer politischer Reaktion", gäbe, als auch das österreichische Wirtschaftswunder nach dem Zweiten Weltkrieg vorweg.

Selbst Metternich, immerhin gebürtiger Deutscher, erläuterte die Eigenart Österreichs 1849 in einem Brief an den Diplomaten Hübner: „Wir sind vor Gott und der Welt kein Reich, wie es jemals eines gegeben hat. Einen politischen Körper solcher Art nach einem allgemeinen Leisten behandeln zu wollen, geht nicht; zwischen Grundsätzen […] und deren Anwendung liegt eine Kluft, und hierauf gibt der große Haufe nicht acht."

Auch aktuelle Zahlen der Statistik Austria dokumentieren, dass das, was hierorts geschieht, eigentlich in dieser Form und Ausprägung anderswo unmöglich wäre.

Einerseits hat das real verfügbare Einkommen bei den einkommensschwächsten Österreichern um bis 35 % abgenommen. Daher sind Ende 2012 von 8.419.000 Österreichern 511.000 von tiefster Armut betroffen und 1.000.000 akut armutsgefährdet. Rund 600.000 Einwohner unseres Landes sind mit ihren Zahlungen im Rückstand, was unter anderem dazu führt, dass 310.000 Mitbürger es sich nicht leisten können, im Winter ihre Wohnungen zu heizen, und 580.000 nicht genug Geld für neue Kleider haben. Auch die sozialen Auswirkungen der um sich greifenden Armut sind gravierend: 1,8 Millionen Österreicher können aus Geldmangel keine Verwandten oder Freunde mehr zum Essen einladen und für mehr als zwei Millionen stellen unerwartete Reparaturen an Haushaltsgeräten unlösbare Probleme dar. Armut wird noch immer von Migranten, Alleinerziehern und schlecht Gebildeten an ihre Kinder vererbt.

Einerseits verwenden am Beginn des 21. Jahrhunderts noch immer sieben von neun Bundesländern das von Hofrat Johann Mathias Puechberg 1762 eingeführte Buchführungssystem der Kameralistik, das weder den Wert von Inventar ausweist, noch Vermögen und Schulden bilanziert und bewertet. Etwas, was nicht zuletzt dazu geführt hat, dass Spekulationsverluste der Bundesländer in Höhe von mehreren hundert Millionen Euro jahrelang unentdeckt bleiben konnten.

Einerseits gilt Österreich als letzter Hort der überbordenden kakanischen Bürokratie, die im Verein mit einer hohen Steuer- und Abgabenquote nach herrschender Wirtschaftslehre wachstumshemmend wirken müsste.

Einerseits verfügen die Österreicher im europäischen Vergleich über höchstens durchschnittlich viele Breitband- und Highspeed-Internetanschlüsse und 300.000 Österreicher gelten laut UNESCO-Schätzung als Analphabeten.

Einerseits bezieht mehr als die Hälfte der Österreicher (und ein Teil der Bundesregierung, wie unlängst ein ehemaliger Vizekanzler feststellte) ihre Informationen aus Gratiszeitungen und Boulevardmedien, in denen die Bundesregierung trotzdem oder gerade deshalb gern und häufig inseriert.

Einerseits musste die Republik in den vergangenen Jahren mehrere Milliarden Euro zur Rettung von „systemrelevanten" Banken aufwenden, was das Budgetdefizit 2012 auf 9,6 Milliarden Euro oder 2,3 % und die Verschuldung des Staates auf über 75 % des Bruttoinlandsproduktes anwachsen ließ.

Einerseits ist die Zahl der Alkoholsüchtigen in Österreich zuletzt auf 340.000 gestiegen, jene der Online-Süchtigen wird auf 60.000 bis 80.000 geschätzt. Ähnlich viele Österreicher gelten als glücksspielabhängig.

Einerseits gibt es in Österreich seit Jahrzehnten (oder gab es den schon immer?) einen Widerspruch zwischen den Buchstaben des Gesetzes und dem realen Leben, ja sogar zwischen der Bundesverfassung und der Realverfassung, die nach Einschätzung der Journalistin Anneliese Rohrer die Basis unserer „Na-geh"-Demokratie sei. Die Beispiele dafür reichen von Wahlfälschung durch einen Bürgermeister über die jahrelange Verschleppung der Aufstellung von zweisprachigen Ortstafeln in Kärnten bis hin zur verfassungswidrigen Verspätung des Budgetbeschlusses für das Jahr 2011 durch die Bundesregierung.

Andererseits haben in Österreich aber im Gegensatz zu vielen anderen europäischen Ländern praktisch alle Bevölkerungsschichten an Kaufkraft eingebüßt. Selbst das reichste Zehntel hat kumuliert um zehn Prozent weniger reales Einkommen, sodass die Vermögensverteilung gleichmäßiger als im Rest Europas ist. Österreichs Wirtschaft wächst seit einer Dekade stärker als jene des gesamten Euroraumes, das Bruttoinlandsprodukt ist das fünfthöchste in ganz Europa und der durchschnittliche Österreicher ist unter Berücksichtigung der Inflationsrate um 134 Prozent reicher als es seine Eltern im Jahr 1970 waren.

Andererseits beträgt die Arbeitslosenrate in Österreich 7,6 % und ist damit eine der niedrigsten in ganz Europa.

Andererseits funktioniert die Justiz. Der Oberste Gerichtshof hat 2010 ein Urteil jener Richterin infrage gestellt, die zu diesem Zeitpunkt Justizministerin war.

Andererseits verdankt unsere Republik die Konkurrenzfähigkeit ihrer exportorientierten mittelständischen Industrie bis heute ausgerechnet den Anstrengungen des sozialistischen Finanzministers Hannes Androsch, der im Verein mit der Sozialpartnerschaft und gegen den Willen des Bundeskanzlers und der Nationalbank in den 1970er-Jahren eine gelungene Hartwährungspolitik einschlug.

Andererseits hat Saudi-Arabien Wien als Sitz für das von König Abdullah finanzierte und nach ihm benannte Zentrum für interreligiösen Dialog auserkoren.

Andererseits gelten Österreichs Lehrlingsausbildungssystem und seine Sozialpartnerschaft für viele europäische Länder als Vorbild und daher ist Österreich für gut ausgebildete, junge Menschen aus Spanien und Griechenland Emigrationsziel Nummer eins: Allein in den beiden vergangenen Jahren sind knapp 1.500 Spanier nach Österreich ausgewandert.

Andererseits findet der Dirigent Gustav Kuhn einen Sponsor für ein neues Festspielhaus in dem kleinen Tiroler Bergdorf Erl, und Jochen Jung reüssiert mit dem von ihm vor wenigen Jahren gegründeten Verlag, in dem innerhalb von drei Jahren zwei mit dem Deutschen Buchpreis ausgezeichnete Romane verlegt worden sind.

Andererseits haben sich im Jahr 2012 201 ausländische Betriebe in Österreich niedergelassen und damit mehr als 2.000 neue Arbeitsplätze geschaffen. Die Beweggründe für Firmen, Zweigniederlassungen oder sogar Regionalzentralen in Österreich zu etablieren, sind seit Jahrzehnten dieselben. Unser Land wird als ideales Sprungbrett nach Zentral- und Osteuropa gesehen und ist wegen der Qualifikation und Motivation (!) seiner Arbeitnehmer und seiner Sicherheit in rechtlichen und sozialen Bereichen beliebt. Da die derzeitige Wirtschaftskrise viele Nachbarländer noch stärker getroffen hat als Österreich, ist sogar die Krise ein Vorteil für Österreich, so der Wirtschaftsminister in einer Pressekonferenz im Februar 2012.

Andererseits brachte das Jahr 2012 laut Statistik Austria einen weiteren Rekord im heimischen Tourismus. Die Zahl der Nächtigungen stieg auf 130,9 Millionen und die der Ankünfte auf 36,3 Millionen. Der größte Gästezuwachs war aus Russland zu verzeichnen.

Andererseits hat Wien im Herbst 2012 in einer Studie des amerikanischen Beratungsunternehmens Mercer seine Rolle als lebenswerteste Stadt der Welt erfolgreich verteidigt. In Wien Landstraße wird die größte Passivhaus-Siedlung als geförderter Wohnbau realisiert, und die Bundeshauptstadt gilt als die sauberste Millionenstadt Europas.

Wie also machen das die Österreicher? Die folgenden Seiten vermögen wohl keine Erklärung dafür zu bieten, sie können dem Leser aber einen Blick in die, man muss es sagen, gleichermaßen komplexen wie komplexbeladenen Abgründe der österreichischen Seele eröffnen und solcherart ein Gefühl dafür vermitteln, wie Österreich es bisher geschafft hat, sich erfolgreich „durchzuwurschteln" und was man andernorts daraus im besten Fall lernen kann.

ALLERLEI SKURRILES
UND GESPENSTISCHES

Jene Tür am Ende eines Ganges in einem entlegenen Flügel des Palais Starhemberg, das als Sitz des Unterrichtsministeriums dient, an der sich ein Schild mit der Aufschrift „Eintritt für jedermann strengstens verboten" befindet, ist dem aufmerksamen Leser von Mauthes „Nachdenkbuch für Österreicher" wahrscheinlich ein Begriff. Wie von ihm ebenda ausgeführt, ist das wirklich Gespenstische an dieser Tür die zusätzlich angebrachte Warnung „Achtung, Stufe!" Ist man schon einmal dabei, sich vorzustellen, welche Feen, Kobolde und Fabelwesen des Unterrichtsministeriums wohl durch diese Tür ein- und durchtreten oder eben auch nicht, so wird man als gelernter Österreicher über den Umstand, dass diese bewusste Tür in einem anderen Buch eine nicht unwichtige Rolle spielt, nur wenig in Verwunderung geraten. Inge Merkel hat in ihrem zu Recht als Universalroman bezeichneten Werk „Das große Spektakel" diese Tür zum Eingang des „Ressorts für irrationale Erscheinungen in der Weltpolitik" gemacht. Diese Behörde, die gewisse Ähnlichkeiten mit dem „Interministeriellen Komitee für Sonderfragen" in Mauthes Roman „Die große Hitze" erkennen lässt, soll diese Schilder während der Zeit der Herrschaft der Nationalsozialisten am Eingang zu ihren Räumlichkeiten angebracht haben, um dort Verfolgte und Bedrohte zu verstecken. Der Leiter des Ressorts ist in Merkels Roman Mitglied der „Sodalitas clandestina catholica atque judaica", einer fiktiven Geheimgesellschaft, die eine der Hauptpersonen erfindet, um in der von einer amerikanischen

Kleinstadt in Auftrag gegebenen „Geschichte des Abendlandes"
Bruchlinien in der europäischen Historie durch den korrigieren-
den Einfluss eben dieses Geheimbundes zu erklären.

Türen spielen, wie schon eingangs angedeutet, im Leben des
Autors eine nicht unbedeutende Rolle. Von der bislang letzten
bedeutsamen war im vorigen Absatz die Rede. Die erste Türe,
an die ich mich aktiv erinnere, trennte oder verband (Wie ist
das eigentlich mit Türen? Verbinden sie, wenn sie geöffnet sind,
und trennen sie in geschlossenem Zustand?) das Vorzimmer der
elterlichen Wohnung im fünften Wiener Gemeindebezirk mit
dem Kinderzimmer, das zu jener Zeit von meinem Zwillingsbru-
der und mir bewohnt wurde, und verfügte über eine Glasscheibe.
Wir dürften etwa vier oder fünf Jahre alt gewesen sein, als wir
eines Nachmittags Fangen spielten. Solcherart auf der Flucht,
warf ich die besagte Türe vor meinem Bruder zu, der seinerseits
zu schnell war, um rechtzeitig abbremsen zu können. Das Glas
brach und splitterte, und als ich mich umdrehte, hing er mit dem
Oberkörper zwischen langen, spitzen Glasscherben im Türrah-
men. Meine Mutter befreite ihn wenige Augenblicke, bevor er
das Gleichgewicht verloren hätte und sich die Splitter in seinen
Bauch gebohrt hätten. Wie durch ein Wunder hatte er nicht einmal einen Kratzer abbekommen. Ich allerdings bekam, völlig zu
Recht, von meiner Mutter die ersten Ohrfeigen meines jungen
Lebens.

Sie war es auch, die für die nächsten Türen, die Bedeutung
haben sollten, verantwortlich war. Als meine Eltern ein Haus
bauten, suchten sie lange nach passenden Türen für die Bibliothek und das Esszimmer. Eine Freundin erzählte meiner Mutter,
dass sie am Dachboden zwei alte Exemplare hätte, die von den
Maßen möglicherweise passen könnten. Ihr Ehemann hätte für
ein Frauenkloster Tischlerarbeiten durchgeführt und dafür von
den Schwestern als Teil seines Lohnes auch diese Türen erhalten. Mein Vater weigerte sich anfangs, so weit zu fahren, nur
um sich irgendwelche alten Türen anzuschauen, die er ohnehin

nicht in „seinem neuen Haus" haben wolle. Schließlich wurde er doch umgestimmt. Meine Mutter stellte beim ersten Blick sofort zweierlei fest. Erstens, die Maße passten perfekt, und zweitens, sie wollte die Türen auf jeden Fall haben. Denn obwohl sie mit einer dicken Schicht weißer Farbe und mit einer mindestens ebenso dicken Staubschicht bedeckt waren und an einer Stelle noch dazu ein Hakenkreuz eingeritzt war, hatte meine Mutter erkannt, dass es sich um kostbare Antiquitäten handelte. Als sie nämlich genau dort, wo das Hakenkreuz in den Lack gekratzt war, mit dem Fingernagel noch ein wenig tiefer gekratzt hatte, waren darunter Intarsien sichtbar geworden. Mein Vater, der im Gegensatz zu meiner Mutter keinen Instinkt für hinter Farbschichten verborgene Schätze besitzt, sträubte sich daher gegen den von ihr vorgeschlagenen Ankauf zu einem zu diesem Zeitpunkt überteuert erscheinenden Preis. Tatsächlich hat sich meine Mutter durchgesetzt, nicht ohne dadurch allerdings eine mittlere Ehekrise ausgelöst zu haben.

Eine vermeintliche Bestätigung seiner Skepsis erfuhr mein Vater, als einige Zeit später der mit der Renovierung beauftragte Restaurator anrief und den Eltern mitteilte, dass er festgestellt hätte, dass die Türen keineswegs antik seien, er aber einen Käufer hätte, der sie trotzdem zum Materialwert erwerben wolle. Daraufhin begab sich meine Mutter auf kürzestem Weg in die Werkstatt des Meisters und stellte fest, dass es sich tatsächlich um einmalige Kleinode barocker Tischlerkunst handelte und man sie ihr nur gegen ein geringes Entgelt abluchsen wollte, um sie gewinnbringend weiterzuverkaufen. In der Folge erhielten die von einem anderen Restaurator aufgearbeiteten Türen den ihnen gebührenden Platz in dem zwischenzeitlich von meinen Eltern gebauten Haus. Sie verbanden dort die wichtigsten Räume, nämlich das Wohnzimmer mit der Bibliothek und die Küche mit dem Esszimmer. Etwa zwanzig Jahre später, als wir dieses Haus verlassen mussten, waren die Türen mitsamt den Stöcken das Letzte, was wir mitnahmen. Zu ihrem weiteren Verbleib sei lediglich angemerkt, dass sie einen ihrer Bedeutung angemessenen Platz gefunden haben.

Wie sehr Türen in einer Wohnung fehlen können, wenn sie nicht vorhanden sind, ist auch Teil der Biografie des Autors. Für einige Jahre lebte ich nämlich mit meiner jungen Familie in einem von einem Bekannten gemieteten Haus, das erst knapp vor dem Einzug dort und kurz vor der Geburt unserer jüngsten Tochter von uns halbwegs bezugsfertig gemacht worden war. Es handelte sich dabei um eine Etage in einer im byzantinischen Stil erbauten Villa am Stadtrand von Wien. Der Besitzer hatte zugesagt, die angeblich bei einem Kunsttischler gelagerten Originaltüren zur Verfügung zu stellen. Als mehrere Monate später noch immer keine Türen geliefert worden waren (zwischenzeitlich behalfen wir uns in den über drei Meter hohen Räumen mit Vorhängen und sich im familieneigenen Fundus befindlichen, in den Maßen allerdings nur teilweise passenden Altwiener Kassettentüren), entdeckten wir die vorgesehenen Türblätter auf dem Dachboden des Hauses. Ab diesem Zeitpunkt begaben wir uns auf die Suche nach einem neuen Heim. Als wir es gefunden hatten, entdeckte ich zufällig (?) bei einem Antiquitätenhändler das Modell einer Kassettentüre (wohl ein Gesellenstück eines Tischlerlehrlings). Seither mangelte es nicht mehr an Türen. Und zur Sicherheit stehen in einem Abstellraum im Keller einige mit verschiedensten Abmessungen, die wir von Freunden, die uns helfen wollten, geschenkt bekommen haben.

Hätte man sich als Nicht-Österreicher in die Kleeblattgasse in Wien verirrt und die dort angebrachte Gedenktafel für Professor Nikolai Sergejewitsch Trubetzkoy entdeckt, könnte man den Verdacht hegen, dass die von Mauthe und Merkel beschriebene Türe zumindest unter anderem für sonderbare Wesen wie unwirkliche Mitglieder der Österreichischen Akademie der Wissenschaften gedacht sei. Dass es solche geben muss, legt der Umstand nahe, dass der aus Russland stammende „Professor für Slavistik" (sic!) „wirkliches Mitglied der Österreichischen

Akademie der Wissenschaften" war, so die Inschrift auf der Tafel. Tragischerweise war Trubetzkoy, der sich unter anderem über Sanskrit habilitiert hatte, 1938 kurz nach einem Verhör durch die Gestapo und der Beschlagnahmung seines Archivs an einem Herzinfarkt verstorben. Man könnte als Nicht-Österreicher weiter mutmaßen, dass unter den unwirklichen Akademiemitgliedern, die korrekt – wie allerdings nur wenige Eingeweihte wissen – korrespondierende Mitglieder heißen, die Zahl der unwirklichen Hofräte, die wiederum – wie eher bekannt ist – diesen Titel im Gegensatz zu den beamteten, also wirklichen Hofräten, als Berufstitel vom Bundespräsidenten verliehen bekommen haben, hoch sein dürfte.

Wenn man an der Rückseite des Stephansdoms durch den dortigen Durchgang in die Domgasse tritt, steht man nach wenigen Metern vor dem Mozarthaus. Dieses Museum wurde anlässlich der Feiern zu Mozarts 250. Geburtstag nicht ohne erhebliche Schwierigkeiten zum würdigen Gedenken vor allem an seine Wiener Jahre eingerichtet. Als ich vor einiger Zeit abends eher zufällig dort vorbeikam, fiel mein Blick auf eine Reihe von erleuchteten Fenstern in einem Gebäude an der Ecke Domgasse / Blutgasse. In dem betreffenden, in josephinischem Stil erbauten Haus hat im Hochparterre ein Restaurator seine Werkstatt eingerichtet. An einem Schild neben der Eingangstür steht der Name des Inhabers. Er lautet Paul Hagenauer. Kann es Zufall sein, dass im Schatten des Mozarthauses ein Künstler seiner Profession nachgeht, dessen Familienname derselbe ist wie der jener Salzburger Kaufleute, in deren Haus in der Salzburger Getreidegasse Nummer 9 die Familie Mozart mehr als fünfundzwanzig Jahre gewohnt hat und die einst den jungen Mozart in Salzburg protegiert haben?

Ziemlich seltsam mutet auch jenes E-Mail an, das anlässlich der Neuauflage von Jörg Mauthes beiden großen Romanen zu einer Lesung einlud. Der Verlag, der es ja wohl mit der Absicht verschickt hatte, ein möglichst großes Publikum auf die Veranstaltung aufmerksam zu machen, teilte am Ende mit, dass „dieses E-Mail und die darin enthaltenen Informationen sich ausschließlich an den bezeichneten Empfänger [richten]"... und dass „Das Veröffentlichen, Kopieren oder Verteilen dieser Informationen an Dritte […] nicht zulässig" sei. Es mag nicht allzu sehr verwundern, dass es Mauthes Sohn Andreas war, der mich auf diesen skurrilen Umstand aufmerksam machte.

In der Wiener Zeitung mit Amtsblatt werden auch Versteigerungsedikte kundgemacht. Gelegentlich liest man dort von Häusern, die „in der Natur nicht auffindbar" (sic!) sind. Solche Immobilien dürften wahrscheinlich nur in Österreich existieren. Der Semmering ist nicht nur ein für Wiener bequem zu erreichendes Schi- und Naherholungsgebiet. Seine Umgebung ist dank des Impulses der Intendanten der Festspiele Reichenau, Peter und Renate Loidolt, seit mehr als 25 Jahren für einige Sommerwochen auch eine Stätte bemerkenswerter Theateraufführungen und eine Gegend, in der die Zeit stehen geblieben zu sein scheint. Wer in den Adlitzgräben und rund um das in seiner morbiden Eleganz imposante Südbahnhotel die Architektur der Jahrhundertwendevillen genießt, wird sich nach wenigen Stunden in die Zeit Schnitzlers und Doderers, in die Anfänge der Psychoanalyse und der Hypnosezirkel zurückversetzt fühlen. Wie sehr Realität und Traum, Diesseits und Jenseits an diesem Ort miteinander verwoben sind, lässt ein Plakat im Schaufenster eines seit Jahrzehnten geschlossenen Kurzwarengeschäftes erahnen, das dort während der Festspielzeit im Juli 2010 zu sehen war. Die „Aurea Futura Reinkarnationsagentur" bot unter der Überschrift „Sichern Sie sich JETZT eine goldene Zukunft im nächsten Leben" unter anderem folgende Dienstleistungen an: „Kurz aber gut: Zukunft ist geil" und „Weil ich es mir wert bin". Unter den Sonderangeboten „No risk, no fun: Auf die globale Erwärmung setzen" war eine Wiedergeburt als „Kaiserpinguin männlich, Jahr 2050, Kosten 150 Euro" zu haben. Dass eine goldene Zukunft aber auch etwas teurer erkauft werden kann, zeigten die „Top-Angebote: reich und berühmt". Eine Wiedergeburt als Julius Cäsar kostete beispielsweise 67.000 Euro. Wollte man im nächsten Leben Leonardo da Vinci sein, genügten 23.000. Eine Reinkarnation als Playboy-Gründer Hugh Hefner war leider nicht mehr möglich. Diese war, wie ein Aufkleber auf dem Plakat zeigte, bereits um 98.000 Euro verkauft worden. Im darauffolgenden Sommer war das Schild aus der Auslage verschwunden.

Als meine Eltern in den 1970er-Jahren das schon beschriebene Haus bauten, war für den Treppenaufgang ein schmiedeeisernes Geländer geplant, das meine Mutter selbst entworfen hatte. Erstaunlicherweise brauchten wir sieben Jahre und vier Kunstschmiede, um es fertigen und montieren zu lassen. Drei waren in dieser Zeit nämlich jeweils kurz nacheinander verstorben. Retrospektiv muss ich sagen, dass dies als schlechtes Omen gewertet hätte werden können, weil wir das Haus, in dem wir zwei Jahrzehnte glücklich gelebt hatten, unter traurigen Umständen verlassen mussten.

Am Ölberg in Klosterneuburg lebte in den Siebziger Jahren des vergangenen Jahrhunderts ein Mann namens Robert Mohaupt. Ob eine Verwandtschaft zu Adalbert Stifters Ehefrau Amalia Mohaupt besteht, ist nicht bekannt. Der gelernte Zahntechniker und Schmied war von der altgermanischen Kultur begeistert und hatte eines Tages beschlossen, den Lebensstil seiner Vorbilder nachzuahmen. Da er in den Wäldern am Ölberg wie das von ihm verehrte Volk lebte und jagte, wurde er von der Bevölkerung bald „der Germane" genannt. Zwar war er vielen Menschen irgendwie unheimlich, schließlich war der Begriff „Aussteiger" zu dieser Zeit noch nicht erfunden, aber er tat niemandem etwas zu Leide und war froh, wenn man ihn in Ruhe ließ. Eine Zeit lang unternahmen die örtlichen Volksschulen sogar regelmäßig Exkursionen in das Lager des „Germanen". Aus Zeitungsberichten erfuhr eine Leserin in Hamburg von Mohaupt und war von seiner Lebensweise so angetan, dass sie beschloss, ihre Zelte in der stolzen Hansestadt abzubrechen und künftig ihr Leben an der Seite des Germanen zu fristen. Im Februar 2005 geriet die mit Holz überdachte Wohnhöhle durch Funkenflug vom Ofen in Brand und wurde völlig zerstört, worauf die Idylle im Wald ihr jähes Ende fand. Das Paar hat einen Sohn namens Arderich, der zwar im Wald aufgewachsen war, später aber eine HTL in Wien besuchte. Es erscheint irgendwie paradox, dass man seine Adresse und Telefonnummer auf Anhieb im Internet findet.

Vielen Wienern wird Viktor „Wickerl" Weinberger noch in Erinnerung sein, der als „WALULISO" bis in die 1990er-Jahre fester Bestandteil der Wiener Innenstadt war. Er war mit einer weißen Toga bekleidet, trug auf dem Kopf einen Stirnkranz aus Olivenzweigen und hielt in den Händen einen Hirtenstab und einen Apfel. „WALULISO" demonstrierte für Abrüstung und Weltfrieden, indem er, die amüsierten Wiener und die staunenden Touristen segnend, über den Stephansplatz und den Graben wandelte. Er liegt am Wiener Zentralfriedhof begraben.

Eine Eigenheit der Österreicher besteht auch darin, Orte, die lange eine gewisse Bedeutung oder Tradition innehatten, einer diametral entgegengesetzten Bestimmung zuzuführen. Zwei Beispiele sollen das im Folgenden belegen:

Die Rauhensteingasse im ersten Wiener Gemeindebezirk ist ein solcher Ort. Es ist nicht ganz geklärt, ob sie 1786 ihren heutigen Namen bekam, weil der Ritter Otto Turzo von Rauheneck (Rauhenstein), der der Überlieferung nach ein grausamer Mann gewesen sein soll, dort bereits 1208 ein Haus besessen hatte, oder weil sich in ihr lange Zeit ein erstmals 1422 urkundlich erwähntes Amtshaus mit einem berüchtigten Gefängnis befunden hatte, das an der Straßenfront eine Fassade aus „rauen Steinen" aufwies. Bis zum Abbruch des Gefängnisses im Jahr 1772, das sich an der Stelle befand, wo heute das Haus mit der Nummer 10 steht, blieb der Name Rauhenstein für dieses Gebäude bestehen. In jedem Fall scheint der Name an einen Mann oder einen

Ort zu erinnern, mit dem wenig Erfreuliches oder Erhellendes verbunden gewesen sein dürfte. Ein nachgerade gegenteiliger Genius loci kehrte dort erstmalig mit Mozarts Übersiedlung in jenes kurze Gässchen ein, das die Weihburggasse mit der Himmelpfortgasse verbindet. Eine zweite Phase der Aufklärung war der Rauhensteingasse auch nach dem Tod des Freimaurers Mozart am 5. Dezember 1791 gegönnt. Vis-à-vis von Mozarts Sterbehaus, an dessen Stelle heute ein Kaufhaus steht, konnte ab den 1980er-Jahren nämlich die Großloge von Österreich das in der heutigen Form 1787 erbaute und mit einer josephinischen Fassade ausgestatte Haus Rauhensteingasse 3 erwerben. Das eigentlich Frappante an diesem Umstand ist nun, dass die Freimaurer von jeher ihre Aufgabe darin sehen, das, was sie den eigenen rauen Stein nennen, durch maurerische Arbeit in einen glatten Stein zu verwandeln, der sich fugenlos in „den Tempel der allgemeinen Menschenliebe" einfügen lässt. Im Kontext der österreichischen Literaturgeschichte schließlich ist die Rauhensteingasse als Wohnung der um die vorletzte Jahrhundertwende bedeutenden Sängerin Höllteufel bekannt geworden, deren vergebliche Eroberung dem Hofsekretär Jaromir Edlem von Eynhuf letztlich Kopf, Kragen und Karriere gekostet hatte.

In dem kleinen niederösterreichischen Ort Maria Gugging, der zur Gemeinde Klosterneuburg gehört, gab es ab 1885 eine Nervenheilanstalt, im Volksmund Irrenhaus genannt. Ab 1954 ließ der in Gugging tätige Psychiater Dr. Navratil auf Anregung seiner Kollegin Karen Machover seine Patienten nach bestimmten Vorgaben malen und schreiben. Zu seiner eigenen Überraschung war die Qualität der in der Folge entstandenen Bilder und Texte so hoch, dass Navratil begann, Kunst und Kreativität in wissenschaftliche Überlegungen der Psychiatrie einfließen zu lassen. Die wissenschaftliche Gemeinde zeigte sich allerdings weitaus weniger beeindruckt als die Kunstszene, die schon ab 1960 die Zugehörigkeit der Gugginger Künstler zur Art Brut erkannte. Nach einer ersten, sehr erfolgreichen Verkaufsausstellung in einer Wiener Innenstadtgalerie erreichte Navratil, dass „seine" Künstler einen von der Nervenklinik etwas separierten eigenen Pavillon beziehen konnten. Unter Navratils Nachfolger Dr. Feilacher erfolgte die Abkehr von der Sicht auf das Krankhafte der Künstler und eine weitere Öffnung des „Hauses der Künstler", wie die ehemalige psychiatrische Station 11 nun genannt wurde. Im Jahr 2007 schließlich wurde die psychiatrisch-neurologische Klinik aufgelöst und mit dem Bau des Institute of Technolgy Austria, ISTA, begonnen. Dieses bekam noch vor seiner Eröffnung von den Medien und der Klosterneuburger Bevölkerung den Beinamen „Eliteuniversität". Ein wesentlicher Teil der ab 2009 dort beforschten Gebiete ist jener der künstlichen Intelligenz!

Der „Verein zur Verwertung von Gedankenüberschüssen" in Herrenbaumgarten nahe Poysdorf verfügt sogar über ein eigenes Museum namens „Nonseum", von dem die Betreiber auf ihrer Webseite schreiben, dass „es […] wirklich niemandem [nützt], das aber sehr gewissenhaft und mit aller Liebe". Zu sehen gibt es dort weltbewegende Erfindungen wie den ausrollbaren Zebrastreifen und die weltweit einzige Sammlung von Knopflöchern.

Der in Deutschland geborene, seit 1985 aber an der Alpe-Adria-Universität in Klagenfurt lehrende Volkswirt und Soziologe Arno Bammé arbeitet seit einiger Zeit auch im „Amt für Arbeit an unlösbaren Problemen und Maßnahmen der hohen Hand" in Berlin. Abgesehen von der äußert spannenden Frage, was denn die „hohe Hand" sein könnte, sind die am genannten Institut erläuterten Phänomene wie Finanzkrise, Atomunfälle und Eurorettungsmaßnahmen durchaus bemerkenswert. Am „AAUPMHH", das auf eine Initiative des Künstlers und Kunsttheoretikers Bazon Brock zurückgeht, werden neben Wissenschaftern auch Künstler und andere Querdenker dafür engagiert, nicht nur vermeintlich oder tatsächlich unlösbare Probleme zu lösen, sondern sich auch der „bisherigen Bemeisterung" unlösbarer Probleme der Vergangenheit zu widmen. Der durchaus ernst gemeinte und ernst zu nehmende Hintergrund dieser Gedankenschmiede ist die Überlegung, dass epochenbezogene, unlösbare Probleme wie Bevölkerungswachstum, Klimawandel und Finanzkrise eben Denkansätze erfordern, welche die Systemimmanenz hinter sich lassen müssen. Man muss sich also fragen, ob „nicht alles ganz anders möglich wäre", so Bammé in einem Interview. Damit bestätigt er die Lebensphilosophie des „jungen Trotta", einem Freund des Legationsrates Erster Klasse Dr. Tuzzi, wonach eben alles auch ganz anders sein könnte. Ein österreichischer Thinktank der anderen Art ist wohl der 1990 von Dr. Peter Heintel in Klagenfurt gegründete „Verein zur Verzögerung der Zeit". Er hat sich unter anderem zur Aufgabe gemacht, „die verhängnisvollen Auswirkungen, welche die oft nicht zu Ende gedachten und aktionistischen Beschleunigungstendenzen in allen Lebensbereichen mit sich bringen", ins Bewusstsein zu rücken.

Dem gelernten Österreicher drängt sich der Verdacht auf, dass es sich bei diesen phantastischen Organisationen, wenn schon nicht um Ableger, so doch immerhin um geistige Kinder des bekannten „Interministeriellen Komitees für Sonderfragen" handeln könnte.

Der Vorsitzende dieses Komitees, der durch Mauthes Romane einer größeren Öffentlichkeit bekannte Legationsrat Erster Klasse Dr. Tuzzi, hätte sich wahrscheinlich über das Ansinnen des österreichischen Wirtschaftsministers, ausländische Experten mit der Ausarbeitung einer neuen Staatsdoktrin (Neudeutsch: „Nation Branding") zu betrauen, nicht wenig gewundert und wohl auch ein bisschen geärgert. Um dieser Befremdung, die auch mich bei der Lektüre einer Reportage über dieses Thema erfasst hatte, Ausdruck zu verleihen, schickte ich der Journalistin eine E-Mail folgenden Wortlautes mit der Bitte um Veröffentlichung:

Sehr geehrter Herr Bundesminister Dr. Mitterlehner!

Nicht ohne Erstaunen habe ich in der „Presse" vom vergangenen Sonntag unter der Überschrift „Nation Branding: Auf der Suche nach Österreich" von Ihrer Absicht gelesen, unter anderem mit Hilfe ausländischer Berater eine Vision von oder auch für Österreich zu finden. Diese meine Überraschung wird, wie eine heute Vormittag kurzfristig von mir abgehaltene fernmündliche Rücksprache mit den Kollegen Min. Rat Haberditzl, Min. Sekr. Dr. Skalnitzy, Sek. Rat. Tuppy, Min. Komm. Dr. Benkö und Min. Oberkomm. Goldemund ergeben hat, auch von allen anderen Mitgliedern des Interministeriellen Komitees für Sonderfragen geteilt. Es scheint den Herren des Komitees und mir daher angezeigt, unsere bisher mit der entsprechenden Diskretion und Zurückhaltung vonstatten gegangene Tätigkeit Ihnen höflich in Erinnerung zu rufen (oder zur Kenntnis zu bringen?).

Ich erlaube mir im Folgenden die Entstehung des Interministeriellen Komitees und seine bisherige Aufgabenstellung (vgl. auch Mauthe, Die große Hitze) sowie die Ergebnisse seiner Beratungen, soweit sie formuliert sind, respektive formulierbar sind (ein feiner Unterschied, der nicht wichtig genug eingeschätzt werden kann), kurz zusammenzufassen.

Eine eigentliche Gründung des Interministeriellen Komitees für Sonderfragen hat, wie vom gelernten Österreicher nicht anders zu erwarten, nie stattgefunden. Es scheint sich möglicherweise schon vor vielen Jahrzehnten ergeben zu haben, dass zur Klärung eines Problems Beamte von zwei Ministerien zusammengekommen sind. Dies könnte ursprünglich beispielweise in der Kantine des Unterrichtsministeriums beim Mittagessen geschehen sein. Da sich bei diesem Meinungsaustausch herausgestellt hat (haben könnte), dass ein weiteres Ressort involviert werden müsste, wurde der Kreis erweitert und es wurden schließlich in unregelmäßigen Abständen Sitzungen abgehalten. Nach erfolgter Klärung des Sachverhaltes (oder auch nach der Erkenntnis, dass das vorliegende Problem – zumindest zum gegenwärtigen Zeitpunkt – eben nicht gelöst werden könne) wurden die Beratungen eingestellt. Beim Auftreten von Entwicklungen, die neuerlich einer ressortübergreifenden Betrachtung bedurften, erinnerte man sich der ehedem gepflegten Kontakte und vereinbarte in adaptierter Zusammensetzung Termine für weitere Sitzungen.

Da die Tätigkeit an den Tangenten der jeweiligen Kompetenzbereiche nicht nur großes Fachwissen, sondern auch einen Blick für das über- oder auch untergeordnete Ganze und darüber hinaus Fingerspitzengefühl erforderte und erfordert, darf in aller Bescheidenheit festgestellt werden, dass die dem Komitee von den jeweiligen Stammministerien zugeteilten Beamten im besten Sinne die Crème ihrer Ressorts darstellten und noch darstellen.

Naturgemäß sind das Interministerielle Komitee und seine (gelegentlich) wechselnden Mitglieder in dieser Form nicht im Amtskalender der Republik zu finden, was wohl den bedauerlichen Umstand erklärt, dass seine Existenz bei Ihnen, Herr Bundesminister, wohl entweder gänzlich unbekannt oder in Vergessenheit geraten ist. Wir werden aber jedenfalls unsererseits untersuchen, ob nicht bedauerlicherweise durch eine Nachlässigkeit des Amtsgehilfen Brauneis die Berichterstattung an die jeweiligen Ressorts eine Unterbrechung erfahren hat. Nicht anders ist nämlich sonst der Umstand zu erklären, dass die Damen und Herren der Bundesregierung, wie dem eingangs zitierten Artikel in der „Presse" zu entnehmen ist, am Semmering offenbar die Schaffung von Arbeitsgruppen beschlossen haben, die sich mit der Identität der Republik Österreich befassen sollen.

Es ist mir als Vorsitzendem des Interministeriellen Komitees für Sonderfragen daher vor allem im Sinne der Kostenreduktion ein Anliegen, Sie, Herr Bundesminister, darüber zu informieren, dass ich bereits im Jahre 1972, also zwei Jahre vor Beginn der „großen Hitze", vom Herrn Außenminister beauftragt worden bin, im Komitee eine neue Staatsdoktrin basierend auf dem Ausspruch seiner Heiligkeit des Papstes (zur Erinnerung: „Österreich ist eine Insel der Seligen") auszuarbeiten. Ich darf in aller Bescheidenheit darauf hinweisen, dass wir in einer nicht unbeträchtlichen Anzahl von Sitzungen in den vergangenen Jahrzehnten ein gutes Stück vorangekommen sind, wiewohl eine abschließende Betrachtung uns noch verfrüht erscheint.

Ich muss an dieser Stelle allerdings einräumen, dass wir bisher auf die Beiziehung sowohl von ausländischen Werbeagenturen als auch von inländischen Zeitungsherausgebern und Personen des öffentlichen Lebens verzichtet haben.

Abschließend erlaube ich mir höflich, Herrn Bundesminister um einen Termin zwecks persönlicher Berichterstattung und gegebenenfalls Koordinierung weiterer Schritte zu ersuchen und verbleibe

ergebenst,
Legationsrat Dr. Tuzzi

Die Antwort der Redakteurin ließ nicht lange auf sich warten. Sie hatte ihren Verdacht, dass es sich bei Dr. Tuzzi um eine Romanfigur handelte, durch einen Anruf im Außenministerium rasch bestätigt gefunden und lehnte daher die Veröffentlichung der E-Mail in dieser Form ab. Einige Tage später erschien der Brief in etwas adaptierter Form und als Gastkommentar gekennzeichnet schließlich in einer anderen Tageszeitung.

DIE SACHE MIT DEM VEITSCHI

Vielleicht erinnern sich manche Leser daran, dass Jörg Mauthe 1974 im Radio, das damals noch Rundfunk genannt wurde, und im Fernsehen, dessen beide einzig verfügbaren Sender damals noch FS1 und FS2 hießen und von vielen nur in Schwarz-Weiß empfangen werden konnten, eine Kampagne zur Verschönerung öder Feuermauern und hässlicher Gemeindebauten durch die Pflanzung einer ebenso anspruchslosen wie schnell wachsenden Kletterpflanze namens Parthenocissus Tricuspidata Veitchii, vulgo Veitschi, gestartet hatte. Er war somit Vordenker einer Bewegung, die fast 30 Jahre später unter dem Begriff „Guerilla Gardening" weltweit bekannt werden sollte.

Wie er selbst zu seiner eigenen Verwunderung, aber nicht ohne Stolz ein Jahr später konstatierte, hatte dieser Aufruf dazu geführt, dass im Herbst desselben Jahres die österreichischen Gärtnereien ihre gesamten Veitschi-Bestände verkauft hatten. Von der Stadt Wien wurden sogar einige Stadtbahnbögen bei der Westeinfahrt und am Döblinger Gürtel mit Veitschistöcken bepflanzt.

Nun, die Sache nahm allerdings kein gutes Ende. In einer Gemeinderatsrede vom 2. Juli 1981, die Mauthe mit der Überschrift „Der Weltgeist weht durch den Votivpark" überschrieben hatte, beklagte er, dass fünf Jahre nach seinem Appell die von der Stadt Wien gepflanzten Stöcke mit dem Argument, dass man erst Erfahrungen mit dem Veitschi sammeln müsse, wieder großteils entfernt worden und Mieter von der „Sozialbau" gerichtlich verfolgt worden seien, weil sie Veitschi über die Mauern der Betonsilos wachsen ließen.

Man kann sich daher vielleicht vorstellen, wie groß meine Überraschung war und wie sehr sich Mauthe wohl gefreut haben würde, als im Sommer 2010 in den Straßen Wiens Plakate und im Internet Werbeclips erschienen, in denen Veitschiranken aus Plakatwänden zu wachsen schienen und virtuell Stadtautobahnnen zu überwuchern begannen. Der dazu gehörige Slogan lautete „Die Au schlägt zurück!" und war Teil eines vom WWF ins Leben gerufenen Manifestes zur Erhaltung der March-Thaya-Auen, die in der Kampagne als das „grüne Herz zwischen Wien und Bratislava" bezeichnet wurden. Diese Kampagne stellt eine späte, aber gelungene Fortsetzung einer in den grauen 70er-Jahren geborenen Idee dar, die den Verdacht nährt, dass in Österreich alles mit allem irgendwie zusammenhängt und irgendwann wieder einmal aus den Tiefen der Versenkung hervorkocht!

Außerdem lässt diese Geschichte auch Erinnerungen an die Zeit der Besetzung der Hainburger Au im Dezember 1984 wach werden. Dieses Kapitel der österreichischen Innen- und Umweltpolitik kann mit ruhigem Gewissen als Lehrstück dafür angesehen werden, wie aus durch Ignoranz verfahrenen Situationen ungewollt etwas Großes und Gutes wird, worauf man im Nachhinein stolz ist. Denn der Konflikt um das geplante Donaukraftwerk unweit von Hainburg markiert zwar nicht unbedingt die Geburtsstunde der Grünbewegung in Österreich, jedenfalls aber eine ihrer ersten Sternstunden. Ein beachtliches Detail am Rande: Bei der im Mai 1984 im Presseclub Concordia angesetzten „Pressekonferenz der Tiere" erschienen einige Politiker als Tiere verkleidet. Unvergessen ist Günther Nenning als „roter Auhirsch". Weniger bekannt ist, dass auch Jörg Mauthe Teil dieser Inszenierung war und als Schwarzstorch verkleidet auftrat. Als ich allerdings las, dass der damalige Chef der FPÖ-Jugend an dieser Pressekonferenz als Blaukehlchen teilnahm, musste ich doch ein wenig schmunzeln. Bevor ihm als Ex-Vizekanzler „the world in Vorarlberg [...] too small" wurde, wie er auf amtlichem Briefpapier an den britischen Finanzminister schrieb, hatte er wohl doch noch Ideale!

BESONDERE ORTE
UND ZEITEN

Wenn man an einem lauen Sommerabend in der Marina Wien am Ufer der Donau steht und Richtung Norden schaut, sieht man die Silhouetten und Lichter der Hochhäuser, die an beiden Ufern des Flusses in die Höhe ragen. Trägt dann der Wind den Geruch des Wassers und das Plätschern der Wellen herüber, hat man einen Augenblick lang das Gefühl, in einer richtigen Großstadt und am Meer zu sein. Es ist schade, dass einige Kilometer stromaufwärts die Klosterneuburger aus der Lage ihrer Stadt am Ufer des Donaustroms so lange nichts Rechtes zu machen verstanden und das Gelände um die mittlerweile verwaiste Pionierkaserne mit Supermärkten zubauten. Dabei hätte die Stadt der Babenberger und der Augustiner Chorherren durchaus nautische Tradition. Im 16. Jahrhundert gab es nördlich von Wien Schiffswerften, in denen sogenannte Tschaiken, flache Segelschiffe, die man auch rudern konnte, gebaut wurden. Es wäre also durchaus nicht abwegig, Klosterneuburg wieder an die Donau heranwachsen zu lassen und auf diese Weise gleich per Wasserstraße an Wien anzubinden.

An einem sonnigen Herbstnachmittag empfiehlt sich ein Spaziergang auf einem der Treppelwege durch die Au von Klosterneuburg. Linker Hand zeigt einem das Stift der Augustiner Chorherren, wie gelungen Macht und Geld im Barock in Architektur verwandelt werden konnten. Im schräg einfallenden Sonnenlicht tanzen Myriaden von Mücken, der süß-herbe Geruch des goldgelben und roten Laubes vermischt sich mit jenem der gelegentlich vorbeitrabenden Pferde zu einer Mischung aus Schönheit und Vergänglichkeit, die einem das Herz gleichzeitig zuschnürt und weit macht.

Wer Gelegenheit hat, in einer schwülen Juninacht in einem Waldviertler Teich zu schwimmen und anschließend auf einem aus dem Wasser herausragenden „Restling" aus der letzten Eiszeit auf den Vollmond zu schauen, sollte diese nicht ungenützt verstreichen lassen. Anschließend wird man so tief und erholsam schlafen wie kaum zuvor. Das mag unter anderem auf die leicht erhöhte Radioaktivität zurückzuführen sein, die in dieser urzeitlichen Landschaft herrscht. Auch im November ist das Waldviertel, genauer gesagt seine vielen Fischteiche, einen Ausflug wert. Das Abfischen, bei dem die Fischer stundenlang im eiskalten Wasser stehend die Karpfen mit riesigen Netzen zusammentreiben, ist für Städter schon ein gewaltiger Anblick. Wenn dann am Ende des Abfischens in einem kleinen Teil des Teiches hunderte Fische zappelnd das Wasser aufwühlen, ist das ein archaisch anmutendes Schauspiel.

Im September, wenn die letzten Sommerfrischler das Ausseerland und die letzten Festspielgäste Salzburg verlassen haben und die Einheimischen wieder unter sich sind, findet in Altaussee der „Kiritag" und in Salzburg-Stadt der Rupertikirtag statt. Dabei ist es erfreulich zu sehen, dass auch viele junge Menschen mittlerweile wieder Freude daran haben, in unserer globalisierten Welt Tracht als Teil einer regionalen Identität zu tragen. Die Verbreitung der Tracht im Allgemeinen, deren etymologischer Ursprung sich eben vom Verb „tragen" herleitet, und des Dirndls im Speziellen sind nämlich ein Hinweis darauf, dass diese ursprüngliche Arbeitskleidung die erste war, die Anfang des 19. Jahrhunderts mit Hilfe der bürgerlichen und adeligen Sommerfrischler den Aufstieg aus der ländlichen in die urbane Gesellschaft geschafft hat. Den Jeans gelang das, wenn auch internationaler, schließlich erst hundertfünfzig Jahre später.

In der Salzburger Innenstadt hängt in einem Durchgang zwi-

schen Getreidegasse und Universitätsplatz ein präparierter Haifisch, der sich in einem Netz befindet, das seinerseits an einer
Walrippe befestigt ist. Das Haus, zu dem der Durchgang gehört,
dürfte eines der ältesten von Salzburg sein. Auf einem Schild
findet sich folgende Inschrift: „[…] 1363 bereits urkundlich erwähnt. Seine Bewohner waren bedeutende Kaufleute wie Peter
der Alt Chewczel ‚Keuzel‘, Hanns Ritzinger, Hans Rauchenper-
ger, Stefan Hueber, Michael Mayr. Sie pflegten weltweite Han-
delsbeziehungen, im Besonderen den Warenaustausch zwischen
den deutschen und italienischen Ländern". Angeblich wurde
das Haifisch-Präparat von Max Reinhardt als Dekoration für
das Studierzimmer in einer Faust-Inszenierung verwendet. Ursprünglich diente es einem Kolonialwarengeschäft als Aushän-
geschild. Salzburg, das geologisch gesehen auf dem Grund eines
Meeres aus dem Archaikum liegt, hat seinen Bezug zu diesem
Urozean offenbar nie ganz verloren. Das Interessante an diesem
Fund ist, dass keiner meiner Salzburger Freunde diesen Haifisch
jemals bewusst wahrgenommen hat, bevor ich ihnen davon erzählte. Erst seit Kurzem gibt es über diese einzigartige Dekoration einen Eintrag in Wikipedia.
Im Juli ist es ein Genuss, auf einem Bootssteg an einem der
Kärntner Seen zu liegen. Blickt man mit halbgeschlossenen
Augen auf die glitzernde Wasserfläche, meint man sich schon
jenseits der Alpen an der Adria. Erstaunlich ist weiters, dass an
manchen Hochsommerabenden der Himmel über der Donau
nordwestlich von Wien in einem leicht dunstigen Licht erstrahlt,
das zu vergleichbaren Stunden jenem an der Cote d'Azur ähnelt.
Eine meiner aufregendsten Kindheitserinnerungen betrifft das
eigentlich unbeschreibliche Gefühl, das man nach einer stun-
denlangen Autofahrt und einem Fußmarsch über eine tief ver-
schneite und daher nicht befahrbare Bergstraße in einem Tiroler
Dorf hat, wenn man dann todmüde unter die klamme Decke des
Bettes in der endlich erreichten Ferienpension schlüpft.
Eine andere, liebgewonnene Erinnerung habe ich an das kleine

Haus meiner Großeltern in einer Reihenhaussiedlung in einem Vorort von Wien. Es gab dort einen Marillenbaum, der eines Tages durch einen Blitzschlag gespalten wurde, und ein kleines Schwimmbecken. An heißen Sommertagen gab es nicht Schöneres, als in der kühlen Küche zu sitzen und bei Paradeissauce mit Semmelknödeln aus dem Radio das Geläut von Kirchenglocken zu hören, das die Mittagsstunde und damit den Beginn der Radiosendung „Autofahrer unterwegs" akustisch anzeigte. Am Nachmittag konnten wir Kinder dann den Bewohnern der Schrebergartensiedlung beim Gießen der Paradeispflanzen zusehen und gelegentlich auch beim Sprechen mit ihnen zuhören. Nach einem ausgedehnten Herbstspaziergang durch den Wienerwald ist es ein betrüblicherweise selten gewordener Genuss, in einem Gasthaus mit dunkler Holzvertäfelung und abgetretenem Schiffboden vom Wirt eine dampfende Rindsuppe samt hausgemachter Grießnockerl aus einem Metallhäferl in den tiefen Suppenteller serviert zu bekommen.

Ein vor allem olfaktorisch hochinteressanter Ort war das Büffet im Anatomischen Institut in der Währinger Straße in Wien. Leider wurde es vor einigen Jahren wegen Platznot des Institutes geschlossen, steht aber seither leer und bietet einen trostlosen Anblick. Früher mischte sich dort der Duft von Gulaschsuppe mit den Formalindämpfen aus den Seziersälen. Das ist nichts für Menschen mit schwachen Magennerven, aber offenbar ein Odium, das die angehenden Fellingers und Billroths zu stimulieren schien. Gerade an diesem Ort wurden nicht nur Liebschaften begonnen, auch Ehen hatten dort ihren Ausgangspunkt. Überhaupt scheint die Mischung aus Spitalsgeruch, den ich erstaunlicherweise schon als Kind im Zuge einiger Krankenbesuche bei Verwandten kennen- und tatsächlich schätzen gelernt habe, und Gulaschsaft bei Medizinern beliebt zu sein. Zu den Gewohnheiten eines durchaus barock zu nennenden Pathologen aus Oberösterreich, der als Fallschirmspringer bei Monte Cassino gekämpft hatte, gehörte es, als Gabelfrühstück ein „Flaxengulasch" und ein kleines Bier zu sich zu nehmen. In seinem Seziersaal stand nach Augenzeugenberichten auch immer eine Kiste Bier für den persönlichen Gebrauch. Ein mindestens ebenso voluminöser und mit einem beachtlichen Schmiss ausgestatteter Neurochirurg aus der Steiermark war dafür bekannt, auf Reisen nicht nur stets einen Steireranzug samt Hut und Gamsbart zu tragen, sondern auch ein eigens für ihn angefertigtes Bestecksortiment, das durchaus auch Hummerzangen und Schneckengabeln umfasste, in einem Futteral selbst im Flugzeug mit sich zu führen. Der Mann war gleichermaßen Gourmand wie Gourmet. Leider ist mir nicht bekannt, wie er auf das seit einigen Jahren herrschende Verbot, waffenähnliche Gegenstände wie Essbestecke im Handgepäck mitzuführen, reagiert hat.

Ein besonderer Ort, den es leider auch nicht mehr gibt, war das alte Café Klinik in der Spitalgasse vis-à-vis vom Institut für Pathologie. Wer im Café Klinik mittags einen Tisch reserviert bekam, hatte es in der Wiener Medizin zu etwas gebracht. Und so war es kein Wunder, dass dort zwischen zwölf und eins oft eine höhere Dichte an Ordinarii und Professoren herrschte als auf dem Ärzteball.

Das unbeschreibliche Gefühl, das einen bei Tagesanbruch Ende Juni unter den mit Büsten berühmter Wissenschafter geschmückten Arkaden und in den Innenhöfen der Hauptuniversität am Ende einer durchtanzten Ballnacht berührte, kann man leider nicht mehr erleben. Nachdem es vor etlichen Jahren durch herabfallende Fassadenteile einen Verletzten gegeben hatte, wurde der Universitätsball vom Ballkalender der Stadt Wien gestrichen.

Das letzte von ursprünglich drei Klosterneuburger Kinos, jenes am Rathausplatz nämlich, war bis zu seiner Schließung im September 2013 ein Platz, der es den wenigen Besuchern, die meist zusammen mit ihren Kindern kamen, erlaubte, für wenig Geld mit dem Erwerb einer Kinokarte auch eine Reise in die Vergangenheit zu buchen. Denn die unbeugsamen Besitzer boten ihrem

Publikum neben einer Loge, in der wahrscheinlich schon seine Großeltern im Schutze der Finsternis ihre Köpfe zusammengesteckt hatten, auch sonst das Ambiente der späten 1960er-Jahre. Kleine Tische mit von unten beleuchteten und mit papierenen Spitzendeckchen verzierten Platten erlaubten es, das Sackerl mit dem obligatorischen Sportgummi oder dem Popcorn abzulegen und die Sessel waren so wunderbar durchgesessen, dass man die neunzig Minuten ganz bequem in ihnen lümmeln konnte, ohne Kreuzweh zu bekommen. Der Enthusiasmus der Eigentümer ging sogar so weit, dass auch für eine Mutter mit Kind der Projektor angeworfen und nach fünf Minuten gefragt wurde, ob „die Lautstärke eh recht ist".

Steht man am Kahlenberg knapp unterhalb der Sobieski-Kapelle und blickt hinunter auf die träge dahinfließende Donau, ist es schwer vorstellbar, dass es sich bei den mit Wein bestandenen Hängen um die östlichsten Ausläufer der Alpen handelt. Wie mochten sich wohl jene Kelten gefühlt haben, die nachweislich um 400 v. Chr. am benachbarten Leopoldsberg siedelten, wenn sie die Alpen im Rücken auf die Donau blickten?

Auch der Wienerwald endet an den Hängen dieser beiden Wiener Hausberge. Der beinahe betäubende Geruch nach Bärlauch, der in dieser Gegend im April in der Luft liegt, ist eines der stärksten Aphrodisiaka, die noch dazu kostenlos verfügbar sind. Die Erhaltung des Wienerwaldes, jener grünen Lunge Wiens, verdankt die Hauptstadt dem unermüdlichen Einsatz eines einzigen Mannes. Josef Schöffel gelang es durch aufmüpfige Zeitungsartikel in einem Zeitraum von zwei Jahren die öffentliche Meinung, die von der bekannten österreichischen Lethargie geprägt gewesen war, zu mobilisieren und solcherart die Regierung zu veranlassen, einen bereits abgeschlossenen Vertrag mit einem Holzhändler betreffend die Schlägerung aufzulösen.

Eine der letzten Hadern-Bütten-Papiermühlen Mitteleuropas befindet sich im Waldviertel. Als ich anlässlich eines Ausfluges

der Schulklasse meiner Tochter in einem Winkel des Schöpfrau-
mes zwei josephinische Sessel entdeckte, die wohl seit dem Bau
der Mühle 1784 schon immer dort ihren Platz gehabt haben,
entstand der spontane Wunsch, sie zu erwerben. Das Vorhaben
hätte gelingen können, wenn ich den Hausherrn und nicht seine
Frau danach gefragt hätte. Denn er wollte „den alten Plunder"
gern loswerden, während sie sich von den Erbstücken nicht trennen wollte.

Im Jahr der Errichtung der Mühle veröffentlichte der aus einer
Waldviertler Bauernfamilie stammende Leopold Paur einen
Plan, der die Gründung einer auf dem Reißbrett entworfenen
Stadt vorsah. Paur, geboren am 15. November 1735 in Alten-
burg bei Horn, besuchte untypischerweise das Piaristengymna-
sium in Horn und studierte ab 1754 an der Universität Wien
Rechtswissenschaften. Nach Abschluss des Jusstudiums lebte
Paur als Hof- und Gerichtsadvokat in Wien. Obwohl er 1770
die vermögende Katharina Dekret geheiratet hatte, starb er am
17. September 1800 einsam und verarmt. Paurs in der Wiener
Realzeitung, deren Herausgeber Ignaz von Born war und an der
auch der bekannte Dichter Aloys Blumauer mitarbeitete, publizierte Vision sah in der Gegend um Horn die Errichtung einer
kreisförmig angelegten Stadt vor. Vier Hauptstraßen sollten
die „Stadt im Traume" in acht Kreissegmente teilen, von denen
jedes ein „Forum" und einen Kirchenplatz aufweisen sollte. Laut
dem erhalten gebliebenen Plan waren 856 einheitliche, vierge-
schossige, im josephinischen Stil gehaltene Häuser vorgesehen,
deren Errichtungskosten er mit 100.000 Gulden pro Gebäude
veranschlagt hatte. Interessanterweise hat der Plan, dessen Stra-
ßennetz neben nach Nord / Süd und Ost / West ausgerichteten
Hauptverkehrswegen auch diagonal, also in südwestlicher und
nordöstlicher Richtung verlaufende Straßen aufweist, Ähnlichkeiten mit jenem von Washington, für den Pierre L'Enfant maßgeblich verantwortlich zeichnete. Der junge Franzose hatte sich
im amerikanischen Unabhängigkeitskrieg mit General George

Washington angefreundet und war nach dessen Wahl zum Präsidenten mit dem Entwurf für den Bau der neuen Hauptstadt beauftragt worden. Als Vorlage dienten Stadtpläne europäischer Städte wie Paris und Karlsruhe, die Thomas Jefferson 1788 von einer Europareise mitgebracht hatte. Sein erster Stadtplan wurde 1792 veröffentlicht. Schon kurze Zeit später kam es zu Meinungsverschiedenheiten mit dem Kongress, sodass L'Enfant von dem Vorhaben zurücktrat. Obwohl sein Nachfolger Andrew Ellicott seine Pläne in modifizierter Form umsetzte, starb L'Enfant so wie Paur vergessen und verarmt.

In Paurs visionärem Stadtprojekt sollten Menschen aller Kontinente und Schichten friedlich zusammenleben. Für die Finanzierung (etwa 90 Millionen Gulden) waren Erlöse aus einem nur ihm bekannten und verloren gegangenen Patent, möglicherweise für ein Medikament gegen Syphilis, vorgesehen. Seine erhalten gebliebene Kalkulation sah vor, dass er je 20 Kreuzer von einer Milliarde Kunden lukrieren wollte, sodass „in allem, Salvo errore calculi, dreihundertdreiunddreißig Millionen dreimalhundertdreißigtausend, dreihundertdreißig Gulden und zwanzig Kreuzer eingehen würden". Es scheint, dass das Interesse seiner Zeitgenossen begrenzt gewesen sein dürfte, denn das utopische Projekt wurde nicht einmal begonnen. Vielmehr wurde seinerzeit in Wien über Paur und seinen Plan mit folgendem Vers gespottet: „Sein Riss der Stadt im Traum fiel unvergleichlich aus / Vergaß er gleich das nöthigste – das Narrenhaus." In einer Bildbeschreibung zu Paurs Plan in der Nationalbibliothek wird auf die Ähnlichkeit mit dem Stadtplan von Karlsruhe (und – indirekt – auch von Washington) hingewiesen. Interessant ist weiters, dass Paur 333 Millionen Gulden auftreiben wollte und die Zahl 33 auch bei verschiedenen Bauwerken Washingtons eine zentrale Bedeutung hat. Haben sich der Sohn einer Waldviertler Bauernfamilie und der Architekt der amerikanischen Hauptstadt getroffen und ihre Ansichten über die Anlage einer den Ansprüchen der Aufklärung genügenden „Stadt für alle" ausgetauscht? Möglich wäre es immerhin.

Weltweit einzigartig ist, dass es nur in Österreich gelingt, mit einer Gewehrkugel ins Zentrum einer Schießscheibe zu treffen, wenn man absichtlich danebenzielt. Nordöstlich von Tamsweg liegt der Prebersee. Es handelt sich um einen Moorsee mit höchst ungewöhnlichen Wassereigenschaften, die es ermöglichen, dass beim „Spiegelschießen am Prebersee" eine Gewehrkugel von der Wasseroberfläche „abgellern" und ins Schwarze der am Ufer aufgestellten Zielscheiben treffen kann, wenn man ihr Spiegel-bild anvisiert. Die Kugeln prallen dabei nicht, wie man vermuten könnte, einfach von der Wasseroberfläche ab, sondern tauchen drei bis vier Zentimeter tief ein, schlagen dabei eine Mulde in das besonders weiche Wasser und treten dann wieder daraus her-vor. Dieses Phänomen wurde erstmals im 19. Jahrhundert bei der Entenjagd entdeckt und seither immer wieder untersucht, aber bisher weder befriedigend erklärt noch an anderer Stelle wieder-holt.

Keller haben in Österreichs jüngerer (Kriminal-)Geschichte immer wieder für negative Schlagzeilen gesorgt. Als der Autor vor einigen Jahren vor dem Oriental Hotel in Bangkok in ein Taxi stieg und vom Fahrer nach seinem Herkunftsland gefragt wurde, erwiderte der Chauffeur auf die gegebene Antwort eben-so wissend wie angewidert: „Oh, the Fritzl-Country!" Umso erfreulicher ist es daher, an dieser Stelle von einem besonderen Kellerfund aus dem Jahr 2008 zu berichten. Damals entdeckte nämlich ein Wiener Geschäftsmann in der Annagasse hinter der vermoderten Holzverkleidung einer ehemaligen Szenediskothek den Zugang zu einem längst verloren geglaubten unterirdischen Ballsaal. Dabei handelt es sich um den zwischen 1893 und 1895 von den bekannten Theaterarchitekten Ferdinand Fellner und Hermann Helmer errichteten zweistöckigen Tanzsaal eines Re-vuetheaters namens „Tabarin" im „Annahof", der wiederum an der Stelle des früheren Jesuitenklosters Sankt Anna entstanden war. Nachdem unter Kaiser Joseph II. der Jesuitenorden verbo-ten worden war, beherbergte der Annahof zwischen 1786 und

1876 die Akademie der bildenden Künste, bevor er 1887 abgerissen wurde. 1910 war in den Kellerräumen eine Zwischendecke eingezogen worden, um hinkünftig statt Bällen Kabarettabende geben zu können. Hans Moser soll in dem dann als „Boulevardtheater" bezeichneten Etablissement 1911 sein Bühnendebüt gegeben haben. Nach 1947 ist der Saal zugemauert und vergessen worden, und zwar so sehr, dass selbst das Bundesdenkmalamt nicht wusste, dass er noch existierte. Daher waren Reste der Originaltapete, Stuckelemente und sogar der Bühnenvorhang erhalten geblieben und wurden mit enormem finanziellen Einsatz des neuen Hausherrn und mit viel Liebe zum Detail renoviert. Heute werden im ehemaligen Ballsaal Schuhe verkauft.

In dem kleinen Ort Schöngrabern, nahe Hollabrunn, steht eine romanische Kirche, die um 1200 erbaut und Ende des 14. Jahrhunderts um das nördliche Chorquadrat erweitert wurde. Dort finden sich an der Fassade Reliefs, die Männerköpfe mit seltsam gespaltenen Bärten sowie biblische Darstellungen aus dem Alten und Neuen Testament zeigen. Diese „steinerne Bibel" ist in Österreich einzigartig und auch sonst in vergleichbarer Form nur an wenigen Orten in Frankreich und Italien zu finden, was seit Jahrhunderten Anlass zu Spekulationen darüber gab, ob die Pfarrkirche eine Kultstätte der Ritter des Templerordens gewesen sein könnte. Mehrfach wurde die kleine Kirche im Weinviertel deshalb auch mit der aus Dan Browns Roman „Sakrileg (Der Da Vinci Code)" bekannten Rosslyn Chapel südlich von Edinburgh verglichen.

DIE MENTALE GEOGRAFIE

„[…] Wien, das sich trotz allen gegenteiligen Beteuerungen in Cernowitz ebenso wirklich wiederfindet wie in Budapest, Prag oder Triest, ist keine historisch fassbare Größe. Wien ist kein geographischer Begriff, keine punktuell fixierbare Entität, sondern eine Lebensform … Wien ist ein österreichisches Rätsel. Und Österreich ist bekanntlich selbst eines […]", schreibt Peter Kampits in „Neues Wiener Lesebuch" und bringt damit die nach wie vor bestehende Bedeutung Wiens und Österreichs für den mittel- und osteuropäischen Raum zum Ausdruck.

Dass die Österreicher ihr Land gelegentlich als weitaus größer empfinden, als es auf den Landkarten verzeichnet ist, und auch als großartiger, als es oft ist, weiß der Leser, wenn er selbst Österreicher ist, aus eigenem Empfinden. Einen Grund dafür hat vor einiger Zeit ein deutscher Journalist darin geortet, dass Bruno Kreisky seinem „komplexbeladenen Land das Gefühl vermittelt hätte, größer zu sein, als es ist". Dies wäre Kreisky sowohl durch seine aktive Außenpolitik (die man durchaus als eine Politik der vorgeschobenen Knautschzone bezeichnen könnte) als auch durch seine Weltläufigkeit des Bildungsbürgers gelungen, so der Kolumnist weiter. Ich kann, ehrlich gesagt, an keinem dieser Argumente etwas Negatives finden.

Eine weitaus bedeutendere historische Begründung für dieses Lebensgefühl lässt sich aus der Tatsache ableiten, dass die Habsburger, bevor sie sich unter Kaiser Franz darauf beschränkten, österreichische Kaiser zu sein, 400 Jahre lang fast ununterbrochen „römische Kaiser deutscher Nation" waren. Das Lebensgefühl der Bewohner dieser Nation, das sich daraus entwickelt hat, wirkt bis in unsere Tage nach, und zwar bezeichnenderweise nicht nur auf dem Gebiet der heutigen Republik Österreich, sondern auch in Teilen der ehemaligen Kronländer. Indizien dafür sind die Gründung des Institutes für den Donauraum und Mitteleuropa mit Sitz in Wien, die Bestrebungen der Europäischen Union, historische und kulturelle Regionen zu fördern, sowie das Engagement österreichischer Firmen und Bankinstitute in den südöstlichen Nachbarländern. Ungarn stellt zwar in diesem Zusammenhang traditionellerweise eine Ausnahme dar, in Norditalien gibt es jedoch ernsthafte Bestrebungen, den Kontakt zum ehemaligen Mutterland zu intensivieren. Die Unabhängigkeitsbewegung „Freies Triest" möchte den von Kaiser Karl VI. 1719 gegründeten Freihafen wieder an die „Nabelschnur von Mama Austria" anschließen und hat dafür sogar eine juristische Basis gefunden. 1947 hatte nämlich das Gebiet um Triest den Status eines Freistaates erhalten, der als Puffer- oder Knautschzone zwischen Italien und Jugoslawien dienen sollte. Formal wurde dieses Dauerprovisorium nie beendet. Vielleicht finden sich also eines Tages tatsächlich Teile der ehemaligen Kronländer unter dem mit einem Giebelkreuz geschmückten Dach der „Casa Austria" zusammen.

Folgende Beobachtungen begründen die Möglichkeit dieser Überlegung: Auf der Rückseite des Pianos, das im Musiksaal meines Gymnasiums stand, hatte ein Schüler seine Vorstellung der Geografie Österreichs mit dem Worten „Weg mit den Alpen, wir fordern freie Sicht aufs Mittelmeer!" zusammengefasst. Aus verlässlicher Quelle weiß ich weiters, dass sich an jenem Leuchtturm, der am Kap der guten Hoffnung den südwestlichsten Punkt Afrikas markiert, eine Zeit lang ein dunkelgrüner Aufkleber in Herzform befand, auf dem zu lesen stand: „Steiermark, das grüne Herz Österreichs".

Im Frühjahr 2012 kam es in der Steiermark zur Zusammenlegung von Gemeinden der Bezirke Feldbach, Radkersburg, Weiz und Fürstenfeld. Gewiefte Marketingexperten hatten zwecks Schaffung einer neuen Identität für die Region und zur besseren touristischen Vermarktung die Bezeichnung „Vulkanland" ersonnen. Da die streitbaren Steirer diese ihrer Meinung nach übel beleumundete Bezeichnung vermeiden wollten, kam es bald zu Protesten. Die Bezeichnung wurde zurückgenommen, ist aber im Internet nicht mehr richtig loszuwerden. Dabei können die Steirer froh sein, dass der irische Schriftsteller Bram Stoker kurz vor der Drucklegung seines Romans „Graf Dracula" den Ort der Handlung von ursprünglich „Styria" nach Transsylvanien verlegt hat!

Die Waldviertler, also jenes raue Volk im äußersten Norden Niederösterreichs, das jahrzehntelang praktisch an der Grenze zur Terra incognita jenseits des Eisernen Vorhangs gelebt hat, gewinnt langsam an Selbstbewusstsein. Mein Vater, in Heidenreichstein geboren, hatte vor etwa 40 Jahren einen Aufkleber auf der Heckscheibe seines Dienstautos, auf dem stand: „A Waldviertler san drei Leut". In den vergangenen Jahren gibt es Sticker mit der Aufschrift „Waldviertel – wo wir sind, ist oben". Leider konnte der nach dem Fall des Eisernen Vorhangs durch EU-Fördermittel initiierte Aufschwung im Waldviertel nicht nachhaltig umgesetzt werden. So sind von den vielen Glashütten nur noch genau zwei übrig. Die durch die Einführung des Manufakturwesens ehedem florierende Textilindustrie gibt es schon lange nicht mehr und selbst der Tourismus muss mit zweistelligen Rückgängen bei den Nächtigungen kämpfen. Das alles sei kein Wunder, erklärte mir unlängst ein Glasbläser, der in seiner Pension einem der beiden letzten Glashüttenbesitzer für ein paar Biere und ein paar Euro aushilft, denn mittlerweile würde zur Straßenpflasterung nicht mehr der lokal reichlich vorhandene Granit, sondern Importware aus Asien verwendet und die politische Unterstützung würde gerade noch bis Mistelbach reichen. Doch obwohl das Waldviertel heute wieder ein Bild bietet wie zu jener Zeit, als Europa noch zweigeteilt war, und vielerorts den Städteplanern als Lehrbeispiel dafür dienen kann, wie Städte und Gemeinden, die von ihren Bewohnern zunehmend verlassen werden, rückgebaut werden müssen, ist deren Widerstandsgeist noch nicht gebrochen. Der Waldviertler Schuhfabrikant Heinrich Staudinger hatte unliebsame Erfahrungen mit seiner Hausbank gemacht. Diese wollte vor zehn Jahren die Kreditlinie für sein Unternehmen zurückfahren, obwohl die Firma Gewinne machte. Darüber war der Unternehmer so erschüttert und erzürnt, dass er sich schwor, nie wieder Geld von einem Geldinstitut zu borgen. Folglich gründete er einen privaten Sparverein. Über diesen lieh er sich von Bekannten, Freunden, Kunden und anderen Anlegern aus der Umgebung jene Beträge aus, die er benötigte, um sein Unternehmen auszubauen. Die Expansion glückte und Herr Staudinger konnte im krisengeschüttelten Waldviertel 70 neue Arbeitsplätze schaffen.

Mittlerweile bekommt er mehr Geld angeboten, als er für seine Investitionen benötigt. Dank hat er dafür keinen geerntet. Im Gegenteil: Die Finanzmarktaufsicht, deren Aufgaben wohl eher darin bestehen sollte, „systemrelevante" Institute von riskanten Termingeschäften und Investments in zunehmend in Schwierigkeiten geratenden Ostländern abzuhalten, stellte fest, dass der Waldviertler Schuhfabrikant ein „gewerbsmäßiges Bankgeschäft" gegründet hätte, wozu er nicht befugt sei. Daher wurde der aufmüpfige Waldviertler zu 50.000 Euro Strafe verdonnert. Die Gemeinde, in der sich diese Geschichte abspielt, heißt übrigens Schrems und bezeichnet sich auf ihrer Webseite selbst als „schtark, schtolz, schtur".

Das Selbstverständnis der Tiroler war schon immer ein äußerst ausgeprägtes und oft auch ein kaisertreues. So nimmt es nicht wunder, dass 1951 eine Schützenabordnung bei der Hochzeit des letzten Thronfolgers Otto Habsburg mit Prinzessin Regina von Sachsen-Meiningen in Nancy sogar die – beinahe möchte man sagen angeborenen – Ressentiments gegen die Franzosen überwand und dem ältesten Kaisersohn so die Ehre erwies. Dass sich die Bewohner des Heiligen Landes die Kaiser oder anderen Obrigkeiten, denen sie treu folgen, allerdings genau aussuchen, belegt eine Episode, die Gerhard Roth in seinem Buch „Die Stadt" schildert. Da die Tiroler offenbar Anspruch auf Teile der Sammlung Rudolfs II., die sich im Kunsthistorischen Museum befinden, erheben (unter ihnen die „Saliera"), dürfen diese nach wie vor nicht nach Tirol entlehnt werden, weil man in Wien fürchtet, dass sie den Weg zurück in die Bundeshauptstadt nicht mehr finden würden. Bekanntlich ist das Verhältnis der Tiroler zu den Wienern kein einfaches. Das bemerke ich auch, wenn ich mit meinen aus Tirol stammenden Freunden über das Wesen Österreichs und seiner Bewohner diskutiere. Oft höre ich dann, dass man eben westlich von Linz anders sei als in Wien und sich daher dagegen verwahre, in einen gemeinsamen Topf geworfen zu werden. Diese Vorbehalte haben neben kulturellen auch historische Gründe. Jedenfalls scheinen die Tiroler den Wienern einiges zuzutrauen. Darauf lässt folgende Notiz in der Tiroler Tageszeitung schließen: „Wien – In Wien dürfte am Dienstag ein Pensionist (66) *zuerst sich,* dann seine 56-jährige Ehefrau erschossen haben …"

Noch in den Sechziger Jahren des 20. Jahrhunderts waren das Twist-Tanzen und das Bikini-Tragen in Vorarlberg verboten und 1964 gab es beinahe eine Revolution, als man ein Bodenseeschiff „Karl Renner" taufen wollte. Die Dünkel gegen „die dort im Osten" waren so groß, dass es stattdessen den Namen „Vorarlberg" erhielt.

Wenig bekannt ist der Umstand, dass es im 19. Jahrhundert auf österreichischem Boden eine Seeschlacht gegeben hat. Am 5. November 1866 kam es in dem zu diesem Zeitpunkt ausgetrockneten Neusiedlersee zu einer Schießerei zwischen den Bewohnern des Dorfes Oggau und den Rustern, die sich widerrechtlich einer größeren Menge Fischgrases bemächtigt hatten. Es gab mehrere Schwerverletzte und ein gerichtliches Nachspiel, wie die Lokalchronik vermerkt. Bemerkenswert ist auch, dass die

Entstehung des Neusiedlersees unklar ist, weil keiner der mehr als hundert theoretischen Umstände zur Bildung eines Sees auf ihn zutrifft. Tatsächlich existiert das Meer der Wiener, das diesen Beinamen sowohl seiner Ausdehnung als auch seines Salzgehaltes wegen zu Recht trägt, trotz mehrmaliger kompletter Austrocknung und zumindest einer dokumentierten Vereisung bis auf den Seegrund weiter beharrlich. Ebenso bemerkenswert ist, dass der Ibis außerhalb Ägyptens nur im Schilfgürtel des Neusiedlersees brütet.

Hallstatt im Salzkammergut wurde in Südchina, allerdings spiegelverkehrt, nachgebaut. Nahe der 800.000 Einwohner zählenden Stadt Bolo gibt es jetzt einen Wegweiser mit der Aufschrift „Hallstatt See". Von einem staatlichen Konzern, der sich mit der Ausbeutung von Bodenschätzen und mit Immobilienprojekten befasst, wurde die Stadt bis ins kleinste Detail kopiert. Nur die Nutzung der Gebäude entspricht nicht der des Originals und auch bei der Vegetation waren Abstriche nötig. So befindet sich in der Christuskirche der örtliche Immobilienmakler und um den Marktplatz herum wachsen Palmen statt Nadelbäumen. Die Mitarbeiter des Konzerns hatten sich als Touristen getarnt und monatelang heimlich das Zentrum von Hallstatt vermessen. Grund für die Kopierwut wäre mangelnde Kreativität, meinte ein chinesischer Professor für Design in einem Interview.

Die Donau war nicht nur Namensgeberin für die Österreich-Ungarische Monarchie, sondern ist seit jeher eine der wichtigsten Lebensadern Mittel- und Osteuropas. Als einziger Fluss der Welt wird ihre Länge von der Mündung bis zur Quelle gemessen, sodass Stromkilometer Null bei dem alten Leuchtturm von Sulina am Schwarzen Meer liegt. Auch alle Nebenflüsse – mit Ausnahme des Wiener Donaukanals – werden von ihrer Mündung her „kilometriert". Was den Donaustrom ebenfalls einzigartig und irgendwie auch typisch österreichisch macht, ist der Umstand, dass er der weltweit internationalste Fluss ist. Die Donau durchfließt zehn Länder und vier Hauptstädte. Wobei

Wien hier bekanntlich eigentlich eine Ausnahme bildet, weil das Zentrum der Stadt vielmehr vom Donaukanal als dem Donaufluss durchflossen wird. Dies zu ändern, indem man im Zuge der für 1995 gemeinsam mit Budapest geplanten Weltausstellung Wien wieder an die Donau heranbauen sollte, war Mauthe damals angetreten und gescheitert. Einer seiner sozialistischen Konterparts und Mitstreiter, Günther Nenning nämlich, hatte eine durchaus spannende, aber ebenso schon bei der Geburt zum Tod verdammte Alternative favorisiert. Er hatte vorgeschlagen, den Donaukanal, der schließlich jetzt dort fließt, wo die Donau vor ihrer Regulierung und Verbetonierung geflossen war, zurückzubauen und auf diese Weise die echte Donau in die Stadt zurückzuholen. In Ergänzung dieser Idee, die in München bereits vor ein paar Jahren erfolgreich umgesetzt worden ist und es den Bewohnern der bayerischen Hauptstadt mittlerweile ermöglicht, in der Isaar unweit der Marienkirche sogar zu baden, würde ich die Errichtung von Vaporetto-Verbindungen zwischen, sagen wir, Klosterneuburg im Norden und Mannswörth im Süden und dem Schwedenplatz vorschlagen. Der seit dem Jahr 1456 unter der Strauchgasse und dem Tiefen Graben verschwundene Alsbach könnte wieder ans Tageslicht gebracht werden, sodass die Gäste des Hotels Orient, das auch in der Verfilmung von Graham Greenes Roman „Der dritte Mann", von der noch zu berichten sein wird, kurz zu sehen ist, dasselbe höchst stilvoll in einem Ruderboot oder einer Gondel erreichen könnten.

Fährt man in Wien über den „Grünen Berg" nach Süden, passiert man auf dem Zubringer zur Südautobahn kurz vor dem Knoten Vösendorf ein großes, grünes Schild mit der Aufschrift „Nach Kärnten". Das kann insofern als bemerkenswert angesehen werden, als der Autofahrer, bevor er jenes Bundesland, das lange mit dem Slogan „Urlaub bei Freunden" geworben hat, auf der A2 erreicht, etwa 250 Kilometer zurücklegen und drei weitere Bundesländer passieren muss. Bedenkt man allerdings den sprichwörtlichen kärntnerischen Heimatstolz und den Einfluss ihres nicht minder legendären und berüchtigten Landeshauptmanns Jörg Haider sowie die Tatsache, dass die „Kärntner Straße" eine der berühmtesten Wiener Einkaufsstraßen ist, relativiert sich diese Verwunderung.

Über Niederösterreichs künstlich geschaffene Landeshauptstadt ist schon viel gelästert worden. Was man den Sankt Pöltnern aber jedenfalls nicht vorwerfen kann, ist mangelnde Empathie ihren anderswo oft unterprivilegierten Leiharbeitern gegenüber. Im Schaufenster einer Firma, die offenbar manuell schwer arbeitende Arbeitskräfte vermittelt und vermietet, war eine Zeit lang ein Schild mit dem unwiderstehlichen Angebot: „Aktion! Pfotenbalsam nur 7.–" zu sehen.

Es ist bekannt, dass viele Burgenländer in die USA ausgewandert sind, zeitweise sollen sogar mehr Burgenländer in Amerika gelebt haben als im Burgenland. Weniger bekannt ist, dass auch eine erkleckliche Anzahl wieder in die alte Heimat zurückgekehrt ist. So ist es zu erklären, dass es im burgenländischen Kittsee einen Ortsteil gibt, der von Rückwanderern aus dem Osten Nordamerikas gegründet wurde und Chicago heißt.

EINE ANDERE GESCHICHTE ÖSTERREICHS

Der Maria-Theresien-Orden

Diese besondere Auszeichnung wurde von Maria Theresia anlässlich der Schlacht von Kolin am 18. Juni 1757 als erster österreichischer Militärorden „für aus eigener Initiative unternommene, erfolgreiche und einen Feldzug wesentlich beeinflussende Waffentaten, die ein Offizier von Ehre hätte ohne Tadel auch unterlassen können", gestiftet. Für die Verleihung waren weder Rang noch Religion oder Abkunft, sondern nur militärisches Verdienst insbesondere im Sinne der Eigeninitiative entscheidend. Der Orden wurde auch dann verliehen, wenn ein militärischer Erfolg durch bewusste Befehlsverweigerung erzielt worden war. Man könnte also vermuten, dass auch der Maria-Theresien-Orden ein Beleg dafür ist, dass in Österreich eben alles erlaubt ist, was eigentlich verboten ist. Zumindest solange der Zweck die Mittel heiligt. Die Tatsache, dass in Preußen der Prinz von Hessen-Homburg trotz eines errungenen Sieges in der Schlacht von Fehrbellin wegen eines Angriffs ohne ausdrücklichen Befehl zum Tod verurteilt worden ist, scheint diese Vermutung zu bestätigen.

Um herauszufinden, ob der Maria-Theresien-Orden tatsächlich etwas Einzigartiges und typisch Österreichisches darstellt, schien es mir geraten, das schon im „Nachdenkbuch" als eine der „Örtlichkeiten, die zum Träumen geeignet sind", gepriesene Heeresgeschichtliche Museum (HGM) zu konsultieren. Sein Direktor schrieb mir auf die Frage nach der Besonderheit dieses Ordens: „[…] dass die in den Statuten des MMTO [Militär-Maria-Theresien-Orden, Anmerkung des Autors] besonders hervorgestrichene Eigeninitiative ein besonderes österreichisches Spezifikum darstellt, welches von keinem anderen militärischen Verdienst-Orden in dieser Form vorausgesetzt wird. Lediglich der rumänische Orden ‚Michael der Tapfere' ist ein wenig an diese Statuten angelehnt, zeichnet jedoch in der Regel persönliche Tapferkeit von Offizieren aus."

Der letzte von Kaiserhand mit dem Maria-Theresien-Orden ausgezeichnete Kriegsheld war der Marineflieger Gottfried Freiherr von Banfield. Als er 1986 in Triest verstarb, wurde auch die Ordensstiftung abgewickelt und ihr Vermögen von der Republik eingezogen. Indes: Ein 200 m² großes Stück Österreich in Ostdeutschland war vergessen worden. Im Südosten von Leipzig steht nämlich ein 1913 von der Stiftung Militär-Maria-Theresien-Orden errichtetes Denkmal für den ebenfalls mit dem höchsten österreichischen Verdienstorden dekorierten Johann Graf von Klenau, der in dieser Gegend bei der Völkerschlacht von Leipzig gegen die Truppen Napoleons gekämpft hatte. Erst als 2009 zwei riesige Pyramidenpappeln, die den österreichischen Doppeladler flankiert hatten, gefällt werden mussten, kam heraus, dass eben seitens Österreichs kein Adressat für die Rechnung der Baumfällung auszumachen war. Seither wartet die Stadt Leipzig vergebens auf eine Begleichung der etwa 1.100 Euro.

Grundlos verlorene Schlachten und wider jede Vernunft errungene Siege

Vergegenwärtigt man sich, dass die Geschichte österreichischer Militäraktionen stets von Unerwartetem in jedem denkbaren Sinn gekennzeichnet war, ist es eigentlich nur konsequent, dass der Maria-Theresia-Orden eben für trotzdem siegreiche Strategen und Soldaten gestiftet wurde.

Stephan Vajda, Historiker und Journalist, berichtet in seinem historischen Sachbuch „Felix Austria" beispielweise über die Zeit der Napoleonischen Kriege, dass „die österreichische Armee, weil zu schwerfällig, mitunter zu lustlos und meist miserabel geführt, fast immer unterlag [...]". Mauthe hingegen vermutet neben Unlust Taktgefühl als eine weitere Ursache für unerwartete Niederlagen, wo man mit Leichtigkeit hätte siegreich sein können. Ganz so schlecht ist die Bilanz dann aber insgesamt doch nicht. Militärexperten haben nämlich errechnet, dass die österreichische Armee in der Zeit von 1495 bis 1895 von den insgesamt etwa 7.000 Gefechten und Schlachten immerhin 65 % gewann.

Im Siebenjährigen Krieg jedenfalls konnte eine österreichisch-russische Allianz Preußens etwa achtfach unterlegene Truppen nicht schlagen, obwohl es Andreas Graf Hadik im Oktober 1757 sogar gelang, die preußische Hauptstadt Berlin bei minimalen eigenen Verlusten (man zählte etwa zehn Gefallene) praktisch im Handstreich einzunehmen und für 24 Stunden zu halten. Innerhalb dieser kurzen Frist konnte er für die Kriegskasse seiner Regentin mehrere hunderttausend Taler lukrieren. Als besonderes Geschenk für Maria Theresia erpresste Hadik darüber hinaus aus einer berühmten Berliner Handschuhfabrik mehrere Dutzend Paare, in deren feines Leder das Wappen der Stadt geprägt war. Die Rache der Berliner bestand darin, dass sie dem siegreichen Grafen keine Paare, sondern nur linke Handschuhe übergaben. Friedrich II. selbst führte die Niederlage der Österreicher durchaus selbstkritisch auf „ein Mirakel oder die göttliche Eselei meiner Feinde [...] zurück."

Dem Sieg von Erzherzog Carl bei der Schlacht bei Würzburg im Jahre 1796 verdankt das Heeresgeschichtliche Museum in Wien, das im Folgenden noch mehrmals Erwähnung finden wird, das älteste noch existierende militärische Luftfahrzeug: einen Fesselballon der französischen Armee, der im Zuge dieser Schlacht von den österreichischen Truppen erbeutet werden konnte. Erzherzog Carl war es auch, der als Ursache für die missglückte

Außenpolitik Österreichs in jener Zeit erkannte, dass „Männer zu Ministern ernannt werden, die sich öffentlich rühmen, in dreißig Jahren weder Buch noch Zeitung gelesen zu haben". Auf Landeshauptleuteebene scheint dieses gering ausgeprägte Interesse an Büchern zumindest in Niederösterreich noch immer vorhanden zu sein.

1805 wurde General Mack, ohne es zu merken, bei Ulm von Napoleons Truppen eingekesselt und ergab sich mit 25.000 Mann. Der Sieg Erzherzog Carls über Napoleon am 22. Mai 1809 bei Aspern war zwar glorreich, aber ebenso blutig wie sinnlos, weil der französische Kaiser die österreichische Armee am 6. Juli desselben Jahres entscheidend schlug.

Auch Kaiser Franz Joseph war militärisch nicht vom Glück verfolgt. Nachdem er vor der Schlacht von Solferino persönlich das Kommando übernommen hatte, wurde die Befehlskette noch komplizierter. Das Oberkommando, das in eleganten Hofequipagen zur Schlacht reiste, musste alle Befehle vor der Verlautbarung von der Militärkanzlei des Kaisers gegenzeichnen lassen. All das vergrößerte die Chancen auf siegreiche Gefechte nicht gerade. Zwei Wochen nach der trotz österreichischer Übermacht verlorenen Schlacht bei Königgrätz gelang Admiral Tegetthoff bei Lissa ein ebenso großer wie unerwarteter Sieg gegen die übermächtige italienische Flotte. Einen entscheidenden Anteil an diesem Sieg auf See hatten zahlreiche venezianische Matrosen, die zu diesem Zeitpunkt paradoxerweise bereits nicht mehr österreichische, sondern italienische Untertanen waren, weil Franz Joseph die „Serenissima" schon am Tag nach Königgrätz an Napoleon hatte abtreten müssen. Der siegreiche Tegetthoff wurde, wie in Österreich nicht unüblich, kaltgestellt und nach seinem frühen Tod mit einem nach Meinung Egon Friedells „Denkmal von sensationeller Abscheulichkeit geehrt". Die Folgen der österreichischen Niederlage waren die durch den „Ausgleich" mit Ungarn bedingte Entstehung der Doppelmonarchie und die Einführung der allgemeinen Wehrpflicht. Deren größte

Bedeutung lag wohl in der starken Durchmischung der Truppen mit Angehörigen aller Kronländer, die wiederum nicht unwesentlich zur identitätsstiftenden Rolle der Armee beigetragen hat.

Ein Grund für zahlreiche verlorene Schlachten, die eigentlich zu gewinnen gewesen wären, mag auch im skurrilen Verständnis von militärischer Ästhetik gesehen werden, die der Armeeführung und namentlich Kaiser Franz Joseph I. selbst oft mehr galt als moderne Technologie und Logistik. Der Kaiser war ein Liebhaber des Bajonettangriffs und Kritikern dieser überkommenen Art des Nahkampfs gegenüber unbarmherzig. Leider übersah er dabei die nicht unerhebliche Tatsache, dass der preußische Hinterlader, den die Hersteller der k. u. k. Armee vergeblich angeboten hatten, vier Mal so schnell feuerte wie der österreichische Vorderlader, sodass es der Infanterie kaum je möglich war, ihre Bajonette überhaupt zu gebrauchen. „Der Effekt war wichtiger als die Effektivität", so Peter Melichar. Hans Weigel beschreibt das Verhältnis der Österreicher zu ihrer Armee treffend mit dem damals oft gehörten Satz: „Eine Armee haben wir gehabt […] die schönste Armee, die beste Armee, die fescheste Armee – und was haben wir mit ihr gemacht? In den Krieg haben wir sie geschickt! – Na, sonst wären ja die Feinde gekommen! – Die Feinde! Die sind ja auch so gekommen. Aber wir hätten wenigstens noch unsere Armee!"

In der jüngeren österreichischen Geschichte ist wohl kaum ein anderer Ort stärker mit einem zwar glorreichen, aber völlig sinnlosen Sieg verbunden als die argentinische Stadt Cordoba. Bei der Fußballweltmeisterschaft 1978 besiegte die heimische Nationalmannschaft jene des Erzrivalen Deutschland bekanntlich mit 3:2. Dass dieser Sieg nach dem vorzeitigen Ausscheiden der Österreicher und nur dank eines deutschen Eigentors errungen wurde, hat kaum jemanden in Österreich jemals gestört. Im Gegenteil: Im 21. Wiener Gemeindebezirk erinnert die Edi-Finger-Straße (benannt nach jenem Sportreporter, der das legendäre Match kommentiert und bei Hans Krankls Siegestor „I wer narrisch" geschrien hatte), die auf den Cordobaplatz mündet, an das denkwürdige Fußballereignis. Die sich hinter dem Cordoba-Mythos befindliche Psychologie der österreichisch-deutschen sowie der innerdeutschen Beziehungen ist auf geniale Weise in dem von Florian Scheuba und Rupert Henning geschriebenen und von Cornelius Obonya gespielten Kabarett-Programm „Cordoba – Das Rückspiel" ebenso gnadenlos wie augenzwinkernd aufgedeckt worden.

Eine andere Erklärung für das oftmals unerwartete Unterliegen der österreichischen Armee (und der österreichischen Fußballnationalmannschaft) wäre eine Art kollektiver Reaktanz, die den Österreichern praktisch genetisch inhärent sein dürfte. Der Begriff Reaktanz geht auf den Sozialpsychologen Jack W. Brehm zurück, der 1966 damit erstmals jenes Verhalten bezeichnete, das Menschen an den Tag legen, wenn sie unter dem großen Druck der Masse leiden. In solchen Fällen wird nämlich oft das Gegenteil von dem getan, was eigentlich vom Individuum erwartet wird. Man könnte dieses Verhalten etwas verkürzt auch als Trotzhandlung verstehen. In Wien sagt man dazu „Justament-Standpunkt". Haben also die Österreicher die von ihnen erwarteten Siege deshalb selten errungen, weil sie erwartet wurden?

Schicksalhaftes in der österreichischen Zeitgeschichte und die Folgen

Der Einmarsch deutscher Truppen im März 1938 und somit der Anschluss an das Deutsche Reich wären nach heutigem Wissensstand wenn schon nicht zu verhindern, so doch zu verzögern gewesen. Das vor allem deshalb, weil es für diese Operation seitens des deutschen Reiches keine generalstabsmäßige Detailplanung gab und daher improvisiert werden musste. Es wird auch spekuliert, dass der Treibstoff der deutschen Truppen höchstens bis Linz gereicht hätte, weil vor allem Einheiten der SS mehrfach auf Benzinreserven der Wehrmacht zurückgriffen, um schneller nach Wien vorrücken zu können.

Einige Stunden Widerstand, mit dem der Chef des deutschen Generalstabs General Beck im Übrigen durchaus gerechnet hatte und zu dem unter anderem auch jene Arbeiter bereit waren, die noch in der Nacht zum 11. März im Augustinerkeller auf eine entsprechende Ermutigung vom Ballhausplatz gewartet hatten, hätten also vielleicht genügt, um zumindest die österreichische Geschichte nachhaltig zu ändern. Das von General Zehner zu diesem Zweck ausgearbeitete Verteidigungskonzept, das unglücksseligerweise nicht umgesetzt wurde, sah interessanterweise eine Raumverteidigung anstatt einer Grenzverteidigung vor und nahm dadurch das Konzept der „Knautschzone" vorweg. Die Vorteile eines solchen Verteidigungskonzeptes zeigten sich, wenn auch ex negativo, nur zwei Jahre später bei der Überrennung und Umgehung der Maginot-Linie durch die deutsche Wehrmacht.

Nun, es kam anders – und dann kam der Krieg.

Der britische Premierminister Winston Churchill wollte, beeinflusst vom im Exil lebenden Otto Habsburg, eine moderne Variante des alten Österreich-Ungarn als Gegengewicht zu Deutschland etablieren. Angeblich soll Churchill über die Donaumonarchie gesagt haben: „Wenn sie nicht existierte, müsste man sie erfinden." Möglicherweise hat der britische Premierminister aber lediglich den fast gleichlautenden Satz des tschechischen Historikers František Palacký zitiert. Jedenfalls scheiterte diese Idee Churchills am Widerstand Stalins.

Es kam also wieder einmal anders – und dann kamen die Alliierten. Und dann endlich die Freiheit und der Staatsvertrag. Der Weg dorthin war, wie nicht anders zu erwarten, auch ein typisch österreichischer. In seinem Teil II, Artikel 13 lit. f) und g), verbietet der Staatsvertrag Österreich jedenfalls den Besitz von Unterseebooten oder anderen Unterwasserfahrzeugen sowie

Motor-Torpedobooten. Auf den beklagenswerten Umstand, der aus dem Fehlen von U-Booten resultiert, die in der Donau, dem Neusiedlersee oder dem Bodensee unter- und auftauchen könnten, hat Jörg Mauthe bereits hingewiesen. Dass unser Bundesheer aber doch über Boote verfügt oder besser bis vor Kurzem verfügte, ist weithin unbekannt.

Dabei hat die Donauflotille durchaus historische Wurzeln. Bereits unter Kaiser Maximilian I. gab es in Wien ein kaiserliches Schiffsarsenal, dessen Boote zur Verteidigung der Donau gegen Ungarn und Türken sowie zur Deckung des Nachschubs der Landarmee dienten. Im Jahr 1514 bestand die Donauflotte aus mittlerweile fast 150 Schiffen. Der Vater Maria Theresias, Kaiser Karl VI., ordnete Anfang des 18. Jahrhunderts den Bau von zehn Schlachtschiffen mit jeweils zehn bis 15 Kanonen an. Allerdings musste man in den folgenden Jahren feststellen, dass die Donau sich kaum zu großen Flottenmanövern eignete: Sämtliche Schlachtschiffe waren nämlich gestrandet! In weiterer Folge verlegte man sich daher auf kleinere Kanonenbarken und sogenannte „Nasaden" und „Tschaiken". Dabei handelt es sich um flachrumpfige Schiffe, die gesegelt und gerudert werden konnten. Die Mannschaften rekrutierten sich um 1760 aus vier ständigen Tschaikisten-Kompanien. Im Jahre 1849 wurden die ersten Dampfschiffe auf der Donau eingesetzt.

Vor einiger Zeit sah ich zu meinem Erstaunen auf der Donau knapp oberhalb der Nordbrücke eine aus zwei kleinen, in Tarnfarbe gestrichenen Booten bestehende Flotille. Meine Erkundigung beim Pressesprecher des Österreichischen Bundesheeres ergab, dass es sich dabei um die Patrouillen- bzw. Pionierboote „Niederösterreich" und „Oberst Brecht" gehandelt hatte. Diese Wasserfahrzeuge hatten für ein Binnenland wie Österreich eine durchaus beachtliche Bewaffnung aufzuweisen. Die neunköpfige Besatzung der „Niederösterreich" verfügte über eine 2 cm-Maschinenkanone, ein „überschweres" und ein normales Maschinengewehr, ein Panzerabwehrrohr und neun Sturmgewehre. Die kleinere „Oberst Brecht" hatte neben dem Kommandanten, dem Steuermann und dem Maschinisten immerhin noch zwei Matrosen. Zusätzlich zur nicht unbeträchtlichen Bewaffnung hatten beide Boote mehrere Exemplare des wahrscheinlich wichtigsten österreichischen Kriegsgeräts, Nebelwerfer nämlich, an Bord. Bedauerlicherweise wurden die Boote 2006 außer Dienst gestellt und dem Heeresgeschichtlichen Museum geschenkt. Von dort gingen sie an die „Marinekameradschaft Admiral Erzherzog Franz Ferdinand, Wien". Besichtigungen von Österreichs letzten Kriegsschiffen sind während der Sommermonate unter der Reichsbrücke möglich.

Die Voraussicht der alliierten Siegermächte bei der Formulierung des U-Boot-Verbotes im Staatsvertrag kann aber im Lichte der jüngsten geopolitischen Entwicklungen nicht hoch genug eingeschätzt werden. Sie scheinen Österreichs Streben zurück ans Mittelmeer antizipiert zu haben. Tatsächlich besaß unsere Insel der Seligen kurzfristig wieder einen Meereshafen. Verantwortlich dafür war das Debakel um die Hypo Alpe Adria Bank. Diese hatte eine Hypothek auf einen Yachthafen im kroatischen Küstenort Novigrad. Mit der Zwangsverstaatlichung der Bank war dann die Republik im Besitz dieser Hypothek. Einziger Haken an der Angelegenheit: Es fehlte zunächst die Konzession zur Betreibung des Hafens. Im September 2010 wurde diese dann von der kroatischen Regierung erteilt. Da die Österreich-Filialen der Bank 2013 aber schließlich an einen indischen Mediziner und Investor verkauft wurden, musste Österreich den Traum von einer Enklave am Mittelmeer wieder zu den Akten legen.

Die nautische Expertise Österreichs hat sich erstaunlicherweise trotz des Verlustes der letzten militärischen Wasserfahrzeuge und der altehrwürdigen Donaudampfschifffahrtsgesellschaft in der seit über 100 Jahren bestehenden Schiffsbautechnischen Versuchsanstalt fortgesetzt. Seit ihrer Gründung durch die k. u. k. Marine im Jahr 1912 besteht in Wien Brigittenau ein weltweit nachgefragtes Fachwissen über Schiffsdesign, das an Modellen aus Holz oder Paraffin mit bis zu zwölf Meter Länge samt Aufbauten und Antriebsschrauben sogar unter Simulation rauen Seegangs und starken Sturmes erforscht und optimiert werden kann. Auch der Untergang der „Lucona" wurde in dem 180 Meter langen Versuchsbecken der Schiffsbautechnischen Versuchsanstalt erfolgreich rekonstruiert.

Ein Unterseeboot oder zumindest einen Teil davon hat Österreich übrigens trotz des weiterhin bestehenden Verbotes auch wieder. Bei Grado war nämlich 1962 in der Nähe der Tagliamentomündung das Wrack des Unterseebootes U-20 der k. u. k. Kriegsmarine entdeckt worden, nachdem es durch zunehmende Ablagerung von Sand in der Flussmündung zu einer Hebung des Meeresgrundes gekommen war. U-20 war am 6. Juni 1918 in einer Phase der Manövrierunfähigkeit, die während des Aufladens der Akkus bestanden hatte, von der italienischen Marine versenkt worden. Bei der Bergung war das Wrack auseinandergebrochen, sodass das Verteidigungsministerium nur den Turm und Teile des Druckkörpers erwerben konnte. Die sterblichen Überreste der Besatzung wurden in Wiener Neustadt am Friedhof der Militärakademie beigesetzt und die Reste des Wracks von Experten des Heeresgeschichtlichen Museums fachkundig restauriert, wo sie seither besichtigt werden können.

Der aus dem ehemaligen k. u. k. Kriegsministerium „organisierte" Diesel-Motor eines der letzten österreichischen U-Boote rettete nach dem Zweiten Weltkrieg, wie mir mein Vater erzählte, in einem zum CA-Konzern gehörenden Textilbetrieb die Produktion von damals sehr begehrten Nylonstrümpfen. Aufgrund der damals häufigen Stromausfälle und -abschaltungen war es zuvor immer wieder zu Unterbrechungen der in drei Schichten laufenden Herstellung der Nylons gekommen. Ein findiger Betriebsingenieur entdeckte irgendwann im Keller des Ministeriums den alten Dieselmotor, ließ ihn ins Waldviertel schaffen und reparieren und machte damit den lästigen Produktionsunterbrechungen ein Ende. So hatten in jenen Nachkriegsjahren viele Damen den

Luxus von Nylonstrümpfen einem ausgedienten Dieselaggregat aus einem kaiserlich-königlichen U-Boot zu verdanken.

An diese Stelle passt, wie ich finde, auch der Hinweis auf den zwar in den USA und in Asien durch den Film „Sound of Music" äußerst bekannten, in Österreich aber eher wenig wahrgenommenen U-Boot-Kommandanten Georg Ludwig Ritter von Trapp, der mit seinem U-5 einen französischen Panzerkreuzer und ein italienisches Unterseeboot versenkt hatte. Für einige Zeit lebte die Familie übrigens nach dem Ersten Weltkrieg im Martinsschlössel in Klosterneuburg. Nach dem Tod von Trapps Ehefrau übersiedelte man 1923 nach Aigen bei Salzburg. In der Weltwirtschaftkrise von 1934 verlor Trapp sein Vermögen und gründete in den Vereinigten Staaten den später so bekannten Familienchor.

Apropos ehemalige Kronländer: Die folgende Geschichte erzählte mir ein junger Jurist des Außenministeriums. Sein Ministerium, das für seine Übersicht und Effektivität bekannt ist, teilte 2010 der Verwaltung der Stadt Srebrenica offiziell mit, dass es die Verantwortung für die örtliche Kanalisation nun vereinbarungsgemäß in die Hand der lokalen Verwaltung übergebe. Auf die etwas überraschte Nachfrage der zuständigen Behörden in Bosnien-Herzegowina erklärte man ihnen, dass offenbar in den letzten Jahren der Monarchie ein Fristakt dazu angelegt worden sei, der über zwei Weltkriege, die erste Republik, ein tausendjähriges Reich und somit letztlich 100 Jahre in Evidenz gehalten und schließlich fristgerecht erledigt und endgültig abgelegt wurde. In diesem Zusammenhang sei auf die Erinnerungen von Hannes Androsch an seine Amtseinführung erinnert, die er mit den Worten schilderte: „Besonders hilfreich war Dr. Walter Fremuth, später Generaldirektor der Verbundgesellschaft, der selbst seine Karriere im Bundesdienst begonnen hatte. Er führte mich in die Geheimnisse und Besonderheiten des auf die Zeit von Maria Theresia zurückreichenden Aktenwesens ein, sodass man nie wusste, was ich nun wusste oder vielleicht doch nicht wusste [. . .]" In diesem Kontext drängt sich der Hinweis darauf auf, dass es in österreichischen Amtsstuben noch immer Usus ist, Akten mittels des „k. k. Aktenknotens" zu sogenannten Faszikeln zusammenzufassen. Während der habsburgische Aktenknoten Gerhard Roth in seinem Buch „Die Stadt" eher an die Verschnürungen von Zwangsjacken erinnert, könnten sie von erotisch-hedonistischen Zeitgenossen mit durchaus ebenso kunstvollen Knotengebilden des Shibari und Kinbaku assoziiert werden.

Die Demoralisierung ausländischer Gäste in unserem Land, die ebenso langsam wie sicher eintritt, wirkte und wirkt nicht nur bei unseren bundesdeutschen Freunden, sondern war auch vor Beginn der Kulturrevolution bei den chinesischen Gesandten in Wien offenbar beträchtlich. Dies führte dazu, dass sich eine Splittergruppe österreichischer Marxisten-Leninisten in einem Brief bei Mao Tse-tung über die bourgeoise Verkommenheit der Funktionäre beschwerte. Man monierte teure Anzüge und deutsche Luxuslimousinen und warnte vor dem Spott und dem Getuschel der Wiener. Es war wohl dem Einfluss des Österreichers Franz Strobl, der mit seiner Splittergruppe „Rote Fahne" als einer der Ersten in Europa Peking im ideologischen Kampf gegen Moskau unterstützt hatte, zuzuschreiben, dass die Kulturrevolution außerhalb Chinas zuerst in Wien Auswirkungen zeigte: Neben der Halbierung der Spesensätze und dem Verzicht auf die Benützung der Mercedes-Dienstwagen sahen sich die Diplomaten in der österreichischen Bundeshauptstadt sogar bemüßigt, zur Buße für den traditionellen Botschaftsempfang am chinesischen Nationalfeiertag selbst zu kochen.

Wesentlich weiter reichende Konsequenzen hatte das antikommunistische Wahlverhalten der österreichischen Bevölkerung bei den ersten freien Wahlen nach dem Zweiten Weltkrieg. Das für Moskau völlig unerwartet schlechte Abschneiden der Kommunistischen Partei mit nur fünf Prozent der Stimmen ließ im Kreml die Alarmglocken schrillen. Da man die Schuld dafür in der Weigerung der österreichischen Sozialisten, mit den Kommunisten zu kooperieren, erkannte, wurde für Deutschland der Zusammenschluss von Sozialistischer und Kommunistischer Partei dekretiert. Man kann also ohne große Übertreibung sagen, dass das Wahlverhalten der Österreicher zur Gründung der Sozialistischen Einheitspartei Deutschlands (SED) geführt und auf diese Weise die Geschichte Deutschlands nachhaltig beeinflusst hat.

Der Einfluss von Frauen auf die Geschichte Österreichs

Die zweifellos wichtigste Frauengestalt in der Geschichte Österreichs ist Maria Theresia. Erwähnenswert ist neben den hinlänglich bekannten Reformen der Umstand, dass sie als die erste und einzige Herrscherin zu sehen ist, die gleichzeitig „First Lady" war. Zwar verdankt ihr Mann, Franz Stephan von Lothringen, seiner Vermählung mit der Tochter Karls VI. die Krönung zum Kaiser des Heiligen Römischen Reiches, doch wurde und wird Maria Theresia, obwohl offiziell „nur" Erzherzogin von Österreich und seit 1741 Königin von Ungarn, einer österreichischen Usance folgend seither unausrottbar als österreichische Kaiserin gesehen und bezeichnet.

Gerade während der Herrschaft Maria Theresias haben aber andere, anonyme Frauen eine nicht unbedeutende Rolle für Österreich gespielt. Als Friedrich II. von Preußen 1741 Schlesien besetzte und die österreichische Armee im Zuge der geplanten Rückeroberung mehrmals geschlagen wurde, war es nicht zuletzt der Neutralität der Türken zu verdanken, dass Österreich mit Hilfe des ungarischen Adels den Vormarsch der Koalition der Preußen mit den Franzosen, Bayern und Spaniern stoppen konnte. Die türkische Neutralität soll angeblich unter anderem auf den Einfluss der mit Maria Theresia solidarisierenden Frauen aus dem Harem Sultans Mahmud I. zurückzuführen gewesen sein. Auch Madame Pompadour, die legendäre Mätresse König Ludwigs XV., hatte nach Ansicht einiger Historiker ihren Anteil an der österreichischen Geschichte unter Maria Theresias Regentschaft. Staatskanzler Kaunitz hatte die königliche Geliebte motivieren können, dem französischen Monarchen eine Annäherung Frankreichs an Österreich schmackhaft zu machen, was 1756 zur Unterzeichnung eines Freundschaftsvertrages führte.

Rund zweihundert Jahre vor Maria Theresia lebte eine bemerkenswerte Frau, deren Vermögen es dem uralten österreichischen Geschlecht der Schwarzenbergs ermöglichen sollte, politisch wie militärisch Einfluss auf das Geschick Österreichs zu nehmen. Anna Neumann von Wasserleonburg war die Tochter eines evangelischen Kaufmannes aus der Nähe von Murau und muss ebenso schön wie ehrgeizig gewesen sein. Sie überlebte einen Hexenprozess und fünf teils adelige Ehemänner und häufte solcherart ein so großes Vermögen an, dass selbst Kaiser Ferdinand II. und der Fürsterzbischof Marcus Sitticus zu ihren Schuldnern zählten. Im Alter von über 80 Jahren ehelichte sie den 50 Jahre jüngeren Reichsgrafen Georg Ludwig zu Schwarzenberg. Ihr Erbe stellte kurze Zeit später einen der Grundsteine des Schwarzenberg'schen Vermögens dar, das es deren nachmaligen Vertretern wie Prinz Felix und Fürst Carl ermöglichte, als Ministerpräsident für Kaiser Franz Joseph, beziehungsweise als Führer eines alliierten Heeres gegen Napoleon erfolgreich zu sein.

Im März 1848 war es auch dem Einfluss der Erzherzogin Sophie zu verdanken, dass Clemens Wenzel Lothar von Metternich als Konzession an die Revolutionäre entlassen wurde und ins Exil gehen musste. Die bayerische Prinzessin dürfte nicht ganz uneigennützig gehandelt haben. Da Kaiser Ferdinand I. leicht manipulierbar war, konnte nach seiner Abdankung mit Hilfe von Felix von Schwarzenberg ihr Sohn Franz Joseph Kaiser von Österreich werden. Eine gewisse Ironie liegt darin, dass Metternich nicht nur das Ende, sondern auch den Anfang seiner Karriere in Österreich einigen Frauen verdankte. Denn erst durch die Hochzeit mit Maria Eleonore Kaunitz, Enkelin des Staatskanzlers von Maria Theresia, und ihre Freundschaft mit Fürstin Liechtenstein und Gräfin Romberg hatte der bis dahin unbekannte Reichsgraf in Wien Fuß gefasst und war zunächst zum Botschafter und schließlich zum Reichskanzler avanciert. Auch die Anregung zur Gründung der Heiligen Allianz verdankte Metternich einer Frau. Barbara Juliane von Krüdener aus Livland, die Zar Alexander I. mit religiösen Schwärmereien verfolgte, lieferte das Gedankengut, das der geschickte Taktiker im Verlauf des Wiener Kongresses in ein „lauttönerndes Nichts" verwandelte, das Europa immerhin für einige Jahrzehnte relative Ruhe bescherte.

Aber auch in der jüngeren österreichischen Geschichte haben Frauen einen gewissen Einfluss auf den Lauf der Dinge gehabt. So könnte zwar nicht die Ursache, doch aber der Zeitpunkt für den Untergang Österreichs durch den Einmarsch Hitlers mit einer Frau zu tun haben. Nach Meinung des deutschen Widerstandkämpfers, Juristen und Autors Hans Bernd Gisevius hat Adolf Hitler die Umsetzung des „Fall Otto" auch deshalb forciert, weil er von einer innenpolitischen Krise ablenken wollte, die durch eine für ihn höchst peinliche „Frauengeschichte" ausgelöst worden war. Es hatte sich nämlich Anfang 1938 herausgestellt, dass Margarethe Gruhn, die sein Kriegsminister Feldmarschall Werner von Blomberg geheiratet hatte, eine Prostituierte gewesen war, von der äußert kompromittierende Aktfotos mit einem Mann existierten, der nach Hitlers Meinung jüdischer Abstammung sein müsse. Hitler war bei dieser Hochzeit Trauzeuge gewesen und war durch den Umstand, dass sein Feldmarschall so tief hatte fallen können und ihm daher für die geplanten Kriegsvorbereitungen ausfiel, sehr konsterniert. Da auch der Oberbefehlshaber des Heeres, Werner von Fritsch, wegen angeblicher homosexueller Verfehlungen moralisch schwer belastet war, sah Hitler nach einer kurzen „Schrecksekunde" diese „Blomberg-Fritsch-Krise" als einmalige Chance, praktisch über Nacht jene Teile der obersten Generalität abzusetzen, die seiner aggressiven Expansionspolitik kritisch gegenübergestanden waren, was ihm letztlich den persönlichen Oberbefehl über die Wehrmacht verschaffte. Da nach der Kabinettssitzung vom 4. Februar 1938, in der Hitler die Minister mit den erfolgten Umbesetzungen und der Absetzung von Außenminister von Neurath konfrontiert hatte, mit innenpolitischen Unruhen zu rechnen war, lenkte Hitler wieder einmal durch außenpolitische Taten ab und stellte Bundeskanzler Schuschnigg am 12. Februar das bekannte Ultimatum. Bedenkt man, dass nach Hitlers eigenen Aussagen sein größter Fehler darin bestanden hatte, dass er ein Jahr zu spät losgeschlagen hatte, gebührte Frau Gruhn eigentlich ein zwar nicht ehrenvoller, doch aber bedeutenderer Platz in den österreichischen Geschichtsbüchern.

Kaiser Friedrich III., wahrlich nicht vom Glück verfolgt, war es, der aus bis heute nicht geklärter Ursache die Signatur AEIOU einführte. Neben der bekannten lateinischen Deutung *„Austriae est imperare orbi universo"* (es ist Österreich bestimmt, die Welt zu beherrschen) und der im 16. Jahrhundert aufgekommenen deutschen Interpretation *„Alles Erdreich ist Österreich untertan"* gibt es etwa 300 weitere. Persönlich gefallen mir *„Austria est imperium optime unita"* (Österreich ist ein aufs Beste geeinigtes Reich) und die Wienerische „Am End is ois umasunst" am besten.

DIE ÖSTERREICHER
UND DIE „ANDEREN"

In einer Fernsehsendung aus den späten 1990er-Jahren, in der Menschen auf den Straßen Wiens zu ihrer allgemeinen Befindlichkeit und zum Thema Zuwanderung frei von der Leber weg erzählten, meinte ein Mann um die 60 zur Interviewerin, dass es Zeit wäre, die Öfen in den Konzentrationslagern wieder anzuheizen. Auf die Frage, ob er dabei gern eine tragende Rolle spielen würde, antwortete er, dass er gern ein Herr wäre – und zwar am liebsten der Herr von Auschwitz. Dieses „Herr-sein-Wollen" lässt einen unweigerlich an Helmut Qualtingers Herrn Karl denken. Jenen in seiner Unbedarftheit bösartigen Greißlerei-Gehilfen, der seinem nicht in Erscheinung tretenden Lehrling, den er als „junger Mensch" anspricht, die Welt aus seiner Sicht erklärt.

„Wer ein Jud' ist, bestimm ich!", ist ein Ausspruch, der dem Wiener Bürgermeister Karl Lueger zugeschrieben wird und der die Neigung zur Verharmlosung des Antisemitismus in Österreich gut veranschaulicht.

Eine kleine Geschichte aus meiner Jugend zeigt, wie schnell sich auch bei Zuwanderern ein „Wir-Gefühl" einstellen kann, das dazu geeignet ist, andere auszugrenzen. Der aus Jugoslawien stammende Buschauffeur auf der Strecke zwischen dem Haus meiner Eltern und dem örtlichen Gymnasium pflegte uns Kinder mit den Worten „Du nix einsteigen mit Eis" davon abzuhalten, „seinen" Bus mit Gefrorenem in der Hand zu betreten. Einmal wurde ihm kurz nach dem Anfahren von einem anderen

Autofahrer der Vorrang genommen und er musste abrupt bremsen. Da kurbelte er das Seitenfenster herunter und schrie: „Foar weiter, du Tschusch!"

Nicht ganz so emotionsgeladen ist das Verhältnis zu jenen Zuwanderern, die unter den Ausländern in Österreich die zahlenmäßig größte Gruppe darstellen, den Deutschen. Da darüber schon viele Bücher geschrieben worden sind, mute ich dem Leser nur ein weiteres Apropos zu. Von den Bayern, die ja aus Sicht der Österreicher gerade noch auf der richtigen Seite des Schnitzel-, respektive Weißwurstäquators ansässig sind, könnte man annehmen, dass sie mit den hiesigen Gebräuchen und Sitten nicht allzu viele Schwierigkeiten hätten. Kürzlich erzählte mir aber ein aus Bayern nach Wien Ausgewanderter, dass ihn, der ja durchaus auch ein Anhänger der Gemütlichkeit sei, doch verwundert hätte, mit welch geradezu nihilistischen Argumenten in Wien versäumte Fristen erklärt würden. Seiner Erfahrung nach gelte es als „common sense", dass der lapidare Satz „Es is si net ausgangen" durchaus beträchtliche Fristversäumnisse hinreichend rechtfertige.

In Niederösterreich lebte in einem kleinen Winzerhaus eine alte Frau. Dahinter lag, halb in den Hang gegraben, unbeheizt und mit einem Boden aus gestampftem Lehm, eine kleine Hütte. In dieser hauste der geistig behinderte Sohn der Frau, die sonntags regelmäßig im Kirchenchor sang. Sie hatte die Angewohnheit, sich im Herbst ein beachtliches Bäuchlein anzuessen und sich, sobald es zu schneien begann, in eine Art Winterruhe zu begeben. In dieser Zeit versorgte sie der Sohn mit dem Lebensnotwendigsten, sie selbst verließ ihr Haus nie. Am Ende eines langen und außergewöhnlich strengen Winters starb der sich in diesen Monaten selbst überlassene Sohn an einer Lungenentzündung!

In einer Wohnung in der Wiener Kleeblattgasse, die vor 1863 Ofenlochgasse geheißen hatte, entdeckte ich einmal eine in die Mauer eingelassene Nische, die mit einer historistischen Holzverkleidung versehen war. Als der Wohnungsbesitzer meinen fragenden Blick bemerkte, meinte er, dass er den ursprünglichen Zweck dieser ungewöhnlich ausgestalteten Nische auch nicht kenne. In dem Haus hätten früher viele jüdische Parteien gewohnt und es könne durchaus sein, dass es sich um eine Art Schrein oder Altar handle. Es gäbe in seiner Wohnung aber etwas sehr Beklemmendes, fuhr der Mann fort und zeigte auf eine Fensterlaibung, in der ein Heizkörper montiert war. Am Boden unter diesem befinde sich eine kleine Falltüre, die in einen noch immer vorhandenen fensterlosen Raum führe, in dem während der NS-Diktatur jüdische Hausbewohner versteckt worden seien. Es ist, wie ich finde, durchaus nicht abwegig, diese Anordnung von Heizkörper im Sinne von Ofen und Falltüre im Sinne von Loch, als eine schreckliche, neuzeitliche Interpretation des ursprünglichen Straßennamens auszulegen. Die ganze grauenhafte Dimension dieses Gedankens erschließt sich, wenn man sich vorstellt, wie viele Menschen in den „Ofenlöchern" der Nationalsozialisten umgekommen sind!

Die Geschichte von Angelo Soliman demonstriert, dass schon zur Zeit der Aufklärung in Österreich staunende Bewunderung für Fremdes und Exotisches hautnah an der grausamen Ausbeutung desselben lag. Der vermutlich um 1721 im Gebiet des heutigen Nigeria geborene Soliman, der zum Stamm der Kanuri gehörte, wurde im Alter von zehn Jahren in Messina von Sklavenhändlern an eine reiche italienische Familie verkauft. Dort erhielt er eine europäische Ausbildung. In diese Zeit fällt auch die Taufe des jungen Mannes auf den Namen Angelo Soliman. Um das Jahr 1734 wurde Soliman dem Fürsten Johann Georg Christian von Lobkowitz geschenkt, dem er als Reisebegleiter und Leibwache diente. Nach dem Tod des Fürsten trat er in die Dienste von Wenzel von Liechtenstein und arbeitete sich an die Spitze des Hauspersonals. Es wird erzählt, dass Graf von Lacy mit Soliman befreundet war und dass Kaiser Joseph II. ihn als Gesellschafter schätzte. Ohne Erlaubnis seines Herrn heiratete

Soliman 1768 die Witwe Magdalena Christiani. Als dieser Umstand durch eine Indiskretion bekannt wurde, wurde Soliman sofort entlassen. Das Paar hatte eine gemeinsame Tochter, deren Sohn in den Salinen von Bad Aussee als Sudmeister tätig war. Wie aufgeklärt Wien zu dieser Zeit war, lässt sich aus der Aufnahme des schwarzafrikanischen Dieners in die Freimaurerloge „Zur wahren Eintracht" erahnen. Solimans Fürsprache verdankt der bekannte Schriftsteller Ignaz von Born wiederum seine Mitgliedschaft in derselben Loge.

Tragischerweise zeigte sich bald nach Solimans Tod im Jahr 1796, dass die Humanität und die Toleranz seiner Zeitgenossen wohl nur dünne Makulatur gewesen waren. Während die Eingeweide des Toten bestattet wurden, wurde seine Haut präpariert und als Stopfpräparat bis 1806 im Kaiserlichen Naturalienkabinett ausgestellt. Obwohl einige Wissenschafter die These vertreten, dass Soliman selbst im Sinne der damals sehr modernen Förderung der Wissenschaft seinen Körper zur Verfügung gestellt hat, ist unumstritten, dass seine Tochter sich vergebens gegen diese Zurschaustellung wehrte und für ein christliches Begräbnis eintrat.

Von dem in vielerlei Hinsicht legendären Wiener Bürgermeister Helmut Zilk ist überliefert, dass er Ende der 1980er-Jahre anlässlich einer Einbürgerungsfeier die ja bekanntlich aus der Eidgenossenschaft stammenden Habsburger als Beispiel für erfolgreiche Integration von Gastarbeiterfamilien bezeichnet hat. Es entbehrt nicht einer gewissen Ironie, dass ein Freund Zilks, der Journalist Paul Popp, einmal meinte, der Bürgermeister sähe aus wie ein persischer Student im 44. Semester.

„Drei Wiener gibt's nicht. Es ist immer ein Böhm' dabei." Dieses Wiener Sprichwort findet sich als Einleitung zum ersten Kapitel des Buches „Wiener Knigge" von Jörg Mauthe. Weiter steht dort Folgendes zu lesen: „Wien ist eine fremdenfreundliche Stadt. Ungarn, Tschechen, Slowaken und Südslawen werden nicht als Fremde betrachtet; sie gelten dem Wiener als Rohmaterial, aus dem sich unter dem Einfluss eines milderen Klimas echte Wiener entwickeln können." Wer heute durch die Fußgängerzonen unserer Landes schlendert, wird feststellen, dass man sich meist erfolgreich bemüht, auch aus Rumänen, Afghanen und Filipinos „gelernte" Österreicher zu formen.

Seit 1912 gibt es in Österreich ein Islam-Recht. Die Donaumonarchie war somit der erste nicht-muslimische Staat, der den Islam als gleichwertige Religion anerkannte und seinen Anhängern das Recht auf uneingeschränkte Religionsausübung gewährte. Vielleicht hat diese historische Tatsache bei der Wahl Wiens als Standort für das Zentrum für interreligiösen und interkulturellen Dialog eine Rolle gespielt. Nicht ganz klar scheint, ob das King Abdullah Religionszentrum, das im besten Fall im Sinne der Lessing'schen Ringparabel aufklärerisch tätig sein könnte, nun eher als Brückenkopf des Islam in Europa oder als Knautschzone Europas für den sich im Westen ausdehnenden Islam zu sehen ist. Der Umstand, dass die Teilnehmer der Eröffnungsveranstaltung am Flughafen Schwechat von Hostessen in Miniröcken willkommen geheißen wurden, lässt die letztere Interpretation wahrscheinlicher erscheinen.

BEKANNTE UND WENIGER BEKANNTE ÖSTERREICHISCHE GENIES

Ferdinand Adalbert Junker von Landegg, geboren am 7. Juli 1829, studierte Mitte des 19. Jahrhunderts in Wien Medizin und praktizierte später in London als Chirurg und Gynäkologe. 1860 wurde er Mitglied des „Royal College of Surgeons", diente später im Fränkisch-Preußischen Krieg und wurde 1870 Leiter der chirurgischen Abteilung des Krankenhauses in Saarbrücken. Weiters erfand er ein tragbares Chloroform-Narkosegerät nach dem „Blow-over"-Prinzip und ließ es als „Apparat zur Verabreichung narkotischer Dämpfe, bestehend aus einer Flasche für das Narkosemittel, einem Gummiballon als Gebläse und einer Maske" patentieren. Diese Apparatur verkaufte sich weltweit gut. 1871 wurde Dr. Junker in Japan zum Vorstand der Kioto Medical School ernannt. In seiner Freizeit muss er sich intensiv mit der japanischen Kultur befasst haben, da er in seiner Zeit dort unter dem Titel „Segenbringende Reisähren" eine mehrbändige Anthologie zu diesem Thema geschrieben hat, die bis heute in Japan geschätzt wird. Im Jahr 1882 dürfte Junker wieder nach England übersiedelt sein, wo sich um 1900 seine Spur verliert. Jedenfalls scheint er in London durchaus bekannt gewesen zu sein, da sein Verschwinden mit den Frauenmorden des geheimnisvollen „Jack the Ripper" in Zusammenhang gebracht wurde. Immerhin hatte der nie gefasste Mörder seine weiblichen Opfer betäubt und ihnen mit chirurgischer Präzision innere Organe entnommen. Frappant war jedenfalls die

Koinzidenz des Verschwindens von Doktor Junker und dem Ende der Mordserie.

Einer meiner Nachbarn, ein pensionierter Hochschuldozent für Mathematik und späterer Mitarbeiter eines amerikanischen Computerherstellers, der als Sohn eines jüdischen Kaufmanns und einer nichtjüdischen Mutter ein leider allzu typisches Schicksal mit Internierung durch die Gestapo, Vertreibung und Flucht hinter sich hat, ist ein profunder Kenner gotischer Architektur im Allgemeinen und gotischer Kirchen im Speziellen und verfügt über ein Archiv entsprechender Fotografien, um das ihn so manches Museum beneiden mag. Mit Hilfe desselben hat er gelegentlich schon die Dehio-Redaktion auf Ungenauigkeiten und Fehler hingewiesen.

Ein Fischzüchter aus Reitzenschlag im Waldviertel wurde durch einen sibirischen Schamanen namens Anatol Donkan, der auf seinem Bauernhof Urlaub gemacht hatte, auf ein Verfahren aufmerksam, das es ihm ermöglicht, aus glitschiger Fischhaut stabile Textilien und Handtaschen zu fertigen. Nach einer eineinhalbjährigen Experimentierphase hat es der Waldviertler geschafft, die dünne Fischhaut so zu bearbeiten, dass sie bei der Verarbeitung zu Taschen, Geldbörsen und Schuhen nicht zerbröselt. Mittlerweile werden rund 1.000 Karpfenhäute und noch einmal so viele Lachshäute pro Jahr verarbeitet. Sein neuestes Projekt ist ein Panamahut aus Fischtextil.

Herbert Wolkersdorfer aus Linz ist eigentlich Arzt. Seine zweite große Passion ist die Herstellung von historischen Miniaturfiguren aus der Zeit des Barock aus Seidenpapier. Über 80 Jahre (!) lang fertigte der Internist in seiner Freizeit rund fünf Zentimeter große Figuren aus Papier. Ausschlaggebend für sein ungewöhnliches Hobby war die Abneigung seines pazifistischen Vaters gegen Zinnsoldaten.

Ein emeritierter Ordinarius für medizinische Anatomie ist eine ausgewiesene Koryphäe auf dem Gebiet der Ornithologie. Schon während seiner aktiven Zeit war er Mitglied von „Bird Life", einem Verein, der zu dieser Zeit aus einigen wenigen „schrägen Vögeln" bestand. Mittlerweile ist daraus eine NGO mit 2.500 Mitgliedern, zehn Angestellten und einem Jahresumsatz von 800.000 Euro geworden und der ehemalige Anatomieprofessor firmiert jetzt als Vizepräsident.

Schon die Besatzung des in meiner Jugend beliebten „Raumschiff Enterprise" verfügte unter der Leitung ihres technischen Offiziers über eine Technologie, mit deren Hilfe Gegenstände und Menschen an einer Stelle entmaterialisiert werden, an einen anderen Ort und in eine andere Zeit „gebeamt" und dort wieder materialisiert werden konnten. Ich weiß nicht, ob Professor Anton Zeilinger von der Technischen Universität Wien, dem es als einem der ersten Wissenschafter gelungen ist, zwei Lichtteilchen so miteinander zu „verschränken", dass sie über weite Strecken „gebeamt" werden können, in seiner Jugend auch ein „Raumschiff Enterprise"-Fan war. Man müsste ihn gelegentlich danach fragen. Als quantenphysikalischer Laie versteht man nur jedes zweite Wort in Professor Zeilingers Publikationen. Aber als gelernter Österreicher ist man geneigt anzunehmen, dass ein wissenschaftlicher Artikel mit dem Titel „Violation of local realism with freedom of choice", der von der Verschränkung von Photonen, also kleinsten Lichtteilchen, über hunderte Kilometer handelt, nur von einem Österreicher geschrieben werden kann. Und just in dem Sommer, in dem es Zeilinger und seinen Mitarbeitern gelungen ist, auch Informationen mittels Quantenverschränkung über mehr als hundert Kilometer zu transportieren, wurde er von Carlyn Christov-Bakargie als Vertreter Österreichs zu einer der renommiertesten Kunstausstellungen (!), der Documenta in Kassel nämlich, eingeladen! Diese Einladung kommentierte er amüsiert mit den Worten: „Vielleicht passt niemand ins Thema", und weiter: „Nicht, dass ich wüsste, was das Thema eigentlich ist!" Jedenfalls hat Zeilinger einige physikalische Experimente präsentiert, die folgende für die Teilchenphysik und wohl auch für Österreich charakteristische Eigenschaften verdeutlichen: Interferenz, sprich gegenseitige Beeinflussung, Zufälligkeit und Nichtlokalität.

Überhaupt scheint die TU-Wien ein Hort für Genies im Bereich des Unvorstellbaren zu sein. Vor ihrem Hauptgebäude am Karlsplatz in Wien steht ein Denkmal für den Erfinder Joseph Ressel mit der bemerkenswerten Inschrift „Das Vaterland (widmet dieses Denkmal) dem Österreicher Josef Ressel, der, als erster von allen, die schneckenförmige Schraube den durch Dampf vorwärts zu treibenden Schiffen anfügte". Mauthe sinniert im Nachdenkbuch darüber, wie lange wohl die besten Köpfe der philosophischen Fakultät zusammengesessen sein müssen, um sich diesen Text auszudenken. Jüngst hat der Wiener Physiker und Science Fiction-Autor Peter Schattschneider mit Kollegen aus Antwerpen einen Strahl aus Elektronen entwickelt, der wie ein Minitornado um seine eigene Achse rotiert und dazu geeignet sein könnte, gezielt winzige Räder eines mikroskopisch kleinen Motors in Bewegung zu setzen. Ich verstehe zwar nicht, wie das Ganze aussehen könnte, stelle es mir aber wie eine Mischung aus einem Staubsauger und einem Ringelspiel vor. Sollte diese Entdeckung oder Erfindung tatsächlich Eingang in unser tägliches Leben finden, darf man auf die Inschrift an einem allenfalls zu errichtenden Denkmal für Schattschneider gespannt sein!

Auch auf dem Gebiet der Astrophysik hat Österreich einiges an Expertise aufzuweisen. Die aus Salzburg stammende Lisa Kaltenegger sucht am Max-Planck-Institut in Heidelberg auf Exoplaneten nach Hinweisen auf extraterrestrisches Leben. Ihr Verdienst besteht dabei darin, anhand fossiler Funde ausgerechnet zu haben, wie die spektrale Signatur unserer Erde in ihrer Frühzeit vor einigen Milliarden Jahren ausgesehen hat. Diese Information ist für die Suche nach anderen Planeten, auf denen Leben theoretisch möglich wäre, essenziell.

Der in Wien geborene Ozeanologe Walter Munk erforscht seit 70 Jahren die Weltmeere und hat mit seiner Expertise auch den Lauf der Zeitgeschichte beeinflusst. Seine Brandungsvorhersagen waren für den Zeitpunkt der Landung der Alliierten in der Normandie am D-Day, dem 6. Juni 1944, maßgebend. Dabei hatte sich Munk, für den sein Vater eine Karriere als Bankier vorgesehen hatte, nur deshalb an der Scripps Institution of Oceanography in La Jolla, Kalifornien, beworben, weil seine damalige Freundin dort arbeitete. Bei Kriegseintritt Amerikas bewarb sich Munk, der mittlerweile die amerikanische Staatsbürgerschaft erworben hatte, paradoxerweise bei der Gebirgstruppe der US-Armee.

Überraschende Zusammentreffen zwischen Elefanten und Menschen verlaufen nicht immer komplikationslos. Das wissen zumindest viele Bewohner afrikanischer Dörfer. Die Wiener Zoologin Angela Stöger-Horwarth arbeitet daher seit Längerem an einem Elefanten-Frühwarnsystem. Zu diesem Zweck hat sie die verschiedenen Laute von rund 400 afrikanischen Elefanten aufgezeichnet. Die Idee dahinter besteht darin, dass Elefanten auf bestimmte Signale anderer Herden mit Rückzug reagieren. Hat man die richtigen Signale herausgefunden, könnte man eine herannahende Herde durch das Abspielen dieser Laute zur Umkehr bewegen.

Einer der damals letzten Stuckateure, die Stuckornamente noch selbst fertigen konnten, und ein wahrer Meister seiner Zunft war in den 1970er-Jahren, als niemand mehr Stuckdecken wollte, gezwungen, sich seinen Lebensunterhalt als Schulwart in der Volksschule einer niederösterreichischen Kleinstadt zu verdienen. Dort heizte er die damals noch vorhandenen Eisenöfen in den Klassenzimmern mit Briketts und war auch immer bereit, uns Kindern vom nahe gelegenen Papierwarengeschäft vergessene Utensilien für den Bastelunterricht zu besorgen. Seine eigentliche Leidenschaft galt dem Fußball, weshalb er sogar eine Schulmannschaft organisiert hatte. Leider ging sein Engagement für dieses Team so weit, dass er, um neue Dressen besorgen zu können, kurzfristig das Milchgeld veruntreute, was ihn letztlich seinen Job kostete. Als typischer Österreicher hat er sich aber immer irgendwie durchgewurstelt. Jahre später habe ich ihn auf der Straße getroffen und er hat mir erzählt, dass er über Bekannte von Bekannten zu einer Gemeindewohnung gekommen wäre und dass er, obwohl mittlerweile weit über 70, für den nicht unwahrscheinlichen Fall von spontanem Damenbesuch immer eine Flasche Sekt im Kühlschrank hätte.

„Siege werden im Kopf errungen" lautet das Motto von Baldur Preiml. Der ehemalige Schispringer war 1974 Cheftrainer der österreichischen Schisprungmannschaft und verantwortlich für das Wunderteam, das plötzlich und völlig unerwartet einen Sieg nach dem anderen errang. Sein Geheimnis bestand vor allem in der Anwendung dessen, was Jörg Mauthe in seinem „Wiener Knigge" in Anlehnung an den deutschen Philosophen Hans Vaihinger als das „Als-ob-Prinzip" bezeichnete. Damit ist, kurz gesagt, gemeint, dass der Österreicher so lange so tut, als ob etwas so wäre, wie er es gerne hätte, bis dieser Fall tatsächlich eintritt. Ob dabei eine unbewusste innere Anpassung im Sinne einer Art Autosuggestion oder ein Nachgeben der durch beharrliche Nichtbeachtung der Tatsachen langsam zermürbten Umgebung ausschlaggebend ist, ist letztlich unerheblich. Denn „alles, was man in Österreich wünscht, ist zunächst unerreichbar", schreibt Hans Weigel in „O du mein Österreich".

Österreichische Zweitexistenzen

Die Tatsache, dass die Österreicher gern und zahlreich ihre aktive Berufskarriere vorzeitig beenden, also in Frühpension gehen, hat ihren Ursprung keineswegs ausschließlich in ihrer oft gehöhnten Faulheit. Jörg Mauthe, durchaus ein Kenner des österreichischen Inwendigen, hat erkannt, dass viele unserer Landsleute im Ruhestand gern auf ein paar Euro verzichten, weil sie dadurch endlich Ruhe für wirklich Wichtiges haben oder um das zu pflegen, was Egon Friedell „meine Doppelseele" genannt hat. Damit ist keineswegs die manchmal als Schwarzarbeit bezeichnete Nachbarschaftshilfe gemeint, sondern der Wunsch, endlich einer Begabung oder Passion nachgeben und nachgehen zu können, ohne durch die Lästigkeiten des täglichen Broterwerbs gestört zu werden. Diese solcherart zu Tage tretenden Zweitexistenzen sind eine gelungene Illustration des Satzes von Ödön von Horváth: „Ich bin eigentlich ganz anders, aber ich komme nur so selten dazu."

Selbst das altösterreichische Beamtentum hat erstaunlich viele Vertreter seines Standes aufzuweisen, die in allerlei meist künstlerischen Nebenbeschäftigungen zu glänzen verstanden. Otto Friedländer schrieb dazu: „Neben ihrem Beruf haben fast alle österreichischen Beamten eine Liebhaberei, der ihr Herz und ihre Freizeit gehört [...] Fast alle österreichischen Literaten sind Beamte." In diesem Zusammenhang sind neben Franz Grillparzer und Adalbert Stifter unter anderen Robert Hamerling und Anton Wildgans zu nennen. Und von Arthur Schnitzler wird berichtet, dass er anfangs sogar im Spital oder in seiner Ordination nebenbei an seinen ersten Novellen und Theaterstücken geschrieben habe.

Ein Beispiel für die gleichzeitige meisterliche Realisierung mehrerer Steckenpferde parallel zum Brotberuf ist mein Stiefvater. Als Gynäkologe hat er während seiner 60-jährigen beruflichen Karriere vor allem im operativen Bereich eine fast schlafwandlerisch zu nennende Sicherheit und bemerkenswerte Instinkte und Reflexe entwickelt. Diese scheinen ihm auch bei seinen eigentlichen Passionen, nämlich der Jagd und vor allem der Fliegerei, dienlich gewesen zu sein. Er hat mir durchaus glaubhaft versichert, einmal einer Wette wegen die Strecke Wien-Salzburg im Rückflug zurückgelegt zu haben und in den späten 1950er-Jahren mit einem Doppeldecker zweimal unter der Wiener Reichsbrücke durchgeflogen zu sein.

Auch Hans Hauenstein, der zweite Mann meiner Großmutter mütterlicherseits, einer meiner beiden Stiefgroßväter also, verdient in dieser Reihe genialer Österreicher mit Zweitexistenz eine Würdigung.

Über seine Herkunft habe ich nie Genaueres erfahren. Anhand von Fotos und Postkarten konnte ich rekonstruieren, dass Hans Hauenstein im Zweiten Weltkrieg bei einer Flak-Einheit in der Nähe Hamburgs gedient hatte. Im Brotberuf war er Zeit seines Lebens in der Gastronomie tätig. Er arbeitete sich vom Liftboy im Hotel Bristol zum Geschäftsführer traditionsreicher Betriebe wie dem „Schwechaterhof" oder dem „Oberbayern" hinauf. Zeitweise führte er auch die Bar im Schlosshotel Velden, wo er einen Pianisten engagierte, der damals unter dem Pseudonym Charly Walker auftrat und später die BILLA-Kette gründete. Die Inspiration für Hauensteins Liedtexte stammte ebenfalls aus dem Milieu der Gastronomie. So gibt es über ihn die Anekdote, dass er bei der Arbeit oft kurz innehielt, um an eine Wand gelehnt Textzeilen oder Melodien in sein stets griffbereites Notizbuch zu schreiben. Auf die Idee, Bücher zu verfassen, hatte ihn mein Vater gebracht, weil meine Großmutter, die durch den Beruf ihres zweiten Ehemannes im Nachtgeschäft nach seiner Pensionierung nicht daran gewöhnt war, ihn länger als ein paar Stunden am frühen Nachmittag um sich zu haben, mit der neuen Situation wohl ebenso wenig zurechtkam wie er selbst. Daher holte er sich Rat bei seinem Stiefschwiegersohn und Trauzeugen, der ihm riet, zum Zeitvertreib ein Buch zu schreiben. Per Handschlag wurde beschlossen, dass Hans schreiben und sich mein Vater um das Verlegen kümmern würde. Sein erstes Buch mit dem Titel „Wiener Dialekt: Weanerische Drahdiwaberln von A – Z" erschien in einer Auflage von 10.000 Stück und verkaufte sich wider Erwarten nicht zuletzt wegen des beachtlichen Talents meines Stiefgroßvaters zur Selbstvermarktung – er wanderte Abend für Abend mit einer Aktentasche voller Bücher von einem Lokal zum nächsten – so hervorragend, dass bereits kurze Zeit später eine zweite, erweiterte Auflage gedruckt wurde.
Ein Gutteil seines künstlerischen Talents (Hauenstein spielte auch ausgezeichnet Klavier) dürfte er wohl seinem Sohn Kurt vererbt haben. Dieser weigerte sich allerdings mit dem Argu-

ment, dass er das für seine Art der Musik nicht brauchen würde, vehement, die Notenschrift zu erlernen, was zu lautstarken Streitgesprächen zwischen Vater und Sohn führte. Jedenfalls brachte es Kurt Hauenstein, der eine Zeit lang auch als Bassist mit André Heller spielte, unter dem Namen seiner Band „Supermax" eher im Ausland als in Österreich (auch ein österreichisches Spezifikum) zu einiger Berühmtheit und zu finanziellem Erfolg. Supermax war eine der ersten westlichen Bands, die in Ländern des damaligen Ostblocks auftreten durften, spielte als erste Formation, in der „weiße" und „farbige" Mitglieder vertreten waren, unter Morddrohungen mehr als 20 Konzerte im Apartheidregime Südafrikas und war als erste „weiße" Band zum Sunsplash-Reggae-Festival auf Jamaika eingeladen.

Als Kind erlebte ich Hans Hauenstein als einen Großvater, der für uns Kinder eine Märchensammlung schrieb („Still Kinder, Oma will euch etwas erzählen") und es liebte, sommers im Garten unseres kleinen Reihenhauses in Klosterneuburg stundenlang Patiencen zu legen und Kreuzworträtsel zu lösen. Wie in seiner Branche üblich, rauchte er gern und viel und genoss auch das eine oder andere Viertel „Brünnerstraßler". Dieser Lebenswandel dürfte bei der Entstehung seiner Krebserkrankung eine Rolle gespielt haben. An seinem 78. Geburtstag brach Hans Hauenstein am Rückweg vom Einkaufen im Stiegenhaus seines Wohnhauses in der Robertgasse in Wien Leopoldstadt zusammen und starb in den Armen meiner Großmutter.

Vermutlich würden sowohl Jörg Mauthe, selbst ein ausgewiesener Kenner und Förderer des Wienerliedes, als auch Hans Hauenstein, dessen Zweitexistenz als Textautor einen beträchtlichen Beitrag zur Wiederbelebung desselben geleistet hat, große Freude über die wieder zunehmende Beliebtheit, die das Wienerlied nicht zuletzt dank junger und innovativer Musiker wie den „Strottern" erfährt, empfinden. Denn solcherart hat sich glücklicherweise die Hauenstein'sche Liedzeile „Von mir kann kaner was erb'n" nicht bewahrheitet.

VON BEAMTEN-, BERUFS-
UND ANDEREN TITELN SOWIE
EINIGEN IHRER TRÄGER

Geschichtliches

Die mittelalterlichen Vorläufer der Beamten in unserem heutigen
Sinn waren die Inhaber der Hofämter des Marschalls, Truchsess
(Küchenmeisters), Kämmerers und Schenken, die später von den
Herzögen von Österreich und der Steiermark mit „Dienstman-
nen" und einfachen Rittern besetzt wurden. Parallel dazu gab
es die ehrenamtlichen Erbhofämter, die von Mitgliedern der im
Hochmittelalter mächtigsten Familien des Landes bekleidet und
vererbt wurden. Kaiser Friedrich II. indes bestellte hauptsächlich
Juristen als Beamte und wollte auf diese Weise das Lehnswesen
und den Feudalismus zurückdrängen. Diese Art der Verwaltung
wurde auch vom Habsburger Rudolf I. übernommen. Die zunehmende Verkomplizierung der Verwaltungsaufgaben machte
es erforderlich, Spezialisten zu beschäftigen. Diese „Ministeri-
ale" gehörten zur obersten Schicht der Unfreien und waren oft
Kleriker, da sie durch die Verleihung kirchlicher Pfründe ohne
Mehrkosten für die Landesfürsten entlohnt werden konnten. Zu
den damals geschaffenen Ämtern gehörte auch jenes des Leiters
der Kanzlei, des Kanzlers also, dessen Mitarbeiter als „capellani"
bezeichnet wurden. Die Einnahmen der Herzöge aus ihren Gü-
tern, die in Ämter („officiales") aufgeteilt waren, oblag den „Amt-
leuten". In Österreich und der Steiermark hatte sich zwecks Verwaltung der herzoglichen Finanzen das Amt des „Landschrei-

bers" entwickelt. Dieser hatte für den Saldo, der auch um 1300 schon fast immer ein negativer war, bis zur nächsten Abrechnung mit dem Landesherrn, die oft nur unregelmäßig erfolgte, selbst aufzukommen. Das erklärt, warum ausschließlich finanzkräftige Vertreter des entstehenden Bürgertums diese Stellen bekleiden konnten. Unter ihnen waren Paltram vor dem Stephansfreithof und der Kremser Bürger Gozzo. Bei entsprechendem Geschick konnten die „Landschreiber" ihr Vermögen während ihrer Laufbahn jedoch meist erheblich vermehren. Da im Hochmittelalter rasch erworbener Reichtum im Gegensatz zu heute aber als Sünde galt, beendeten viele dieser wohl bestallten Beamten ihre Karriere nach Überschreibung ihrer Besitztümer an die Kirche als Mönche. Im österreichischen Herrschaftsbereich ging das Landschreiberamt in jenes des „Hubmeisters" über. In Wien wurde dieses Amt von der Familie von Tirna, deren Mitglieder es vierzig Jahre lang innehatten, sukzessive zu einer bedeutenden österreichischen Zentralbehörde ausgebaut.

Maximilian I. führte zur Sicherung seiner Macht gegenüber den erstarkenden Ständen in den Landtagen einen ihm unterstehenden Behördenapparat nach burgundischem Vorbild ein. Dazu gehörten vor allem die aus zwölf Mitgliedern bestehenden „Regimente", die ab 1500 zu ständigen Verwaltungseinrichtungen in Tirol und den „niederösterreichischen Ländern" wurden, sowie der Reichshofrat, die Hofkanzlei und die Hofkammer. Für kurze Zeit trennte Maximilian auch die Kompetenzen von Verwaltung und Rechtsprechung. Diese Bemühungen bildeten die Grundlage für die erste einheitliche Verwaltung für alle habsburgischen Länder.

Ab dem 15. Jahrhundert traten vor allem Juristen als Beamte in fürstliche Dienste und erhielten für ihre Tätigkeit Bezahlung und Kost. Einer von ihnen war Matthäus Lang, Sohn eines Bürgers aus Augsburg. Er diente ab 1494 Kaiser Maximillian I. und wurde 1512, ohne die höheren Weihen erhalten zu haben, wegen seines großen diplomatischen Geschicks von Papst Julius II. zum Kardinal gemacht. Für die österreichische Geschichte ist seine

Vermittlung der Doppelhochzeit von Maximilians Enkelkindern Ferdinand und Maria mit Anna und Ludwig aus dem Haus der Jagellonen von Bedeutung, von der noch die Rede sein wird. Der Adel, der berechtigerweise zunehmend um seine Pfründe bangte, protestierte wiederholt gegen den zunehmenden Einfluss der Beamten und reklamierte Vertreter der Aristokratie in die „Regimenter". Ein Adeliger, der die Zeichen der Zeit erkannt hatte, war Siegmund von Dietrichstein. Auch er machte sich für Maximilian I. unentbehrlich, was dazu führte, dass der Kaiser selbst Dietrichsteins Heirat mit der reichen Barbara von Rottal vermittelte. Die Vermählung fand am Tag der schon erwähnten Doppelhochzeit der Kaiserenkel am 22. Juli 1515 in Wien statt, sodass die angereisten Könige und Fürsten auch an Dietrichsteins Hochzeit teilnehmen konnten.

Hieronymus Beck, der später Obrister Proviantmeister der ungarischen Armee von Maximilian II. werden sollte, hatte bereits vor Beginn seiner Beamtenkarriere ausgedehnte Reisen unternommen. Diese führten ihn unter anderem bis nach Ägypten, wo er über dem Eingang zur Cheopspyramide seinen Namen eingravieren ließ, was fast 250 Jahre später französischen Forschern einiges an Kopfzerbrechen bereitet haben soll. Ein anderer Spitzenbeamter Maximilians II., der Waldviertler Reichart Streun von Schwarzenau, verfasste 1568 eine Hofkammerordnung, die auch Regeln und Sparmaßnahmen zur Budgetkonsolidierung enthielt. Erstaunlicherweise dachte Schwarzenau auch überaus sozial, was sich darin manifestiert, dass in diesem Dokument auch an „arme Leute" gedacht wurde, die möglichst in Beschäftigung kommen sollten.

Der Weitsicht des aus Sachsen stammenden Friedrich Wilhelm Graf Haugwitz verdankten Maria Theresia und damit Österreich eine der bedeutendsten Verwaltungsreformen überhaupt. Haugwitz hatte während seiner Lehrjahre in der schlesischen Landesverwaltung erkannt, dass ein direktes Durchgreifen der Staatsmacht in die mittleren und unteren Ebenen der lokalen Bürokratie unter Ausschaltung ständischer Interessen der Schlüssel zu einem effizienten Staatswesen sei. In die Regierungszeit Maria Theresias fällt auch die Einführung des schriftlichen Verfahrens, also die Verpflichtung der Beamten, über ihre Tätigkeit Protokolle zu führen und Akten anzulegen.

Der Geschichte des österreichischen Beamtentums kann man auch entnehmen, dass unentgeltliche Praktika und prekäre Arbeitsverhältnisse keine „Errungenschaften" der aktuellen neoliberalen Wirtschaftspolitik sind. Bereits unter Joseph II. gab es in der Hofkanzlei ständig zwischen 30 und 50 „Auskultanten" und im Obersthofpostamt waren Praktikumszeiten bis zu neun Jahren keine Seltenheit. Franz Grillparzer erhielt erst nach seiner dritten Bewerbung im Jahr 1813 die heißersehnte, unbezahlte Praktikantenstelle in der „Bankalgefällen-Administration". Ende 1814 wurde ihm ein „Adjutum" von 300 Gulden jährlich bewilligt. Da auch ältere Beamte sehr schlecht entlohnt wurden, waren Unterschlagung und Bestechlichkeit zwar nicht an der Tagesordnung, aber doch relativ weit verbreitet. Nach dem verlorenen Krieg gegen Napoleon kam es zu einer gewaltigen Inflation. Eduard von Bauernfeld, selbst Beamter, hat das harte Los seiner Kollegen in dem Gedicht „Kleine Beamte" literarisch verarbeitet: „Im Stillen untergräbt den Staat / Wird gegen ihn sich rüsten / Das neue Proletariat: / Verheiratete Kopisten" […] „Sie zeugen Kinder, hohl und bleich / Die zum Büro Verdammten; / Zittre, Du großes Österreich / Vor deinen kleinen Beamten!" Um die nun noch mehr darbenden Beamten bei Laune zu halten, ersann man allerlei Auszeichnungen und führte die Beamtenuniform ein, die sich allerdings die wenigsten leisten konnten. Die Bedeutung der österreichischen Beamten zur Zeit Josefs II. wird auch dadurch verdeutlicht, dass die Niederlande für einige Zeit „ins Mittelalter zurückfielen", als diese 1789 wegen der Erhebung gegen die Herrschaft der Habsburger Brüssel verließen, wie Hans Magenschab in seiner Biografie von Joseph II. sinngemäß schrieb.

Eine für Österreich charakteristische Nähe, oft sogar befruchtende Wechselwirkung zwischen Bürokratie und Kultur, und hier vor allem der Literatur, wird meist ab dem Vormärz konstatiert. Ein mittelalterlicher Vorläufer jener dichtenden Beamten bleibt in diesem Zusammenhang allerdings häufig unerwähnt: Walther von der Vogelweide stand als „Ministerialer" zumindest zeitweise in Diensten österreichischer Herrscher. Zu den neuzeitlichen Erben dieser Tradition zählen Franz Grillparzer, der bezeichnenderweise das Allgemeine Bürgerliche Gesetzbuch sprachlich überarbeitete, Ignaz Franz Castelli, der bereits genannte Eduard von Bauernfeld sowie Adalbert Stifter. Ein Polizeikommissar namens Josef Weyl verfasste den ersten, allerdings wenig erfolgreichen Text zu Johann Strauß' Donauwalzer und auch seinen aktuellen Text verdankt Österreichs inoffizielle Hymne einem Beamten: Der Oberlandesgerichtsrat Franz von Gernerth schrieb ihn nach der Niederlage von Königgrätz und verhalf dem Walzer damit zu seiner heutigen Bekanntheit.

Die unter anderem von Fürst Metternich angeregten Reformen, wie beispielweise die Errichtung von Ministerien, blieben aber sowohl unter Kaiser Franz II./I. wie auch unter seinem Nachfolger Ferdinand I. aus. Metternichs innenpolitischer Einfluss war damit entgegen der herrschenden Meinung weitaus geringer als sein außenpolitischer. Am 1. März 1848, also am Vorabend der Revolution, sagte Metternich zu dem österreichischen Diplomaten Josef Alexander Hübner: „Jedermann will, dass etwas geschehe. Aber das Haus ist alt und zu baufällig, als dass man Fenster und Türen in die Wand brechen könnte. Man müsste ein neues bauen. Hiezu fehlen mir nicht die Gedanken, aber die Macht und Zeit."

Den Aufstieg von Beamten in Regierungsämter verdankt die österreichische Bürokratie neben der Vorliebe des Kaisers Franz Joseph für das Administrieren dem teilweise bemerkenswerten Einsatz ihrer Vertreter für die Sache. So weiß die Chronik von einem Sektionschef Graf Stadions namens Josef Öttel zu berichten, der sich wenige Stunden vor einem anstehenden chirurgischen Eingriff noch ins Amt begeben hatte, um einen Akt abzuschließen. In die ersten Jahre der Regentschaft Kaiser Franz Josephs fallen die Schaffung der Bezirkshauptmannschaften und andere Reformen, die „sowohl den eigenartigen österreichischen Verhältnissen wie auch den neuzeitlichen Forderungen" entsprachen, wie Schimetschek schreibt. Nach dem Tod des Ministerpräsidenten Schwarzenberg übernahm der Kaiser selbst die Leitung der Regierungsgeschäfte, und in der Zeit von 1861 bis 1916 waren von den 157 Ministern, die den acht Ministerien (mehr waren zur Administration der gesamten Donaumonarchie nicht nötig!) vorstanden, 70 Beamte. Ein aus dem Beamtenstand hervorgegangener Ministerpräsident ist unter jenen mit der längsten Regierungstätigkeit: Eduard Graf Taaffe stand 14 Jahre lang der Regierung vor und hatte mit seinem Sinn für österreichischen Pragmatismus und der von ihm selbst sogenannten Politik des „Fortwurstelns", also kleiner taktischer Zugeständnisse, sicherlich seinen Anteil an der Verzögerung des Auseinanderbrechens der Monarchie. Einer seiner Nachfolger, Max Freiherr von Beck, hatte diese Kunst noch vervollkommnet, indem er einem Seiltänzer gleich „die Balancierstange der kleinen Konzessionen und Geschenke" geschickt zu handhaben wusste. Da sich das österreichische Parlament ab 1897 durch nationalistisch begründete Streitigkeiten über weite Strecken selbst lahmgelegt hatte, wurden die Staatsgeschäfte bis in die Zeit des Ersten Weltkrieges meist auf Basis einer Notverordnung von Beamtenkabinetten geführt. Wie die jüngsten krisenbedingten Entwicklungen in Staaten wie Italien zeigen, ist das die schlechteste Lösung nicht! Hermann Bahr meinte einst in Beantwortung der rhetorischen Frage Walter Rodes: „Glaubt man, dass unsere Bürokratie, weil sie die Fähigkeit bewiesen hat, den alten Staat zugrunde zu richten, deswegen einen ganz neuen, noch nicht dagewesenen Staat aufbauen kann?" mit dem Satz: „Ich will ihm nicht widersprechen, keineswegs, muss aber doch nun meinerseits fragen, ob er denn glaubt, in Oesterreich wäre jemals eine andere Revolution möglich gewesen als eine schlamperte, mit Erlaubnis und unter den wohlwollenden Augen der Bürokratie? Schlamperei und Bürokratie sind ja wahlverwandt."

Vor allem neoliberal gesinnte Regierungen unter und nach Margaret Thatcher trachteten, selbst in Österreich nicht unerfolgreich, dort allerdings mit der üblichen Verzögerung von über zehn Jahren, danach, die Macht der bis dahin meist pragmatisierten (schon wieder eine Form der Pragmatik!) Spitzenbeamten zu brechen, von denen sie wohl zu Recht annahmen, dass sie ihre Minister als kurzfristige Erscheinungen am Firmament der Bürokratie betrachteten. Denn, so dachte wohl nicht nur Franz Werfels Sektionschef Tachezy, „die Minister wurden von den Parteien empor- und wieder davongespült, luftschnappende Schwimmer zumeist, die sich verzweifelt an die Planken der Macht klammerten. Sie besaßen keinen rechten Einblick in die Labyrinthe des Geschäftsganges, keinen Feinsinn für die heiligen Spielregeln des bürokratischen Selbstzwecks."

Beamtete Dichter und dichtende Beamte

Die Bedeutung des Beamtenstandes in und für Österreich lässt sich auch an der Tatsache ablesen, dass prominente Protagonisten der österreichischen Literatur romangewordene Destillate ehedem realiter verwaltender Hof- und Legationsräte, Kabinetts- und Sektionschefs darstellen. Nicht zufällig verdankt die Nachwelt Doderers etwa 1.300 Seiten umfassendes Hauptwerk „Die Dämonen" den Aufzeichnungen eines Sektionsrats von Geyrenoff.

Auffällig ist, dass sowohl die leibhaftigen wie auch die literarischen Beamten stets dann Sympathieträger waren, wenn sie sich als „Beamte mit Hirn und Herz" (wie der Legationsrat Erster Klasse Dr. Tuzzi bei Mauthe) erwiesen und „die Gebärde des

liebenswürdigen verbindlichen Rechthabens und Machthabens
[...], die eine weise Besonderheit unsrer altösterreichischen Beamtentradition ist", beherrschten. Victor Adler beschreibt diesen österreichischen Umstand mit einem Satz, der, wiewohl auf
die Politik gemünzt, auch für den Behördenapparat zutreffend
ist: „In Österreich herrscht der Absolutismus, gemildert durch
Schlamperei", und bei Herzmanovsky steht geschrieben: „Die
oberste Vorschrift der österreichischen Bürokratie ist die Au-
ßerkraftsetzung aller Vorschriften durch Beziehungen." Alfred
Komarek hat mit seinem Inspektor Simon Polt einen Archety-
pus jenes österreichischen Staatsdieners geschaffen, der durch
seine oft unorthodoxen, aber stets menschlichen Methoden
erfolgreich ist. Überall dort aber, wo Behörden sich auf nahezu
anti-österreichische Weise strikt an die Buchstaben der Geset-
ze und Verordnungen hielten und halten, gab und gibt es teils
albtraumhafte Konsequenzen. Zeitgeschichtliche und aktuelle
Belege dieser These können in der Vertreibungs- und Vernich-
tungsbürokratie des Nationalsozialismus und in der zwar formal
meist gerechtfertigten, humanitär hingegen manchmal fragwür-
digen Abschiebepraxis von Asylwerbern gesehen werden.
Nietzsche bemerkt dazu in seiner „Götzendämmerung": „Ich
misstraue allen Systematikern und gehe ihnen aus dem Weg.
Der Wille zum System ist ein Mangel an Rechtschaffenheit."
Bei Goethe finden sich Hinweise auf den universellen Zusammenhang von starren Regeln und ihren infernalischen Folgen.
Sein Faust stellt vor Unterzeichnung seines Paktes mit Me-
phistopheles mit einer Mischung aus Be- und Verwunderung
fest: „Die Hölle selbst hat ihre Rechte?" Auch die subterrestri-
sche Administration der Zwerge in Mauthes „Die große Hitze"
nimmt zunehmend besorgniserregende Formen an, ehe sie durch
„das Prinzip" der Freundlichkeit konziliant und schließlich le-
bensrettend wird. Für Kafkas Josef K. wird die Bürokratie der
Justiz nicht zuletzt aufgrund ihrer labyrinthartigen Nicht-Greif-
barkeit zum Albtraum und in Musils „Mann ohne Eigenschaf-

ten" räsoniert General Sturm von Bordwehr nach einem Besuch in der Wiener Hofbibliothek: „Irgendwie geht Ordnung in das Bedürfnis nach Totschlag über […]" und „[…] jetzt stell dir bloß eine ganze, universelle Menschheitsordnung, mit einem Wort eine vollkommene zivilisatorische Ordnung vor: so behaupte ich, das ist der Kältetod, die Leichenstarre, eine Mondlandschaft, eine geometrische Epidemie!" In Joseph Roths Erzählung „Das falsche Gewicht" bringt der (allzu) exakt agierende Eichmeister Anselm Eibenschütz die Bevölkerung des kleinen galizischen Dorfes Zlotogrod gegen sich auf und bezahlt seine unmenschliche Haltung („Herz habe ich nicht im Dienst") mit dem Leben. Karl Kraus beschreibt in seinem Werk „Die letzten Tage der Menschheit" neben allerlei anderen apokalyptischen Charakteren und namenlosen kaiserlichen Räten ausführlicher die Hofräte Hinsichtl und Rücksichtl. In Joseph Roths „Radetzkymarsch" gelingt es Franz Freiherr von Trotta und Sipolje, Bezirkshauptmann in Mähren und Nachfahre des „Helden von Solferino", aufgrund der Kompromisslosigkeit seines tradierten Wertesystems nicht, seinen Sohn von der Last der Familiengeschichte zu befreien. Leonidas Tachezy, Sektionschef im Unterrichtsministerium, der seinen gesellschaftlichen Aufstieg dem Freitod seines Studienkollegen und dem von ihm geerbten Frack verdankt, unterdrückt in Franz Werfels Roman „Eine blaßblaue Frauenschrift" seinen bis zum Antisemitismus ausufernden Opportunismus nur solange, bis er herausfindet, dass der junge Mann, für den sich seine ehemalige jüdische Geliebte einsetzt, nicht ihr gemeinsamer Sohn ist. In einem inneren Monolog, den Werfel in Form eines gerichtlichen Verhörs anlegt, berichtet Tachezy zuvor aus seinem „eigenen Akt", den er dank seiner „Fertigkeit, über jeden Sachverhalt einen ‚Akt zu errichten' und ihn damit dem Schmelzprozess des Lebens zu entreißen", parat hat, von dem vermeintlich folgenschweren Seitensprung.

Kleine Auswahl gravitätischer Titel

Bis in die 1980er-Jahre waren von 19 Amtstiteln, die im Amtskalender der Donaumonarchie aus dem Jahr 1910 angeführt waren, 15 noch immer in Gebrauch. Darunter der auch heute noch erstrebenswert scheinende des *Hofrates*, den nach Überlieferungen Jörg Mauthe, liberaler Verehrer der Monarchie, gerne verliehen bekommen hätte. Dies wäre wahrscheinlich aufgrund seiner mannigfachen Verdienste um das Land kein Problem gewesen, hätte er auch nur einen einzigen Tag in den Diensten der Republik gestanden.

Obwohl es mit Stand 1.1.2013 für „Beamte in der allgemeinen Verwaltung und in handwerklicher Verwendung" nur mehr 22 Titel, respektive Bezeichnungen, gibt, nämlich: Beamter (B), Amtswart (AW), Oberamtswart (OAW), Offizial (Offzl), Oberoffizial (OOFFzl), Kontrollor (Kontr), Oberkontrollor (OKontr), Fachinspektor (FI), Fachoberinspektor (FOI), Revident (Rev), Oberrevident (ORev), Amtssekretär (ASekr), Amtsrat (AR), Amtsdirektor (ADir), Kommissär (Kmsr), Oberkommissär (OKmsr), Rat (R), Oberrat (OR), Hofrat (HR), Ministerialrat (MinR) und Sektionschef (SekChef) ist der Österreichische Amtskalender 2010/11 1862 Seiten stark. Nicht ganz so erstaunlich erscheint dieser Umfang, wenn man sich vergegenwärtigt, dass ganze sechs Seiten allein die „Kommerzialräte für die Statistik" im Bundeskanzleramt in Anspruch nehmen und dass „bestimmte Institutionen und Einrichtungen des Bundes (z. B. Spanische Hofreitschule) über zusätzliche eigene Titel (wie Bereiter-Anwärter und Oberbereiter) verfügen", wie man auf der Webseite des Bundeskanzleramts nachlesen kann. Außerdem gehen die Ernennungen und Vorrückungen fröhlich weiter. In der Legislaturperiode 2008 bis 2013 wurde 322 Beamten der Titel Hofrat verliehen, 859 Staatsdiener durften sich fortan Regierungsrat nennen und 2.300 Mal wurden die Titel Schul-, Studien- oder Oberstudienrat zuerkannt. Die meisten neuen Hofräte gab es im Einflussbereich des Bildungsministeriums, bei den Regierungsräten führte das Finanzressort die Liste an.

Dass jene Beamte, die den ruhenden Autoverkehr und die Einhaltung des Parkometergesetzes überwachen, eine vor allem für Nicht-Österreicher skurril anmutende Bezeichnung führen, wurde mir von einem nach Österreich übersiedelten Deutschen vor Augen geführt. Der war nämlich ziemlich erstaunt, als er auf seinem Strafzettel den Aufdruck „Unterschrift des *Organs*" fand. Wesentlich facettenreicher waren da die Titel der österreichischen Beamten im barocken und kakanischen Österreich.

Auf einem Dokument aus dem Wien des Jahres 1682 bestätigt der *Hofkriegszollambts Contractor* Johann Michael Arnder Kayl einem Wiener Bürger den Erhalt von 800 Gulden an „extraordinari Türcken-Steuer". In ihrem Buch „Wien – Spektrum einer Stadt" gibt Hilde Spiel aus einem Bericht über altösterreichische Kanzleizustände die Titel der niederen Beamten der k. k. Hofkriegsbuchhaltung wieder, die gravitätischer kaum sein könnten. Die Sprossen der dortigen Karriereleiter begannen bei den *stabilen Armee-Grundbuch-Fourieren* und den *beeideten Praktikanten*, umfassten *Accessisten* und *Ingrossisten* und reichten von den *Rechnungsofficialen* über die *Expedits-* und *Protokollsdirektoren* bis zu den *einfachen* und *wirklich dirigierenden Hofkriegs-Vicebuchhaltern*. Weitere, durchaus poetisch anmutende Titel waren *der k. k. Ministerial-Bancodeputationsexpeditor* oder *Kaiserlicher Verlagsverwandter*.

Josef Ressel, der die Schiffsschraube erfunden und die Rohrpost weiterentwickelt hat, hatte den ebenfalls lyrisch lautenden Titel eines *k. k. Marineforstintendanten der küstenländischen Domäneninspektion* inne. Man kann sich darunter wohl einen Förster in einer marineblauen Uniformjacke mit Goldknöpfen und blendend weißer Hose samt passender Schildmütze vorstellen, der die kakanischen Wälder auf der Suche nach wahlweise passendem Baumaterial für stolze Segelschiffe seiner Majestät oder Brennholz für die Befeuerung der Dampfkessel zwecks Energieerzeugung zum Behufe des Antriebs des von ihm später zu erfindenden Schiffspropellers durchstreift.

Es kann angesichts eines solchen Titel-Erbes kaum verwundern, dass sogar das Internet-Kontaktformular einer österreichischen Elektronikkette über hundert Titel zur Auswahl anbietet, wie ein bekannter Kolumnist einer bekannten freien Tageszeitung unlängst am eigenen Leib erfuhr und berichtete: „Es listet 115 (!) Titel auf. Darunter ist nicht nur der *Dr.*, sondern auch *DDr.* und *DDDr.* Man findet *Dkfm*, *Prok.* und *Mag. iur.* genauso wie *Ing. Mag.*, *OStR* und den gemeinen *Prof.!* Klar ist da der *Hofrat*, aber auch seine höheren Formen *Hofrat DI* und *Hofrat Dr.* Besonders verschwurbelt: der *Ing. Mag. Dr.* und Titel wie *MVDr.*, *BEd* oder *DUDr.* kenn ich gar nicht, die gibt's wohl nur in Wien."

Überboten wird diese Auswahl indes bei weitem von jener der Vereinigten Bühnen des vorwiegend roten Wiens. Auf deren Bestellformular findet der User nämlich eine Liste mit exakt 350 akademischen Titeln und Adelstiteln sowie Berufstiteln und -bezeichnungen und deren Kombinationen zur Auswahl. Im Folgenden einige Beispiele:

Der *Abgeordnete Professor* steht wohl über dem *Assessor*, welche Position in der Hierarchie ein *DBAG* einnimmt, bleibt hingegen unklar, ebenso wie die Profession eines *Professor Dr. D. R. T.* Erfreulich finde ich, dass auch Geografen diplomieren können und dann als *Dipl. Geogr.* ihre Opernkarten ordern. Verdiente Zivilingenieure wiederum bekommen den *Baurat h.c.* verliehen. Dass *Graf* und *Gräfin* zum Stammpublikum der Vereinigten Bühnen zählen, nimmt nicht wunder, dass sich gelegentlich sogar *Prinzen* unter das gemeine Volk mischen, ist doch nicht ganz so selbstverständlich. Gast im eigenen Haus ist wohl ab und zu der *Musikdirektor* und trifft dort mitunter den *Ökonomierat* und den *Präsident Ing.*, um in der Pause mit dem *Senator Dipl. Ing. Dr.* zu parlieren. Die Geistlichkeit ist durch den *Pfr. i. R.* vertreten. Die Frage, ob sich hinter *Zahntechnik* ein Oppositionspolitiker verbirgt, wird wohl auf immer unbeantwortet bleiben, ebenso wie jene, auf welche Weise ein ganzes deutsches Bundesland, *Schleswig Holstein* nämlich, in der Oper oder im Musikverein Platz findet.

Die Titel der Toten

Das letzte Hemd hat zwar bekanntlich keine Taschen, indes scheinen die Österreicher der Meinung zu sein, dass Titel auch im Jenseits eine Rolle spielen könnten. Das beweist die schon durch den Legationsrat Dr. Tuzzi aufgestellte Vermutung, dass man auch in anderen Welten als der unseren ohne Bürokratie nur schwer auszukommen scheint. Daher eignen sich Grabinschriften hervorragend, um Titel, existierende (oder existiert habende) ebenso wie ersonnene, ein letztes Mal kundzutun. Im Folgenden eine Auswahl:

Der *Kanzleidirektor in Ruhe* ruht am Martinsfriedhof von Klosterneuburg in nächster Nähe eines *k. u. k. Oberst-Auditors*, und zwar nahe dem Eingang und somit praktisch in bester Lage, woraus man ersieht, dass es auch bei letzten Ruhestätten solche und solche gibt. Eine ähnlich bevorzugte Lage genießt ein als Dentist *Korrespondierendes Mitglied des Wiener Naturhistorischen Museums*. Auch die *k. u. k. Militärrechnungsrats-Gattin* sowie die *Medizinalratswitwe* können sich über zu wenig prominente Lagen nicht beschweren. Der *Bürgerliche Schmiedmeister und Hausbesitzer* samt *Schmiedmeisterswitwe* und der *Ortskommandant* finden sich hingegen schon deutlich hin zur Friedhofsperipherie gedrängt.

Auch weiter außerhalb Wiens gab es in der Gründerzeit offenbar zahlreiche Hausbesitzer, die als Symbol des im Biedermeier ansteigenden Wohlstandes auch zu Archetypen der österreichischen Literatur avancierten (wie z. B. ein „vierstöckiger Eckhäusler" 1880 bei Friedrich Schlögl). In Hollabrunn beispielsweise hat sich ein *Fleischhauer* ein eigenes Zinshaus erwirtschaftet und ein *Sattlermeister, Wagenbauer und Tapezierer* hat es zum *Hausbesitzer* gebracht. Noch erfolgreicher dürfte einer seiner „Nachbarn" gewesen sein, dessen Grabstein als Berufsbezeichnung *Realitätenbesitzer* angibt. Manche Weinviertler wiederum waren offenbar reich genug, um gar nicht arbeiten zu müssen, und ließen dies durch ihre Hinterbliebenen mittels des Zusatzes *Privatier* zu ihrem Namen dokumentieren. Lehrkräfte, respektive deren Angehörige, dürften vermehrt den Drang zur posthumen Titelsucht verspüren. Neben diversen *Fachlehrern* und *Schulräten* sowie einigen *Direktoren* und *Inspektoren* findet man auch einen *Fahrschuldirektor*. Dass man in Österreich auch *Ehrenbürger der Universität Wien* werden kann, kann wohl nur dann gelingen, wenn man zuvor ein *Qu. Dir. i. R. und Regierungsrat* war. Auch niedere Beamte und ihre Witwen zeigen durchaus Selbstbewusstsein, wie der *Post und Telegrafen-Oberkontrollor* und die *Justizwachekommissärswitwe* beweisen. Erfreulich finde ich, dass der *Landesobergärtner in Ruhe* unweit des *Vrinzischen Gutsverwalters in Pension* seine letzte Ruhe findet. Weiters bevölkern den Hollabrunner Friedhof ein *Kaminfegermeister*, ein *Müllermeister* und ein *Steueroberinspektor*. Auffallend ist eine gewisse Häufung von Sparkassenfunktionären. Der eben erwähnte Müllermeister war auch *Kurator der Sparkasse*, darüber hinaus gibt es einen *Sparkassenbuchhalter in Pension* und einen *Seifensieder u. Sparcassa Beamten*. Gefallene der beiden Weltkriege sind naturgemäß keine Seltenheit auf österreichischen Friedhöfen, ein am 4. September 1914 in Galizien umgekommener Hollabrunner dürfte aber wohl zu den ersten Opfern des Großen Krieges gehört haben und erinnert auf tragische Weise an das Schicksal des jungen Leutnants Carl Joseph von Trotta aus dem „Radetzkymarsch". Besondere Erwähnung verdient meines Erachtens jedoch ein Hollabrunner *Hauptmann der Ruhe*.

Auf dem St. Marxer Friedhof können der *Herrschaftliche Wirthschaftsrath* und das *Mitglied der niederösterreichischen Landwirth-*

schafts-Gesellschaft als ziemlich alltägliche Bestattete gelten, die *Geprüfte Lehrerin* erinnert entweder daran, dass auch Lehrer einmal Schüler waren oder dass das Leben als Lehrer mit (ungeprüften?) Schülern oft eine Prüfung ist. Die *Fürstlich Esterhazysche Oberbuchhalterswitwe* hat ihren Titel wie so viele Damen ihrer Zeit am Standesamt, respektive vor dem Traualtar, womöglich dem der Augustinerkirche, erworben. Weitaus geerdeter ist da schon die *Fischhändlerswittwe* aus dem Burgenland und als nachgerade subterrestrisch ist der *Bürgerliche (!) Kanalräumer* anzusehen.

Der Friedhof in Klosterneuburg-Weidling kann sich nicht nur einiger prominenter Toter wie des Dichters Nikolaus Lenau, der vis-à-vis wohnte, und des Orientalisten und Gründers der Akademie der Wissenschaften, Josef Freiherr von Hammer-Purgstall, sondern auch der Tatsache rühmen, dass Ferdinand Raimund 1827 „in diesem Friedhof sein Märchendrama Moisasurs Zauberfluch" schrieb und zwei Jahre später in Weidling die Arbeit zu seiner dramatischen Dichtung „Die unheilbringende Krone" begann, wie einer Gedenktafel am Eingang zu entnehmen ist.

Selbstverständlich hat auch die Weidlinger Bevölkerung viele Gefallene zu beklagen. Einer von ihnen war *Fahnenjunker* und starb am 5.10.1939 den „Fliegertod". Ein anderer war schlicht *Soldat*, während ein dritter, der 21-jährig sein Leben ließ, *Panzergrenadier, Inh. des EK II, Hochschüler, SS-Mann und Offiz. Anw.* war. Versöhnlich im Sinne einer historisch ausgleichenden Gerechtigkeit finde ich den Umstand, dass das Grab des einfachen *Soldaten* eine prominentere Lage hat und besser gepflegt wirkt als jenes des *SS-Mannes*, der ein Enkel des Gründungsdirektors des Raimundtheaters war. Unter den Gefallenen des Ersten Weltkrieges fällt ein *k. u. k. Fähnrich in Ruhe* auf, der 22-jährig als *Besitzer des Goldenen Verdienstkreuzes mit der Krone am Bande der Tapferkeitsmedaille* 1917 starb.

Als Wein- und Heurigenort hat Weidling, wie es sich gehört, zumindest ein Grab eines *Weinhauers* und eines *Gasthofbesitzers in Weidling* zu bieten. An Berufstiteln bietet der kleine Friedhof einen *k. u. k. Hofkupferschmied,* einen *Präsidenten des Reichsverbandes der Kupferschmiede Österreichs* (aus derselben Familie), einen *Hauptkassa-Direktor der Union-Bank,* einen *Direktor der Staatseisenbahngesellschaft* und einen *Landschaftsmaler.* Unter den Beamten findet sich eine große Zahl an Räten, namentlich ein *Landesoberinspektionsrat,* ein *k. k. Minsterialrat,* ein *Oberforstrat,* ein *Oberbaurat,* ein *Wirklicher Geheimer Rat und Sektionschef i. R.* und ein *k. k. Legationsrath,* dessen Familie überhaupt eine lange Beamtentradition aufweist, zu deren Reihe auch ein *k. k. n.ö. Statthalterei-Concepts-Praktikant* gehört. Weiters gibt es einen *Techn. Offizial* und einen *Kanzleidirektor.*

In einem *Commendatore* erkannte ich einen ehemaligen Patienten. Besonders berührend ist der Grabstein eines Mädchens, der neben dem Namen lediglich „gest. am 28. Jänner 1920 im 1. Lebensjahre" vermerkt, und jener eines Mannes, der als *Freund und Gönner der Weidlinger Jugend* apostrophiert wird.

Der Friedhof der Stadt Stein bei Krems liegt direkt neben der Justizstrafanstalt und unweit der Anlegestelle der Donauschiffe. Das Spezifikum seiner Lage spiegelt sich dann auch in den Grabinschriften wider. Es findet sich ein Grab eines *Oberaufsehers i. R.,* der gleichzeitig auch *Hausbesitzer* war, und jenes eines *Justizwachebeamten,* dessen Bruder als *ÖBB Beamter i. R.* verstarb, während seine Gattin interessanterweise als *Bildende Künstlerin* tätig war. Krems-Stein hat auf dem Sektor des Beamtentums überhaupt einiges aufzuweisen. Es gibt Familien, die einen *Oberlandesgerichtsrat* und einen *Sektionschef* in ihren Reihen hatten, hierarchisch etwas darunter rangieren wohl der *Sektionsrat* und der *Ober-Finanzrat.* Auf Gemeindeebene finden sich ein *Stadt-Obersekretär* und etliche *Bürgermeister,* die oft auch tüchtige Handwerker und demzufolge fast ebenso häufig auch Hausbesitzer waren. Einer davon war *Haus- und Realtitätenbesitzer, etc.* In Krems und Umgebung scheinen in manchen Familien Beamtentitel sogar beinahe erblich zu sein. Beispiele hierfür sind

Oberpostmeister (Vater) und *Post-Oberoffizial* (Sohn) sowie *Ober-forstmeister* (Vater) und *Oberforstrat* (Sohn). Bisher einzigartig ist der *Güterdirektor*. Die glorreiche Donaudampfschifffahrtsgesellschaft ist mit einem *Ob. Offizial* würdig repräsentiert. Für die Frau Gemahlin der einfachen Beamten bleibt dann immer noch die *Beamtenswitwe*.

Vertreter altehrwürdiger Handwerkskunst sind der *Selchermeister* (und *Hausbesitzer*), der *Zimmermeister*, der *Gerbermeister* (und *Bürger*), der *Konditormeister* (weder Hausbesitzer noch Bürger) sowie die *Friseurmeisterin*, verheiratet mit einem *Kaufmann*. Der Handel ist weiters vertreten durch einen *Buchhändler* und einen *Apotheker*, aus dessen Familie eine junge Frau im Alter von 29 Jahren (auf einer Vergnügungsreise, einem Kuraufenthalt?) in Davos verstorben ist. Ein *Tabakfabriksdirektor* ist der prominenteste Exponent der Industrie. Naturgemäß ist die Zahl der *Weingutsbesitzer* und *Winzer* groß.

Auch Vertreter der Heilkunst sind verhältnismäßig häufig in Krems-Stein zu finden, und zwar sowohl die der veterinärmedizinischen Fakultät als auch die der humanmedizinischen, hier wiederum zivile wie auch uniformtragende Spezies. Ein besonders hochverdienter unter ihnen war *jubilirter Thierarzt* und sogar *gew. Bürgermeister der Stadt Stein*, ein anderer aus derselben Familie *Veterinärrat, N. ö. Landesinspektionsrat und Ritter des Franz Josephs Ordens etz.* (sic!). Bei den Menschenmedizinern sticht das Grab eines *k. u. k. Oberstabsarztes* ins Auge.

Der Vater des Kremser Hafens hat den schönen Namen Rudolf Erben.

Einem gebürtigen Steyrer verdanke ich den Hinweis auf eine Grabinschrift mit dem besonders skurrilen Titel einer *Lourdes-Pilgerzugsbegleitersgattin*.

Es lohnt in diesem Zusammenhang auf das Begräbnisritual der Habsburger und hier im Besonderen auf die Anklopfzeremonie an der Pforte der Kapuzinergruft hinzuweisen. Der zufolge erlangte selbst Kaiser Franz Joseph, dessen „großer Titel" unter anderem „... von Gottes Gnaden Kaiser von Österreich, König von Ungarn und Böhmen, von Dalmatien, Kroatien, Slawonien, Galizien, Lodomerien und Illyrien; König von Jerusalem etc.; Erzherzog von Österreich; Großherzog von Toskana und Krakau; Herzog von Lothringen, von Salzburg, Steyer, Kärnten, Krain und der Bukowina; Großfürst von Siebenbürgen, Markgraf von Mähren; Herzog von Ober- und Niederschlesien, von Modena, Parma, Piacenza und Guastalla, von Auschwitz und Zator, von Teschen, Friaul, Ragusa und Zara; Gefürsteter Graf von Habsburg und Tirol, von Kyburg, Görz und Gradisca; Fürst von Trient und Brixen; Markgraf von Ober- und Niederlausitz und in Istrien; Graf von Hohenems, Feldkirch, Bregenz, Sonnenberg etc.; Herr von Triest, von Cattaro und auf der Windischen Mark; Großwojwode der Wojwodschaft Serbien etc., etc ...“ lautete, erst Einlass in seine letzte Ruhestätte, nachdem der Zeremonienmeister unter Weglassung aller weltlichen und kirchlichen Titel ihn als „Franz Joseph – ein sterblicher, sündiger Mensch“ angekündigt hatte.

Sollte man sich nun vor lauter Titeln und Berufsbezeichnungen gar nicht mehr auskennen oder sich sonst wie in den Tiefen der österreichischen Bürokratie verloren haben, folgt zum Schluss dieses Kapitels die erfreuliche Nachricht, dass auch gegen dieses Problem ein administratives Kraut gewachsen ist. Jörg Mauthes Reise ins legendäre Schmeggs nämlich verdanken wir die beglückende Erkenntnis, dass zumindest im dortigen Rathaus noch vereinzelt Auffindungsbeamte ausgebildet werden, die auf dem Amtsweg verirrte Bürger auffinden und ihnen einen Ausweg aus dem Amt zeigen können.

DER TOD ZU WIEN

Der Österreicher im Allgemeinen und der Wiener im Speziellen kann unmöglich charakterisiert werden, ohne sein Verhältnis zum Tod zu beleuchten. Schließlich gibt es sogar musikalische Versuche, den Tod zu einem Wiener zu machen. In einem Chanson von Georg Kreisler heißt es:

„Der Tod, das muss ein Wiener sein,
nur er trifft den richtigen Ton.
Geh Schatzerl,
geh Katzerl,
was sperrst dich denn ein?
Na komm schon –
Der Tod muss ein Wiener sein"

Mauthes literarisches Testament, das seinem Wunsch gemäß erst nach seinem Tod und ohne jegliche Änderung an seinem Manuskript unter dem Titel „Demnächst" erschienen ist, beginnt mit der mutigen Tagebucheintragung: „Demnächst werde ich sterben" und endet mit einem Satz, dessen Endgültigkeit kaum zu übertreffen ist: „Und Mauthe, wer immer das war, begibt sich ans Sterben." In den über 200 Seiten dazwischen erlaubt der Autor dem Leser an seinem journalistischen, politischen, gesellschaftlichen, freimaurerischen, utopischen und menschlichen Abschied teilzuhaben. Dass der Tod für Mauthe schon zu Lebzeiten Bedeutung gehabt haben dürfte, verdeutlichen seine Romane und Essays. Sein Roman „Die Vielgeliebte" beginnt, fast ist man versucht zu sagen: „Wie es sich gehört", auf einem Friedhof, auf dem sich die Freunde der Heldin versammeln, um sich zu verabschieden. In Rückblenden wird der Leser zu verschiedenen Schauplätzen in Wien und Umgebung geführt, doch immer wieder kehrt die Handlung zum Friedhof zurück. Dass Mauthe der Meinung war, dass sein eigener Tod keine Kleinigkeit sein würde, belegt sein Abschiedsbrief an den Wiener Bürgermeister, in dem er ihn bittet, an seinem Begräbnis nicht teilzunehmen oder, „wenn das aus irgendwelchen protokollarischen Gründen nicht möglich sein sollte [...], wenigstens keine Rede oder etwas dergleichen zu halten". Was sich der Journalist, Autor und Politiker Mauthe, der, wie er selbst einmal sagte, nicht an ein Leben nach dem Tod glaubte, wohl kaum ausgemalt hätte, war, dass sich jemand finden würde, dem er nach seinem Ableben seine Einsichten und Erkenntnisse aus dem Jenseits diktieren könne. Die Schriftstellerin Lotte Ingrisch, Witwe des Komponisten Gottfried von Einem, war nach eigenen Angaben aber genau jenes Medium, dem Mauthe Donnerstag für Donnerstag seine Eindrücke aus dem Jenseits diktierte, die sie unter dem Titel „Donnerstagebuch" herausbrachte. Als durchaus skurril muss dem zuständigen Gericht daher die Klage von Mauthes Sohn Philipp erschienen sein, der Ingrisch, die eine Bekannte seines Vaters gewesen war, wegen Verletzung des Urheberrechtes geklagt hatte. Dies geschah weniger der entgangenen Tantiemen wegen als vielmehr aus einem starken Empfinden für Gerechtigkeit. Jedenfalls gab es für die Causa, die sogar dem „Spiegel" einen Artikel wert war, keine Präzedenzfälle. Schließlich kam es zu einem Vergleich.

Axel Corti lieferte den Hörern seiner Radiosendung „Der Schalldämpfer" am 12. November 1986 unter dem schlichten Titel „Das Hoffmann-Haus" einen Beweis für die Existenz der inneren Stimme, die in diesem Fall identisch war mit einer Stimme oder vielmehr einem Brief aus dem Jenseits. Er berichtete in dieser Sendung von einer jungen Familie, die eines der schlichten, unprätentiösen Häuser des Architekten Josef Hoffman in Wien bewohnte. Leider wurde das schöne Hoffmann-Haus für die kinderreiche Familie mit der Zeit zu klein, weil eben die Schar der Kinder in derselben Zeit größer wurde. Im Zuge eines mehrere Tage andauernden Unwetters geschah es, dass die Terrasse undicht wurde und Wasser in die darunterliegenden Räume eindrang. Es wurden Überlegungen angestellt, die unabdingbare Sanierung der Terrasse zur Überbauung derselben mit dem Zweck des Raumgewinnes zu nützen. Die Familie zog einen befreundeten Architekten zu. Dieser begutachtete gewissenhaft die Gegebenheiten, machte einige Skizzen und Notizen und versprach am übernächsten Tag mit Konkretem zurückzukehren. Bei der jungen, großen Familie begann sich die Freude auf mehr Platz einzunisten. Gleichzeitig mit dem Architektenfreund erschien anderntags der Briefträger mit einigen Poststücken. Diese wurden zunächst unbeachtet und ungeöffnet beiseitegelegt. Der Architekt wirkte bekümmert. Die Familie mutmaßte zunächst, dass es statische oder andere bauliche Schwierigkeiten mit dem Zubau auf Basis der Terrasse gäbe. Das verneinte der Freund, verwies aber auf den von ihm ausgehobenen Originalplan Hoffmanns und darauf, dass durch den zwar technisch machbaren Aufbau die Proportionen des doch so geliebten Hauses völlig verändert und nachgerade zerstört würden. Dieser schandhaften Tat wolle er keinen Vorschub leisten, denn Schönheit wäre zwar Luxus, aber doch auch irgendwie lebensnotwendig. Zunächst wurde kurz erörtert, einen anderen Baumeister oder Planer zu finden, der mindestens gleich schwerwiegende Argumente für den Zubau liefern könnte. Diese Überlegung wurde aber bald wieder fallen gelassen. Die Trauer über den nun doch nicht zu gewinnenden Raum wurde schön langsam von dem Bewusstsein abgelöst, dass man an etwas so Einzigartiges eben nicht Hand anlegen sollte. Am selben Abend öffnete der Familienvater an seinem Schreibtisch sitzend die Post. Die alte Dame, die ihm seinerzeit das Hoffmann-Haus verkauft hatte, schrieb der Familie, von der sie wusste, wie sehr sie ebendieses schätzte und an seiner Geschichte interessiert war. In ihrem Brief schilderte sie, dass sie in einem Kasten Briefe aus der Korrespondenz ihres Vaters mit Josef Hoffmann gefunden hätte, die sie in Kopie beilege. Der Familienvater entdeckte zu seinem anfänglichen Schrecken ein Schriftstück und eine Skizze, die belegten, dass Hoffmann dem Bauherrn darin darlegt hatte, dass man natürlich die Terrasse auch überbauen könne, das sei technisch und statisch kein Problem. Aber scheußlich wäre es halt, die Proportionen würden ruiniert, er rate davon ab, wolle man den einzigartigen Charakter des Entwurfes nicht zerstören. Das alles schrieb Hoffmann etwa 75 Jahre früher in einem Brief, der just an dem Tag in jenes Haus zurückkehrte, an dem genau dieselben Überlegungen angestellt und mit den nämlichen Argumenten verworfen worden waren! Kommen wir zurück zum Tod. Gerade das Wienerische hat für alles, was mit dem Sterben zu tun hat, eine Vielzahl höchst seltsam anmutender Ausdrücke:

Der Tod wird der „böse Quiqui" genannt, wenn jemand einen Herzinfarkt hat, nennt man das „Herzkasperl", sterben heißt „de Patsch'n strecken", „schaun, ob da Deckel passt", „mit'n Anasiebz'ger fohrn" (die Straßenbahnlinie 71 fährt zum Wiener Zentralfriedhof), „den Holzpyjama anziagn". Eine hübsche Sammlung dieser und weiterer, teils bizarrer Ausdrücke findet sich in einem Lied von Roland Neuwirth:

„Er hat an Abgang g'macht / Er hat die Patsch'n g'streckt / er hat a Bankl g'rissen / er hat se niedag'legt / er hat se d'Erdäpfel von unt' ang'schaut / er hat se sozusag'n ins Holzpyjama g'haut. Er hat die Bock aufg'stellt / er hat an Wuaf ang'sagt / er hat se d'Schleif'n geb'n / er hat die Stuf'n packt / er is umeg'stand'n / er hat's umebog'n / er ist als arme Söööö zum Petrus aufe g'flog'n Er hat se abelass'n, wia des so schee haßt / er ist nachschau'n gangen, ob der Deck'l passt / zerst ham's eam außetrag'n mit de Fiaß voran / jetzt lacht er si statt d'Madln drunt die Wirma an."

Mein persönlicher Lieblingsausdruck für Sterben heißt „ein Bankl reißen" oder „abbankl'n", und zwar nicht zuletzt deshalb, weil der Name eines bekannten Wiener Pathologen, der mehrere Bücher verfasst hat, in denen er sich mit den tatsächlichen Todesursachen berühmter Persönlichkeiten und den Krankheiten der Habsburger auseinandersetzt, Hans Bankl lautet.

Die Wiener Pathologen und noch mehr die Gerichtsmediziner, deren Institut in Wien nach einer zweijährigen Abwesenheit wieder in der Sensengasse zu finden ist, scheinen auch nach Rokitansky noch immer führend in ihrer Kunst zu sein. Professor Christian Reiter hat eine international anerkannte Methode entwickelt, um aus dem Entwicklungsstadium der Maden von Chrysomya albiceps (Wiedemann), die in lange nicht entdeckten Leichen leben, in Abhängigkeit von äußeren Faktoren den exakten Todeszeitpunkt eines Menschen festzustellen. Bei der Suche nach der betreffenden Publikation von Professor Reiter in einer medizinischen Datenbank wurde sein rezentester Artikel mit dem Titel: „Überlegungen zur Authentizität des Schädels von Angelo Soliman" aufgelistet. Professor Reiter scheint also jedenfalls eine andere österreichische Gerichtsmedizinertradition, nämlich jene, die tatsächlichen Todesumstände historischer Persönlichkeiten zu ergründen, fortzusetzen.

Mit den Worten „Dort, wo der Tod wohnt" hat ein Wiener dem Schriftsteller Gerhard Roth den Ort bezeichnet, an dem sich in der Sensengasse im neunten Wiener Gemeindebezirk das Gerichtsmedizinische Institut befindet. Dieses wurde 2008 auch aufgrund institutsinterner Unstimmigkeiten vorübergehend geschlossen. Seither wurden gerichtlich angeordnete Obduktionen statt von Gerichtsmedizinern von Pathologen in den jeweiligen Gemeindespitälern und in einem Container am Zentralfriedhof durchgeführt. Die Anzahl jener Leichenöffnungen, die von der Sanitätspolizei in Fällen, in denen die Todesursache eines Patienten unklar ist, verfügt werden können, ist durch die Schließung des Instituts stark zurückgegangen. Dies hat zu Befürchtungen geführt, dass möglicherweise Straftaten unaufgedeckt bleiben und dass die Expertise im Bereich der bis dahin weltweit viel beachteten Wiener Gerichtsmediziner zukünftig leiden wird. Seit 2010 ist die Gerichtsmedizin aber in ihr mittlerweile renoviertes Stammhaus zurückgekehrt. Trotzdem gibt es vor allem Nachwuchsprobleme. Der Grund dafür liegt skurrilerweise darin, dass einer Empfehlung des Rechnungshofes folgend an der Gerichtsmedizin ausschließlich vom Gericht angeordnete Leichenöffnungen durchgeführt werden sollen. Da deren Zahl aber (auch aus Kostengründen) stark rückläufig ist (nicht einmal tatsächliche oder vermeintliche Fälle von Selbstmord dürfen untersucht werden), gibt es eben zu wenige Leichen, um die jungen Gerichtsmediziner ordentlich auszubilden.

Die Sensengasse hieß von 1804 bis 1808 Totengasse, weil sich in unmittelbarer Umgebung vier Friedhöfe befanden. Im Haus Sensengasse 1 wohnte ab 1816 Wiens damals größter Fuhrwerksunternehmer Josef Janschky. Auf sein Betreiben hin erfolgte die Umbenennung in Fuhrmannsgasse. Ab 1862, dem Jahr, in dem das neu errichtete Gerichtsmedizinische Institut im Haus Nummer 2 seinen Betrieb aufnahm, hieß die Gasse dann Sensengasse, wobei sich der Name auf ein Hausschild in der heutigen Währingerstraße 33–35 mit dem Namen „Zur Goldenen Sense" bezieht. Der angrenzende Hof hieß nach der am Giebel des Pathologischen Instituts angebrachten Inschrift „Indagandis sedibus et causis morborum" (Der Erforschung des Sitzes und der Ursachen der Erkrankungen) in der Wiener Bevölkerung bald „Indagandis-Hof".

Wie nahe Wien am Balkan liegt, konnte ich als Medizinstudent an einem Montagmorgen im Mai während meines Pathologiesezierkurses erfahren. Schon im „Indagandis-Hof" war damals ohrenbetäubendes Schreien und Schluchzen zu hören. Beim Betreten des Kellers, in dem sich die Seziersäle befinden, sah ich eine Gruppe von schwarz verschleierten Frauen, die die Ursache des Geschreis waren. Der von uns verstörten Studenten befragte Obduktionsgehilfe erklärte uns ziemlich gelassen, dass es sich bei dieser Gruppe von „Klageweibern" um nichts Ungewöhnliches handle, wenn ein muslimischer Patient hier obduziert werde.

Der Tod in der österreichischen Kunst

Arthur Schnitzler veröffentlichte als 30-Jähriger 1892 seine erste Novelle und gab ihr den Titel „Sterben". Das Abrücken Maries, der Geliebten des todgeweihten Felix, vom ursprünglichen Plan des gemeinsamen Todes lässt einen sehr an das (beinahe) einsame Sterben von Hofmannsthals „Jedermann", der kurz vor seinem Ende auch von seiner Buhlschaft verlassen wird, denken. Interessant ist in diesem Zusammenhang, dass Hofmannsthal dieses Werk Schnitzlers ablehnte. Die Handlung von Schnitzlers Tragikomödie „Das weite Land" beginnt zwar nicht direkt auf einem Friedhof; das Begräbnis des Komponisten Korsakow, von dem gleich zu Beginn des ersten Aktes berichtet wird und an dem Genia Hofreiter aus gutem Grund nicht teilnimmt, ist aber Ausgangspunkt der Handlung.

Am 1. Jänner 1913 schreibt Franz Kafka aus Prag an seine Angebetete Felice Bauer in Berlin. In diesem Liebesbrief malt er ihr die gemeinsame Liebe hauptsächlich im Konjunktiv aus, erzählt von seiner Phantasie, dass ihre Hände untrennbar zusammengebunden sein sollten und schließt diese romantische Passage mit dem Satz: „[…] immerhin möglich, dass einmal auf solche Weise zusammengebunden ein Paar zum Schafott geführt wurde". Franz Werfel verknüpft in seinem Roman „Die blaßblaue Frauenschrift" Vaterschaft weder mit Gefühlen wie Glück oder Hoffnung, sondern mit Haftung, weil man nicht nur das Leben, sondern auch den Tod (sowie den Schmerz und die Schuld) weitergebe.

„Der Dritte Mann", ein Roman, der in dieser Form nur in Wien spielen kann, beginnt mit der vermeintlichen Beerdigung Harry Limes am Wiener Zentralfriedhof. Zeit der Handlung sind die

Wintermonate kurz nach Kriegsende und es ist so kalt, dass die Friedhofsangestellten, die für das Ausheben des Grabes verantwortlich sind, Presslufthämmer benötigen. In einer österreichischen Tageszeitung erschien anlässlich der Kältewelle im Februar 2012 ein Bericht über die Mühen genau dieser Männer. Ihm verdanke ich die Erkenntnis, dass es in Wien eine eigene Berufsbezeichnung für diese Spezialisten gibt. Man nennt sie die „Aufmacher". Selbst eingebürgerte Schriftsteller wie Dimitré Dinev können sich (als ohnehin zum alt- und großösterreichischen Kulturkreis gehörig) dem Tod im Allgemeinen und dem Wiener Zentralfriedhof im Speziellen wohl auch nicht entziehen. Sein erster Roman „Engelszungen" nimmt seinen Anfang genau dort. Wolfgang Ambros hat dem beliebtesten aller Wiener Friedhöfe in seinem Lied „Es lebe der Zentralfriedhof" zu dessen 100. Geburtstag ein musikalisches Denkmal gesetzt:

„Drauß't is' koit und drunt' is' worm, nur monchmol a bissel feucht, A-wann ma so drunt' liegt, freut man sich, wenn's Grablaternderl leucht."

Diese Liedzeile passt zu einem Zitat eines Wiener Heurigenbesuchers, das Mauthe im Nachdenkbuch mit den Worten „Damit s' auch ein bissel eine Freud' hab'n, wenn's schon tot sein müssen" wiedergibt und damit den Umstand erklärt, warum an schönen Abenden, wenn die Wiener zum Heurigen gehen, auf den umliegenden Friedhöfen auffallend viele Grablichter brennen. Nach Berichten eines passionierten Friedhofsbesuchers gibt es betreffend der Kontinuität der brennenden Grabkerzen innerhalb Österreichs beträchtliche Unterschiede. Spitzenreiter in der Disziplin des „Grablaternderlanzündens" dürften demnach die Kärntner sein.
In dem letzten, erst posthum erschienenen Lied des Musikers „Falco" mit dem Titel „Out of the Dark" lautet eine auf gespenstische Weise prophetische Textzeile: „Muss ich denn sterben, um zu leben?"

Vom Sterben in Österreich

Am Kahlenberg, nahe der „Eisernen Hand", gibt es einen Privatfriedhof, auf dem als prominentester Toter Charles Joseph de Ligne begraben liegt. Der gebürtige Niederländer war schon in seiner Jugend in die Dienste Maria Theresias getreten, die ihm die Kammerwürde verliehen hatte. Diese Auszeichnung war verbunden mit einer Uniform, deren Waffenrock rosa Revers aufwies. Die Farbe, die bis Mitte des zwanzigsten Jahrhunderts als das „kleine Rot" galt und bis dahin weder mit weiblichen Babys noch mit Homosexuellen assoziiert wurde, soll dem Fürsten so gut gefallen haben, dass ab diesem Zeitpunkt seine gesamte Kleidung, sein Briefpapier und die Fassade seiner Häuser seine neue Lieblingsfarbe und er selbst den Beinamen „Der rosarote Prinz" erhielten. Wenn also F. Scott Fitzgerald seinen „Großen Gatsby", der sich schließlich als Parvenü entpuppt, in einen rosaroten Anzug gekleidet, prächtige Partys geben lässt, hat dieser ein reales historisches und noch dazu tatsächlich aristokratisches Vorbild im Wien des Wiener Kongresses. Nicht weit entfernt vom Grab des Fürsten de Ligne ruht am Kahlenberger Friedhof Karoline Traunwieser, die zur Zeit des Wiener Kongresses als die schönste Frau Wiens galt, allerdings im Alter von 21 Jahren an Tuberkulose verstarb. Über die Sängerin geht die Mär, dass sie als „Fräulein vom Kahlenberg" in einer eiskalten Winternacht nur in Brautkleid und Schleier den Berg auf der Suche nach ihrem gefallenen Bräutigam bestiegen habe und dort erfroren sei. Tatsächlich verstarb sie in der Wohnung ihrer Mutter in der Innenstadt. Unter ihren zahllosen Verehrern war auch Josef Freiherr von Hammer-Purgstall, Orientalist und Begründer der österreichischen Akademie der Wissenschaft, dessen Ehrengrab sich, wie bereits erwähnt, am Weidlinger Friedhof befindet. Der Kahlenberger Friedhof ist auch Beispiel für die Vereinbarkeit des Unvereinbaren. Während die meisten der in der Donau Ertrunkenen in Wiens geografisch gesehen am tiefsten gelegenen

Friedhof, dem der Namenlosen nämlich, auf 160 m Seehöhe und am Ufer des Flusses gelegen, begraben liegen, ruht auf Wiens höchst gelegenem Friedhof, dem am Kahlenberg eben, auf 415 m Seehöhe, Martin Beuerl, „Bürger und Schiffmeister von Regensburg", am 21. September 1706 „unglücklich in den Wirbl ertruncken". Warum man die Leiche des deutschen Schiffers mehrere hundert Meter den Berg hinaufgetragen hat, um ihn so hoch über dem Strom zu bestatten, bleibt indes unklar.

Das Naturhistorische Museum in Wien beherbergt etwa 40.000 Totenschädel und ist damit nach dem Zentralfriedhof Österreichs zweitgrößter Friedhof. Im Hallstätter Beinhaus werden zwar „nur" 1.500 Totenschädel aufbewahrt, allerdings sind diese aufwändig mit dunklen Kränzen aus Eichenlaub, Efeu oder Blumen und den Namen der Toten bemalt. Weltweit einzigartig wird dieser Karner dadurch, dass dort die Gebeine ganzer Generationen nebeneinander ruhen.

Dass beim Sterben alles seine Ordnung haben muss, bekamen die Österreicher anlässlich des Begräbnisses von Bruno Kreisky live im Fernsehen vorgezeigt. Franz Vranitzky, seines Zeichens amtierender Bundeskanzler, war es nämlich, der bei Kreiskys Beerdigung, ganz wie es sich gehört, dem Pompfüneberer für das Schauferl Erde, das er auf den Sarg warf, einen Zwanzig-Schilling-Schein in die Hand drückte. Einen weiteren Beleg für den korrekten Umgang mit dem Sterben lieferte die weit über Wien hinaus bekannte Kaffeehausbesitzerin Josefine Hawelka. Sie, die praktisch nie auf Urlaub gegangen war, starb am 22. März 2005. Ihr Todestag fiel damit auf einen Dienstag, an dem damals Ruhetag im Hawelka war. Als ihr Mann Leopold am 29. Dezember 2011, einem Donnerstag, im 101. Lebensjahr starb, hatte bereits sein Sohn die Leitung des Kaffeehauses übernommen, und es gab keinen Ruhetag mehr.

Ein Medizinstudent arbeitete neben seinem Studium gelegentlich bei Filmproduktionen als Komparse. Einmal sollte er in einer in Wien gedrehten Dokumentation des Senders Freies Berlin über den österreichischen Schriftsteller Leo Perutz einen Mathematikstudenten verkörpern. Dieser gerät in der Erzählung „Der Tag ohne Abend" aus einem dummen Missgeschick heraus in ein Duell, bei dem er just in dem Moment von der Kugel seines Kontrahenten tödlich getroffen wird, in dem er die Lösung eines komplexen mathematischen Problems gefunden hat. Der Kontrahent des jungen Mannes wurde in der Fernsehproduktion ebenfalls von einem Laien dargestellt, der in seinem Zivilberuf ein bekannter Wiener Verleger war. Da in weiterer Folge noch einige Szenen sowohl im Innenstadtbüro des Verlegers als auch im Elternhaus des Studenten gedreht wurden, lernten die beiden Männer einander etwas besser kennen, verloren sich aber danach wieder aus den Augen. Zwanzig Jahre später, aus dem Medizinstudenten war mittlerweile ein Facharzt mit Ordination im ersten Bezirk geworden, suchte der ehemalige „Duellgegner" die Praxis als Patient auf und erkannte den Arzt erst, als dieser ihn mit den Worten: „Wissen Sie noch, dass Sie schon einmal auf mich geschossen haben?" auf die gemeinsamen Drehtage ansprach.

Herbert Hufnagl, so etwas wie der Nachfolger von Jörg Mauthes „Watschenmann", hat in seiner Kolumne „Kopfstücke" auch Skurriles zum Thema Tod zusammengetragen. „Der Verschollene wird aufgefordert, sich spätestens bis zum 10. Dezember 1990 bei diesem Gericht zu melden, widrigenfalls er für tot erklärt werden kann", richtet das Bezirksgericht Eisenstadt Herrn Leopold Hakker, geboren am 1. Oktober 1846, zuletzt gesehen im Sommer 1900, aus. An anderer Stelle berichtet Hufnagl über eine Mistkübelaufschrift im Urnenteil des Inzersdorfer Friedhofs: „Bitte keine heiße Asche einfüllen". Dass Urnen auf Friedhöfen gestohlen werden, kommt nach Auskunft des Sprechers der Wiener Friedhöfe praktisch nie vor. Außerhalb offenbar schon. Unlängst wurde nämlich einer Wienerin zusammen mit ihrer Einkaufstasche ein Stoffsack gestohlen, in dem sich die Urne mit der Asche ihres vor einigen Jahren verstorbenen Vaters befunden hatte. Die Polizei geht wohl zu Recht davon aus, dass der Dieb die Urne nicht als solche erkannt und daher irrtümlich an sich genommen hatte. Wirklich skurril ist aber wohl eher die Tatsache, dass die 55-Jährige die Urne immer zum Einkaufen mitgenommen hatte und noch mehr ihre Begründung dafür, nämlich aus „Sicherheitsgründen", wie ein Polizeisprecher mitteilte.

Schon der Tod Maria Theresias dürfte neben einer gewissen Korrektheit hinsichtlich Pflichterfüllung auch etwas Skurriles gehabt haben. So wird überliefert, dass die Regentin am Abend des 29. November 1780 nach getaner Arbeit zusammengebrochen und von ihrem Sohn Joseph auf ein Canapé gebettet worden sei. Auf die Frage: „Liegen Eure Majestät nicht schlecht?", soll die Sterbende geantwortet haben: „Ja, aber gut genug zum Sterben." Wie anders war da der Tod ihres Gatten, Franz I. Stephan von Lothringen, verlaufen. Der Kaiser war zeitlebens ein vom Glück begünstigter Finanzspekulant, Lebemann und Frauenfreund gewesen und starb am 18. August 1765 wohl an den Folgen seines im besten Wortsinn barocken Lebenswandels an einem Schlaganfall oder Herzinfarkt im Laufe der mehrtägigen Feierlichkeiten anlässlich der Vermählung seines Sohnes Leopold II. in Innsbruck.

Die Österreicher liebten schon immer (und tun es noch) das, was man in Wien „a schöne Leich'" nennt. Für alle Nicht-Wiener zur Erklärung: Gemeint ist damit ein eindrucksvolles Begräbnis. Die Ursprünge dürften in dem während des Barock etablierten Begräbnis-Pomps liegen, der dem einfachen Volk, das sonst wenige Vergnügungen hatte, das Ableben von Verwandten doch irgendwie zum Erlebnis machte. Daher nahm man Joseph II., dem Nachfolger Maria Theresias auf dem Habsburgerthron, die von ihm dekretierte Vereinfachung kirchlicher Zeremonien im Allgemeinen und der Bestattungen im Speziellen übel. Hinzu kam noch, dass man durch die Abschaffung der Todesstrafe die Österreicher um das schaurigschöne Erlebnis öffentlicher Hinrichtungen gebracht hatte. Nun wurden noch dazu die Friedhöfe aus den Dorf- oder Stadtzentren in die Peripherie verlegt, die

Gräber genormt und sogar die Verwendung von Särgen untersagt. Der Hintergrund war, dass der Kaiser erstens den Einfluss
der katholischen Kirche, die er als einen von außen (Rom) ge-
lenkten Staat im Staat sah, eindämmen und zweitens durch die
Bestattung der Toten in Leinensäcken (zwecks schnellerer Verwesung) und die Anlegung von Friedhöfen außerhalb des bebau-
ten Gebietes die Seuchengefahr eindämmen wollte. Als typisch
österreichischer Kompromiss kam es daraufhin zur Einführung
des josephinischen Klappsarges, der allerdings wegen der Ablehnung durch die Untertanen nur sporadisch Verwendung fand.
Ein erhalten gebliebenes Exemplar ist in einem ebenso einzigartigen Museum ausgestellt, nämlich im Wiener Bestattungs-
museum. Das Prinzip des Klappsarges beruht auf einem mittels
Hebel zu öffnenden Boden. Hatte man den Sarg in die Erde gelassen, wurde der Boden weggeklappt und die in einen Sack ge-
hüllte Leiche fiel in die Grube. Nachdem die Angehörigen den
Friedhof verlassen hatten, wurde der Sarg wieder heraufgezogen
und konnte neuerlich verwendet werden. Bekanntlich wurden
die meisten Reformen Josephs II. nach seinem eigenen Ableben wieder rückgängig gemacht und so verwundert es wenig,
dass Charles Joseph de Ligne (der kurz vor seinem Tod den berühmten Ausspruch über den Wiener Kongress getan hatte) am
Sterbebett sein eigenes prunkvolles Begräbnis (er war immerhin
k. k. Feldmarschall und Ritter des Goldenen Vlieses) als will-
kommene Bereicherung des Programms des Wiener Kongresses
bezeichnete.

Auch am Burgtheater weiß man „a schöne Leich" zu zelebrie-
ren: Beim Ableben eines Künstlers, der in den erlauchten Kreis
der Ehrenmitglieder des Hauses Aufnahme gefunden hat, werden
auf der rechten Feststiege die Totenreden gehalten. Anschließend
wird der Sarg, gefolgt vom Trauerkondukt, dem neben dem Un-
terrichtsminister und dem Direktor des Hauses auch hohe Beamte
und Kollegen angehören, einmal um die Burg gefahren, um dem
Toten die letzte Ehre zu erweisen. Auf dem Friedhof setzt sich

dann die Zeremonie fort. Es kann als nicht geringe Ironie oder sogar als späte Rache gelten, dass Claus Peymann, der in seiner Amtszeit als Direktor nicht mit Kritik an dem von ihm geleiteten Theater gespart hat, 2012 ebenfalls zum Ehrenmitglied ernannt wurde und ihm daher diese Ehre dereinst zuteil werden wird.

In der Pfarrkirche des oberösterreichischen Ortes St. Thomas am Blasenstein kann man eine mumifizierte männliche Leiche besichtigen, die im Volksmund „Luftg'selchter Pfarrer" oder auch „Lederner Franzl" genannt wird. Die Mumie ist unter anderem mit einer Lederhose und Lederschuhen bekleidet, wobei der Zeitraum deren Herstellung auf 1670 bis 1750 geschätzt wird. Diese Datierung passt zu der landläufigen Überzeugung, dass es sich bei der Mumie um die sterblichen Überreste des Chorherren Franz Xaver Sydler de Rosenegg handelt. Völlig unklar sind hingegen noch immer die Umstände, die zur Mumifizierung des Leichnams geführt haben. Der Überlieferung nach sei der Pfarrvikar am 2. September 1746 gestorben und bereits am nächsten Tag beerdigt worden, was zu dieser Zeit eher unüblich war. Es scheint festzustehen, dass der Leichnam bei Öffnung des Grabes in der ersten Hälfte des 19. Jahrhunderts kaum Spuren von Verwesung aufgewiesen hatte. Seither gilt diese natürliche Mumifizierung als Wunder. Nach Meinung von Wissenschaftern scheint der Leichnam einerseits nämlich doch nie unter der Erde gewesen zu sein. Andererseits gibt es Hinweise, dass die Mumifizierung nicht durch Luftstrom, sondern unter Luftabschluss passiert sein dürfte. Zudem hat eine röntgenologische Untersuchung der Leiche gezeigt, dass sich im Magen-Darm-Trakt eine etwa kirschkerngroße metallische Kugel mit zwei Fortsätzen befindet, was auf eine Vergiftung hindeuten könnte.

Das bereits erwähnte Anatomische Institut ist seit einigen Jahren zu einem regelrechten Zentrum für Sezier-Touristen aus aller Welt geworden. Um das Geschäft anzukurbeln, wurde sogar ein Folder entworfen, der auf die lange Tradition der Leichenöffnung in Wien hinweist und neben dem Johann-Strauß-

Denkmal im Stadtpark auch Theodor Billroth, Karl Landsteiner, Sigmund Freud und selbst den sagenhaften Arzt Paracelsus zeigt. Die Broschüre unterstreicht damit die für Wien so charakteristische Nähe von Lebensfreude und Tod auf zwar vielleicht plakative, aber doch wirkungsvolle Weise. Die etwa 5.000 Teilnehmer der auf diese Weise vermarkteten Sezier- und Präparierkurse aus 44 Ländern, die pro Kurs 2.000 Euro bezahlen, zeigen jedenfalls, dass mit dem Tod in Wien (immer) ein Geschäft zu machen ist. Neben der Attraktivität des Tagungsortes und einem guten Preis-Leistungsverhältnis dürfte die nicht unbeträchtliche Anzahl von verfügbaren Leichen ein wichtiges Asset des Anatomischen Instituts sein. Denn im Gegensatz zur Gerichtsmedizin gibt es auf der Anatomie keine Knappheit an Leichen. Das hat auch historische Gründe: Schon zu Zeiten Josephs II. war es zunächst in Adelskreisen üblich geworden, seinen Körper nach dem Ableben der Wissenschaft zur Verfügung zu stellen. Das „Vermachen" des eigenen Körpers „für die Anatomie" war jahrhundertelang selbstverständlich kostenlos. Eine Zeit lang hatte man zur Deckung der Unkosten seitens der Institutsleitung versucht, von der Sozialversicherung einen Teil des Sterbegeldes zu lukrieren, was aber nie gelungen ist. Erst mit der Einführung der Universitätsautonomie und der damit verbundenen Notwendigkeit, Eigenmittel zu generieren, begann man von den potenziellen Spendern einen Kostenbeitrag für die Transport- und Bestattungskosten einzuheben. Nach Auskunft des ehemaligen Vorstands des Instituts, Professor Wilhelm Firbas, befinden sich trotzdem die Namen von circa 35.000 Menschen aus allen gesellschaftlichen Schichten, die ihren Körper der Forschung vermachen wollen, in den Karteien des Instituts. Eine eigene Studie hat sich mit den Beweggründen der potenziellen Spender auseinandergesetzt und festgestellt, dass vor allem drei Faktoren ausschlaggebend dafür sind, die 450 Euro, die als Unkostenbeitrag noch zu Lebzeiten zu entrichten sind, auszulegen: Man möchte die Kosten für ein aufwändiges Begräbnis sparen, auch noch oder zumindest nach dem Tod der Gesellschaft einen Dienst erweisen oder man will über den Tod hinaus mit der Verwandtschaft, in Wien gern mit dem jiddischen „Mischpoche" bezeichnet, nichts (mehr) zu tun haben. Die Anmeldung zur „Körperspende" (!) findet während des Parteienverkehrs (!) jeweils montags und donnerstags zwischen neun und zwölf Uhr im zuständigen Sekretariat gleich neben dem Haupteingang in der Währinger Straße statt. Die Wege zum Spenderausweis sind also kundenfreundlich kurz gehalten, könnte man sagen. Ob diese Überlegung bei der Wahl des Standortes des Sekretariats eine Rolle gespielt hat, ist nicht bekannt. Es wird aber erzählt, dass sich vor Jahren ein Mann nach erfolgter Registrierung ohne Umweg in die gegenüberliegende Toilette begeben hat, um sich dort in den Kopf zu schießen. Zwar sind solche Vorkommnisse gottlob die Ausnahme, der Job der zuständigen Sekretärin ist aber trotzdem eher unbeliebt, weil nicht wenige „Spender" im Sekretariat ihre teilweise umfangreichen Krankengeschichten kommunizieren wollen.

Im Regelfall wird die Totenruhe im Anatomischen Institut, in dessen weitläufigem Areal zwischen Währinger Straße und Schwarzspanierstraße auch eine der erfolgreichsten österreichischen pharmazeutischen Firmen der Nachkriegszeit ihr erstes Labor hatte, nicht gestört und die zahlenden Teilnehmer der Sezierkurse delektieren sich in den Pausen an Mehlspeisen und Brötchen aus dem Gourmettempel „Zum schwarzen Kameel", bevor sie abends zu einem der vielen „originalen" Heurigen in Grinzing ziehen, um die Formalindämpfe mit einem oder mehreren Gläsern vom Wiener G'mischten Satz zu vertreiben.

Tod und Unterhaltung schließen einander, wie schon angedeutet, in unserem nekrophilen Land ebenso wenig aus wie Tod und Profit. Die Volkssängerin Antonie Mannsfeld teilte dem p. t. Publikum anlässlich des Todes ihres Mannes im Jahr 1868 in einer Traueranzeige mit, dass sie nicht nur weiterhin Soireen geben werde, sondern ihre Bewunderer mit neuen Liedern bestens zu unterhalten gedenke. Den Vorwurf der Pietätlosigkeit, den diese kombinierte Trauer- und Werbeanzeige in den Augen der Wiener darstellte, konterte sie mit dem sehr pragmatischen Argument, dass „ihn das a nimmer lebendig [mache], und es so eben in einem Aufwaschen [ginge]". Das in dem Osttiroler Dorf Innervillgraten gegründete Ensemble Franui hat seine steile Karriere, deren vorläufiger Höhepunkt die Einladung zu den Salzburger Festspielen darstellt, mit eigenwilligen Interpretationen von Trauermärschen mit Titeln wie „Der letzte Seufzer" begonnen. Dass Trauer und Lebensfreude, Weinen und Lachen im Idealfall Geschwister sein können, bestätigt die Definition eines gelungenen Begräbnisses, die Andreas Schett, der Leiter von Franui, parat hat: „Ein gutes Begräbnis ist es erst, wenn irgendwo im hintern Eck die Musiker Witze machen und vorne alle Rotz und Wasser heulen."

Im 14. Wiener Gemeindebezirk wurde 1996 auf dem Areal der seinerzeit größten Sargtischlerei der Donaumonarchie ein Projekt für innovative Wohnkultur realisiert, dessen Name „Sargfabrik" lautet. Der Grundriss des Neubaus und der erhalten gebliebene Schornstein sind sichtbare Zeichen der architektonischen Vergangenheit. Das neueste Projekt der Sargfabrik, die neben einem Wohnheim, einem Kultur- und Seminarhaus und einem Kinderhaus auch ein Badehaus umfasst, ist Babyschwimmen. So schließt sich irgendwie der Kreis des Lebens!

Selbst gewaltvolle Formen des Ablebens rufen beim Österreicher selten sprachloses Entsetzen hervor. Stets hilft der landesübliche Galgenhumor, das Unbeschreibliche zu verbalisieren und dadurch zu verarbeiten oder zumindest so weit zu verdrängen, dass ein Weiterleben möglich wird. Mit den Worten „Jetzt ist schon wieder etwas passiert" beginnt Wolf Haas die meisten seiner Brenner-Kriminalromane, in denen die Opfer häufig auf ebenso spektakuläre wie grausame Weise vom Leben in den Tod befördert werden. So bedienen sich in dem Roman mit dem bezeichnenden Titel „Komm, süßer Tod!" kriminelle Rettungssanitäter

Infusionen mit Zuckerlösungen, um an das Erbe zuckerkranker Pensionistinnen zu gelangen. Man kann annehmen, dass Haas seinen Doderer aufmerksam gelesen hat. Denn „Es kommt halt immer was vor', hat einmal ein Wiener Beisl-Kellner in Ottakring gesagt, als eben einer totgestochen worden war", schreibt Heimito von Doderer in seinem Roman „Die Wasserfälle von Slunj".

„Das Spiel vom Leben und Sterben des reichen Mannes Jedermann" ist wohl eine unumstrittene Attraktion und Cash-Cow der Salzburger Festspiele. Auch auf dem Gipfel der Finanzkrise lieben es die Schönen und Reichen des Festspielpublikums, sich von Hugo von Hofmannsthal einen Spiegel ihrer eigenen Existenz vorhalten zu lassen. Indes steigt das Budget der Salzburger Festspiele dank einer Rechtsgrundlage aus dem Jahr 1950, die Bund, Land, Stadt Salzburg und die Salzburger Fremdenverkehrsförderung verpflichtet, allenfalls auftretende Verluste der Festspiele, gleich welcher Höhe, abzudecken, jährlich, was ebenso regelmäßig zu spektakulären Auseinandersetzungen in Gremien und Presse führt.

Der Freitod, und das muss an dieser Stelle auch wieder einmal ins Gedächtnis gerufen werden, ist ja in Österreich und besonders in Wien traditionellerweise überdurchschnittlich häufig. Gerade bei österreichischen Künstlern war und ist er weit verbreitet. Ferdinand Raimund, Ferdinand Saar, Adalbert Stifter, Georg Trakl, Stefan Zweig, Egon Friedell, Josef Weinheber, Konrad Bayer und Norbert Silberbauer sind die bekanntesten Vertreter ihrer Zunft, die sich selbst das Leben genommen haben. Da die katholische Kirche den Suizid als Sünde verurteilt und Menschen, die sich selbst das Leben nehmen, nach dem Codex Iuri Canonici offiziell bis 1983 ein Begräbnis in der geweihten Erde eines Friedhofes versagt wurde, nimmt es doch wunder, dass gerade im katholischen Österreich der Freitod so häufig ist. Dem Buch „Felix Austria" von Stephan Vajda entnahm ich, dass dies aber nicht immer so war. 1801 gab es im Habsburgerreich unter der Regentschaft von Franz II./I. eine heftige Wirtschaftskrise, die zu einer Inflationsrate von bis zu 300 % und erstmals zu dem bis dahin in Österreich fast gänzlich unbekannten Phänomen der Arbeitslosigkeit und der Selbsttötung führte. Bedenkt man, dass sich allein in Griechenland zwischen dem Beginn der Finanzkrise im Jahr 2008 und dem Jahr 2011 um etwa 800 Menschen mehr als üblich das Leben genommen haben, muss man feststellen, dass neben politischen Krisen auch der Kapitalismus für den Freitod vieler Menschen verantwortlich ist.

Der Tod im Museum

Die Sammlung des Heeresgeschichtlichen Museums (HGM) in Wien beginnt mit dem Dreißigjährigen Krieg und umfasst naturgemäß praktisch ausschließlich Exponate, die im eigentlichen Wortsinn mit dem Tod behaftet sind. Eines der Herzstücke der Sammlung ist jenes Auto, das Graf Harrach dem Thronfolger Franz Ferdinand und seiner Frau Sophie, Herzogin von Hohenberg, für die Zeit der Manöver in Serbien und seine Fahrt durch Sarajevo zur Verfügung gestellt hat und in dem die beiden Opfer des Attentates wurden, das bekanntlich den Grund für die Kriegserklärung Österreichs an Serbien geliefert und somit den Ersten Weltkrieg ausgelöst hat. Die nekrophile Neigung Österreichs wird durch die Ausstellung der blutbefleckten Uniform des Erzherzogs und der Pistolen, aus welchen die tödlichen Schüsse abgefeuert worden sind, noch verstärkt. Interessanterweise stammen die Waffen aus dem Besitz des Jesuitenordens und sind dem Museum als Leihgabe zur Verfügung gestellt worden. Nur zum Jahrestag des Attentates wird eine weitere Dauerleihgabe des Jesuitenordens an das HGM den interessierten Besuchern gezeigt. Das blutgetränkte Hemd, das der Thronfolger am Tag des Attentates getragen hatte, wird aus konservatorischen Gründen sonst unter Lichtabschluss in einer Holzschatulle aufbewahrt. Ursprünglich hatte ein Jesuitenpater in Sarajevo das Unterhemd nach der Ermordung Franz Ferdinands ausgehändigt bekommen. Er wollte damit einen Gedenkraum ausstatten, was aber aufgrund des Kriegverlaufes nicht mehr möglich war. Daher war das Stück nach Wien zum Hauptsitz der österreichischen Provinz der Gesellschaft Jesu gebracht und dort über 90 Jahre lang im Archiv aufbewahrt worden.

Ein weiteres Exponat, das im Zusammenhang mit dem Attentat besichtigt werden kann, ist das Canapé, auf das Franz Ferdinand nach der Bluttat gebettet wurde und auf dem er schließlich verblutete. Im Frühjahr 2013 wurde darüber hinaus jene „Zierdecke vom Sterbediwan aus der Dienstwohnung des Feldzeugmeisters Oskar Potiorek in Sarajevo, Leinen mit Seide bestickt (bosnische Stickerei des 19. Jhd.), Reste von Blutflecken des Thronfolgers, 130 x 60 cm, bedeutendes historisches Relikt für den folgenschwersten Mord der Weltgeschichte am 28. Juni 1914 in Sarajevo. Provenienz: Nachlass des Feldzeugmeisters Oskar Potiorek" im Wiener Dorotheum um 9.375 Euro versteigert, die auf eben diesem Diwan gelegen hatte. Für dieses bemerkenswerte Stück erhielt das HGM allerdings nicht den Zuschlag. Es ist jedenfalls kaum denkbar, dass ein anderes Museum der Welt Ausstellungsstücke von gleichzeitig derartig hoher historischer Bedeutung und an die Grenzen des guten Geschmacks reichender Nekrophilie in seiner Sammlung aufweist. Oder kann man sich vorstellen, dass das American History Museum in Washington den Anzug, den Präsident John F. Kennedy am Tag seiner Ermordung in Dallas getragen hatte, oder die Operationsliege, auf der er nach dem Attentat vergeblich notversorgt wurde, ausstellt? Bis nach dem Ersten Weltkrieg zeigte das HGM auch das helle Hirschlederwams, das Schwedenkönig Gustav II. Adolf trug, als er im November 1632 bei der Schlacht von Lützen aus geringer Distanz von einer feindlichen Kugel tödlich getroffen wurde. Die österreichische Regierung hat es dem Königreich Schweden nach dem Ende des Ersten Weltkrieges in Dankbarkeit für dringend benötigte Lieferungen von Nahrungsmitteln und Medikamenten geschenkt. Die Sammlung des Museums endet mit dem Ende des Zweiten Weltkriegs und verfügt als Ikone für die anschließende Besatzungszeit über einen jener berühmt gewordenen amerikanischen Jeeps, in dem die „Vier im Jeep" durch das geteilte Wien patrouillierten, womit sich irgendwie der Kreis zu jener Szene bei der Verfilmung des „Dritten Mannes" schließt, in der der Penicillin-Schieber Harry Lime am Zentralfriedhof (vermeintlich) begraben wird.

Im Archiv des HGM befindet sich weiters ein Bild, das von jener Kugel durchbohrt wurde, die sich der für die Landesverteidigung im März 1938 zuständige General des österreichischen Heeres Wilhelm Zehner in seiner Wiener Wohnung bei seiner Verhaftung durch die Gestapo angeblich selbst in den Kopf geschossen hatte. Das Schicksal eines anderen, ebenfalls zeitgeschichtlich relevanten Exponates mit Einschussloch war indes längere Zeit ungewiss: Jener Pokal, der an einen 8:1 Sieg der österreichischen Fußballnationalmannschaft über die Schweiz in der Zwischenkriegszeit erinnert und der im Zuge des Bürgerkrieges 1934 bei der Beschießung der Wohnung des legendären Wunderteam-Trainers Hugo Meisl im Karl-Marx-Hof in Wien von einer Gewehrkugel getroffen wurde, wäre beinahe zusammen mit dem gesamten übrigen Originalmobiliar aus den Zwanziger- und Dreißigerjahren auf dem Sperrmüll gelandet. Nach dem Tod von Meisls Enkelin wollte „Wiener Wohnen" die Vier-Zimmer-Wohnung in Heiligenstadt räumen lassen. Das Wien-Museum hatte die Schenkung trotz eines positiven Gutachtens des Bundesdenkmalamtes abgelehnt und so ist es der Initiative von Wolfgang Maderthaner, Obmann des Vereins für Geschichte der Arbeiterbewegung, zu verdanken, dass der Pokal mitsamt der übrigen Einrichtung nicht verloren gegangen ist. Er hatte nämlich kurzerhand ein Möbeldepot gemietet und dort die Gegenstände sichergestellt. Wenige Tage, nachdem der Kurator des Austria-Wien-Museums, Gerhard Kaltenbeck, in der Zeitung von der geplanten Räumung von Meisls Wohnung gelesen hatte, war nach Absprache mit Maderthaner und einem Enkel Meisls die Errichtung eines Gedenkraumes im Museum der Violetten fixiert.

Die Österreichische Nationalbibliothek gestaltete anlässlich des 75. Jahrestages des Anschlusses Österreichs an das Deutsche Reich die Ausstellung „Nacht über Österreich". Unter den vielen sehr persönlichen Exponaten war für mich der Wandkalender aus der Wohnung Egon Friedells, dessen vergilbte Seite das Datum seines Freitodes kurz vor der Verhaftung durch die SA, nämlich den 16. März 1938, zeigt, das erschütterndste. Der Kalender wurde von Friedells Haushälterin und Alleinerbin Hermine Schimann, die mit ihm in seiner Wohnung in der Gentzgasse in Wien gelebt hatte, in Sicherheit gebracht und von deren Erben der Nationalbibliothek zur Verfügung gestellt.

Wie der Tag des Zornes am Ende der Zeit über die Österreicher und insbesondere die Wiener hereinbrechen wird, und wie es ihnen gelingen kann, Gottes Urteil zu unterwandern, hat Inge Merkel im letzten Kapitel ihres Romanes „Das andere Gesicht" auf einzigartige Weise beschrieben. Nachdem das Jüngste Gericht bereits die Schar der Seligen von der Gruppe der Verworfenen geschieden hat, sollen zuletzt die Wiener und die Wiener Juden gerichtet werden. Dabei agieren „fromme Hausmeister" als „himmlische Ohrenbläser". Gott hat beide Gruppen zunächst dazu bestimmt, sich „im Raum umzutun", weil sie „daselbst keinen Ort" hätten. Der subversiven Intervention des Alter Ego der Autorin und einer weiblichen Person mit Aktentasche (was, wie im ersten Kapitel des Buches erwähnt wird, „in Wien auf seriöse Berufsausübung hinweist"), die die Züge Maria Theresias trägt, sowie dem Ratschlag der „Magna Mater" ist es schließlich zu verdanken, dass die Wiener (und zwar „nur die echten aus dem Raum der k. u. k. Monarchie bis zur Enns") und die Wiener Juden in eine Art Wiener Schneekugel verpackt und solcherart in ihrer Sonderstellung verbleibend, weiter resignierend herumraunzen können.

DIE VEREINBARKEIT
DES UNVEREINBAREN

„Gut ist bös', und bös' ist gut" lässt Shakespeare die Hexen in seinem Macbeth murmeln, und „Krieg ist Frieden" verkündet in George Orwells Roman „1984" das Ministerium für Wahrheit. Mit Widersprüchlichkeiten und anderen Unmöglichkeiten hat aber kaum jemand anderswo mehr und tiefer in die Jahrhunderte zurückreichende Erfahrung als die Österreicher, und namentlich die Wiener.

Eine mögliche Antwort auf die „schier nicht zu beantwortende Frage, was denn Österreich eigentlich sei", könnte daher darin bestehen, dieses Land dadurch zu definieren, dass es gleichzeitig seine These wie auch seine Antithese ist. Denn, um ein Wort Hilde Spiels zu modifizieren, es existieren Stufungen des Österreichischen, die bis zum Antiösterreichischen reichen und dennoch oder deshalb nur aus dem Phänomen Österreichs zu erklären sind, sodass seine Hauptstadt mit Ernst Stein als ein „fideles Nest von Widersprüchen" bezeichnet werden kann, „wo man in jahrhundertelangem Training die Fähigkeit erworben hatte, entsagend zu genießen, asketisch üppig zu sein, Böses fromm zu tun."

In der mit „Kopfstücke" überschriebenen Kolumne von Herbert Hufnagl kam ULP („unsere liebe Post") sehr häufig sehr schlecht weg. Dieser üble Ruf haftet der österreichischen Post aber bereits mindestens seit der vorletzten Jahrhundertwende an. Arthur Schnitzler dokumentierte den Unmut seiner Zeitgenossen mit der Postzustellung, die seinerzeit immerhin noch dreimal täglich erfolgte, in seiner Tragikomödie „Das weite Land", indem er Friedrich Hofreiter bemerken lässt, dass der Briefträger seit einigen Jahren zunehmend später komme. Es kann einem gewissen Masochismus, einer Unkenntnis des Inhaltes oder der Meinung, dass negative Werbung immer noch besser sei als gar keine, zugeschrieben werden, dass die Post einer der Hauptsponsoren von Hufnagls zweiter Kolumnensammlung in Buchform ist. Vielleicht ist es aber auch ein weiteres Indiz dafür, dass Unvereinbares hierorts doch zusammenfindet. Anhänger neoliberaler Wirtschaftstheorien könnten einwenden, dass verstaatlichte oder staatsnahe Betriebe eben schon immer wenig kundenorientiert waren. Diesem Argument ist entgegenzuhalten, dass das Service der Post und Telekom, wie das Unternehmen nach seiner Privatisierung heißt, in unseren Tagen kaum besser geworden ist und dass das Postwesen in Österreich ursprünglich privat organisiert war, 1813 allerdings zwecks Effizienzsteigerung verstaatlicht wurde.

Beispiele aus dem Bereich der Kunst

Auf dem Gebiet der Literatur bestätigt sich die Theorie von der Vereinbarkeit des Unvereinbaren unter anderem durch den Umstand, dass nicht zuletzt jene Dichter und Schriftsteller in Österreich am populärsten waren, die am heftigsten gegen ihr Land anschrieben und -redeten. Schon im Spätmittelalter hatte der zunächst als Wappendichter bei Herzog Albrecht III. sich verdingende Peter Suchenwirt den größten Erfolg, als er begann, den Niedergang der ritterlichen Tugenden zu thematisieren. Weiter reicht der Bogen der erfolgreichen Kritiker über Abraham a Santa Clara und Peter Handke bis zu Thomas Bernhard und Elfriede Jelinek. Auch österreichische Kabarettisten und Karikaturisten, die ihren Landsleuten einen (Zerr-)Spiegel vorhalten, erfreuen sich dessen ungeachtet oder gerade deshalb großer Beliebtheit.

Mozarts Zauberflöte ist die Oper gewordene Überwindung der Gegensätze, die Fusion des schier Unvereinbaren. Hier harmonieren Himmel und Hölle, Hanswurstiaden und heilige Hallen, Heros und Heiterkeit. Die Handlung, verwinkelt wie die österreichische Seele selbst, wird zur Nebensache angesichts der Musik, die es möglich erscheinen lässt, dass es Größe inmitten von Banalität geben kann.

Folgerichtig hat Johann Nestroy in seinem Stück „Der Tod am Hochzeitstag oder Mann, Frau, Kind" in einer Szene eine seitenlange Regieanweisung über die Unmöglichkeit als allegorische Figur, die am Beginn derselben in einem Palast auf einem Thron sitzt, verfasst.

Das Denkmal für die österreichische Erzherzogin Maria Theresia wurde zwischen 1874 und 1887, also in der Bauzeit von 13 Jahren, von Kaspar von Zumbusch zwischen den beiden großen Wiener Museen errichtet. Rechnet man noch die Planungsphase dazu, handelt es sich um ein 15-Jahre-Projekt. Die Kosten in Höhe von 800.000 Gulden (veranschlagt waren ursprünglich 700.000 Gulden gewesen) trug übrigens in gut österreichischer Tradition der Stadterweiterungsfonds und nicht das Kaiserhaus. Für dieses Geld bekamen die Wiener allerdings auch einiges geboten. Die Grundfläche des Denkmals beträgt etwas mehr als 600 m², es misst fast 20 Meter in der Höhe. Von einigen Eingeweihten wird das Maria-Theresia-Denkmal als das einzige Freimaurer-Denkmal Österreichs bezeichnet. Schließlich sind unter den darauf allegorisch dargestellten Kardinaltugenden Weisheit, Stärke, Milde und Gerechtigkeit die beiden erstgenannten zwei der drei freimaurerischen Imperative und von den am Denkmal verewigten Beratern der Nicht-Kaiserin, sondern nur Königin (Ungarns, nämlich) und eben Erzherzogin (Österreichs, natürlich), sind Sonnenfels, Kaunitz und Eckhel, Bruckenthal, Mozart und Haydn eindeutig Freimaurer. Von Van Swieten wird dies zwar immer behauptet, einen tatsächlichen Nachweis für seine Mitgliedschaft in einer Loge gibt es aber nicht. Umso kurioser erscheint es daher, dass das Monument gerade zu Ehren einer Herrscherin erbaut wurde, der die freimaurerischen Aktivitäten ihres Mannes suspekt waren, und von einem Kaiser (Franz Joseph I., nämlich) am 13. Mai 1888 eingeweiht wurde, der die Freimaurerei in Österreich sogar verboten hatte.

Die bereits erwähnten Versuchsanordnungen des Quantenphysikers Anton Zeilinger zum Phänomen der Verschränkung von Lichtteilchen wurden im Frühjahr 2013 in der Wiener Kunstgalerie Ulysses ausgestellt. Dabei wurde den Besuchern die Möglichkeit geboten, mit Physikern aus Zeilingers Labor das eigentümliche Verhalten von Photonen zu beobachten und zu diskutieren. Diese Lichtquanten verhalten sich unter bestimmten Versuchsanordnungen ähnlich unentschlossen wie man das von den Österreichern sagt, indem sie in sich scheinbar Unvereinbares vereinen: nämlich die Eigenschaften von Wellen und Teilchen.

Ein architektonisches Beispiel für die ästhetisch ansprechende Vereinbarkeit des schier Unvereinbaren ist neben dem gesamten Komplex der Hofburg auch der Michaelerplatz. Der barocke Michaelertrakt der Hofburg mit Michaelertor und Kuppel, die Michaelerkirche im großteils romanischen Baustil für das Gesinde der Hofburg, das Loos-Haus im Jugendstil und ein mehrmals aufgestocktes und entkerntes Zinshaus aus der Gründerzeit an der Stelle des Palais Herberstein gruppieren sich harmonisch um ein Zentrum mit römische Ausgrabungen, wo 1927 der erste Kreisverkehr Österreichs errichtet worden war.

An der Stirnseite des 1786 erbauten „Sonnenuhrhauses" in Reichenau an der Rax findet sich die Aufschrift: „Jeder hat ja so recht!" Das ist die österreichische Antwort auf das Augustinus-Wort, „dass dies alles eben darum in einer Art wahr ist, weil es in einer Art falsch ist."

Wen wundert es da noch, dass es in der Erdbergstraße 34 in Wien Landstraße ein „Haus zur Unmöglichkeit" gab, dessen Türschild ein Schiff zierte, dessen Ruderer in die jeweils entgegengesetzte Richtung ruderten. In diesem Gebäude, das Josef Früeth (1745–1835), Mitglied des Äußeren Rats und Ortsrichter in Erdberg, gehörte, eröffnete, offenbar gänzlich unbeeindruckt vom Genius loci, 1832 Franz Fernolendt (was für ein Name!) ein Geschäft zur Produktion einer Schuhpaste, die ihn zum Hoflieferanten werden ließ. Diese steile Karriere inspirierte den Wienerliedkomponisten Johann Sioly (auch bemerkenswert, dieser Name!) zu dem Couplet *Beste Schuhwichse, Fernolendt*, das der Volkssänger Wilhelm Wiesberg in sein Programm aufnahm. Bezeichnenderweise gab es im Wien des Biedermeier noch weitere Häuser, die dieselbe Bezeichnung trugen. Adalbert Stifter erzählt in seiner Miniatur „Warenauslagen und Ankündigungen" von einem solchen im fünften Bezirk, aber auch in der Trappelgasse in Wieden und auf dem Strozzigrund, heute Strozzigasse, im achten Bezirk gab es Häuser „Zur Unmöglichkeit".

Politik der Unmöglichkeiten

Auch viele österreichische Herrscher, gekrönte und ungekrönte, waren so etwas wie wandelnde Widersprüche.

Kaiser Maximilian I. war einerseits tief im ritterlichen Mittelalter verwurzelt, was sich darin zeigte, dass er die Hofplattnerei in Innsbruck zu einem Exzellenzzentrum der Harnischproduktion machte. Andererseits war er so neuzeitlich gesinnt, dass er gleichzeitig die Bedeutung der Artillerie erkannte und folgerichtig modernste Techniken der Kanonenproduktion etablierte. Als Privatmann frönte er dem Lanzenzweikampf hoch zu Ross, als Kaiser führte er europaweit die ersten regelmäßigen Postverbindungen ein.

Marcus Sitticus, von 1612 bis 1619 Fürsterzbischof von Salzburg, brachte schließlich in seinem Wahlspruch „Numen vel dissita iungit" (Eine göttliche Macht verbindet selbst das Gegensätzliche) das Wesen Österreichs zu einer Zeit auf den Punkt,

da Salzburg noch gar nicht zu den österreichischen Landen ge-
hörte. Sein Motto ist in einem Fresko über der Tür im großen
Festsaal von Schloss Hellbrunn gemeinsam mit seinem Wappen
zu sehen, das einen goldenen Löwen zeigt, der einen schwarzen
Steinbock umarmt, und es versinnbildlicht treffend die für unser
Land durchaus charakteristische Eigenschaft, selbst scheinbar
Unvereinbares zu vereinbaren.

Joseph II.

Welche historisch bedeutsame Figur könnte wohl als besserer
Beleg für die dem Nicht-Österreicher gelegentlich schizophren
anmutende Vereinbarkeit des Unvereinbaren dienen als Kaiser
Joseph II.? Schließlich soll der Sohn Maria Theresias und Franz
Stephans von Lothringen angesichts einer Büste, die eine seiner
Gesichtshälften lächelnd, die andere ernst zeigte, gesagt haben,
dass „es [...] in unserer Natur [liegt], oft zwei Physiognomien
zeigen zu müssen". Deutlich wird diese Ambivalenz auch in
einem Ausspruch des „Revolutionärs von Gottes Gnaden", wie
ihn Hans Magenschab in seiner Biografie bezeichnet, betreffend
der Unabhängigkeitskämpfe der Amerikaner. Er zweifle nicht
daran, dass „die Leute dort drüben in mancher Hinsicht Recht"
hätten, sein Beruf erfordere es jedoch, „Royalist zu sein".
Diesem Prinzip der Janusköpfigkeit und Mehrgesichtigkeit folgend, die auch vielen Figuren Grillparzers eigen ist, machte Joseph II. Politik. Er verband die Freiheit der Aufklärung mit der
Strenge der bürokratischen Unterordnung. Die Finanzkrise der
Habsburger, bedingt durch Kriege und Aufstockung des Heeres,
erforderte die Zerschlagung der feudalen Grundordnung.
Der Adel wurde erstmals durch Einhebung einer Grundsteuer in
der Höhe von etwa 40% steuerpflichtig. Im Gegenzug wurden
Vertreter des Hochadels in die oberen Ebenen der neu struktu-
rierten Bürokratie geholt, wo sie allerdings nicht selten eigenes

Kapital einsetzen mussten, um ihre Aufgaben zu erfüllen. Nebenbei sei angemerkt, dass der ungarische Adel sich traditionsgemäß weigerte, seinen finanziellen Pflichten nachzukommen. Dieser Umstand führte zu der Groteske, dass der österreichische Adel die Marseillaise auf Lateinisch sang, während in Paris bereits die ersten Adeligen geköpft wurden! Denn die Französische Revolution brauchte bis zum Jahr 1848, um nach Wien zu finden, und machte überdies Joseph II. zu ihrem Vorbild. Die lange Latenzzeit ist nicht nur durch den Metternich'schen Polizeistaat und die österreichische Tradition zu erklären, der zufolge sich Neues erst durchsetzt, wenn es nicht mehr neu ist, sondern auch und vor allem durch den Umstand, dass Joseph die Forderungen der Franzosen praktisch zeitgleich von oben herab per Dekret etabliert hatte: Meinungsfreiheit, Gewährung der Grundrechte und eben Besteuerung auch des Adels. Abgesehen davon waren die Österreicher weder vor noch nach 1848 jemals revolutionsfreudig. Ein Umstand, den Leo Trotzki in seiner Autobiografie mit den Worten „[Die Austromarxisten] stellten einen Menschentypus dar, der dem Typus eines Revolutionärs entgegengesetzt war [...]. Im alten, kaiserlichen, hierarchischen, betriebsamen und eitlen Wien titulierten die Marxisten einander wonnevoll mit 'Herr Doktor`. Die Arbeiter redeten die Akademiker oft mit 'Genosse Herr Doktor` an", treffend charakterisierte.
Auch in Sachen Meinungs- und Pressefreiheit ging Joseph II. zwiespältig vor. Einerseits waren kritische Broschüren und Pamphlete nicht nur geduldet, sondern wurden sogar gefördert. Diese Liberalität veranlasste Gotthold Ephraim Lessing 1769 in einem Brief an Friedrich Nicolai zu folgenden Zeilen: „Lassen Sie es doch einmal einen in Berlin versuchen, über die Dinge so frei zu schreiben, als Sonnenfels in Wien geschrieben hat. Lassen Sie es ihn versuchen, dem vornehmen Hofpöbel so die Wahrheit zu sagen, als dieser ihm gesagt hat. Lassen Sie einen in Berlin auftreten, der für die Rechte der Untertanen, der gegen Aussaugung und Despotismus seine Stimme erheben wollte [...] und

Sie werden bald die Erfahrung haben, welches Land bis auf den heutigen Tag das sklavistischte Land von Europa ist."

Andererseits etablierte der Kaiser vor allem in den Reihen der Beamten ein Spitzelwesen, das getrost als Vorbild totalitärer Regime gesehen werden kann. Johann Pezzl, Jurist und Bibliothekar des Grafen Kaunitz, Aufklärer und Schriftsteller, anfangs ein Verehrer des Josephinismus, klagte später über das Denunziantentum der „polizeilichen Schmeißfliegen". Graf Mirabeau meinte, dass Josephs Bürokratenphilosophie den Gipfel des Despotismus darstelle und dass der Kaiser sogar die Seelen seiner Untertanen in Uniformen stecken wolle.

1786 verbot Joseph sogar die Produktion von Lebkuchen, weil er das Volk davor bewahren wollte, sich die Mägen zu verderben. Frauen wurde ebenfalls aus gesundheitlichen Gründen das Tragen von Schnürbrüsten untersagt und die Wachen waren angehalten, bei Zuwiderhandeln die Mieder aufzuschneiden. Wohl auch um ein Übergreifen von revolutionären Gedanken auf die österreichischen Lande zu verhindern, dekretierte der Kaiser, dass Theaterstücke weder negative Ereignisse thematisieren noch ein böses Ende nehmen durften. Selbst Klassiker wie „Hamlet" oder „Romeo und Julia" mussten daher umgeschrieben und mit einem Ende versehen werden, das man seit damals „Wiener Schluss" nennt. Demnach wurde das „Happy End" Jahrhunderte bevor Hollywood es so bezeichnete in Wien erfunden. Diese Diktatur des Gutgemeinten griff tief in die Privatsphäre der Untertanen ein und nahm damit einige Methoden späterer totalitärer Regime vorweg. So erinnern Josephs Zwangsbeglückungen an das im nationalsozialistischen Kraft-durch-Freude-Programm ab 1937 für die Freizeitgestaltung der Deutschen zuständige „Amt Feierabend". In dem Vorwort seiner 1943 erschienenen Biografie Josephs II. bezeichnet Viktor Bibl den Kaiser sogar als „Bekämpfer des ‚Ewig-Gestrigen', als einen Wegbereiter des Nationalsozialismus".

Als hätte der Kaiser geahnt, dass nach dem Tod seiner Mutter die Zeit seiner Alleinherrschaft nur ein knappes Jahrzehnt dauern würde, bürdete er sich oft ein enormes Arbeitspensum auf und dekretierte eine Reform nach der anderen. Josephs Eifer veranlasste den deutschen König Friedrich II. zu der Ansicht, der österreichische Kaiser mache immer den zweiten Schritt vor dem ersten. Dieses Tempo führte dazu, dass vieles, was im Kern sinnvoll und in der Retrospektive schier revolutionär war, überstürzt auf die Untertanen einprasselte. Unweigerlich erinnert diese Vorgehensweise an das halsbrecherische Stakkato, mit dem Anfang des Jahrtausends die österreichische Bundesregierung Gesetzesnovellen verabschiedete. Ihr Slogan „Speed kills", den sie ihren Gegnern zugedacht hatte, führte ebenso wie 200 Jahre zuvor dazu, dass sich das eingeschlagene Tempo gegen den Taktgeber desselben kehrte und eine Rücknahme vieler Reformen entweder noch während oder zumindest kurz nach ihrer Regierungszeit notwendig machte. Es scheint also, dass das gelegentliche Hudeln ebenso als typisch österreichisch gesehen werden kann wie das wesentlich weiter verbreitete Brodeln. Auch in diesem Sinne wohnen zwei Seelen in der Brust der Österreicher und es verwundert nicht weiter, dass diese Vereinbarkeit des Unvereinbaren viele Nicht-Österreicher verwirrt.

Verhältnismäßig lange währte die Ära des vorletzten österreichischen Kaisers, der mit größter persönlicher Kraftanstrengung die Vereinbarkeit des letztlich nicht mehr Vereinbaren zu bewerkstelligen versuchte. Schon des Kaisers Name steht symbolhaft für dieses Bemühen. Schließlich setzt sich dieser aus dem des (gar nicht so) konservativen Kaisers Franz II./I. und dem des (gar nicht so) liberalen Joseph II. zusammen.

Adam Müller-Guttenbrunn brachte um die Wende zum 20. Jahrhundert das Kunststück zuwege, zwei neu gegründete Wiener Theater, nämlich das Raimundtheater und das Kaiserjubiläumsstadttheater (später Volksoper), unter seiner Direktion in den finanziellen Ruin zu führen. Dies gelang ihm nicht zuletzt dank seines antisemitischen Spielplans, der von den Wienern nicht goutiert wurde. In seinem 1903 unter einem Pseudonym veröffentlichen Roman „Gärungen – Klärungen" vertrat er die (weit verbreitete) Ansicht, dass die Juden für den Sozialismus, die Aufklärung und anderes schädliches liberales Gedankengut verantwortlich zu machen seien. Das zweifache Paradox liegt darin, dass Müller-Guttenbrunn, der als Freimaurer gerade den Idealen der Aufklärung und der Toleranz verpflichtet gewesen wäre, durch seine extrem konservativ-antisemitische Haltung zu einem der größten Förderer der Stücke Raimunds und Nestroys wurde.

In seiner Hitler-Biografie schreibt Hans Bernd Gisevius über dessen „Politik des Unmöglichen", dass ein Teil ihres Erfolges darin bestand, dass „man sich nicht festlegte". Sebastian Haffner bestätigt diese Sicht in seinem Buch „Anmerkungen zu Hitler" und konstatiert, dass Hitlers Politik, Entscheidungen scheinbar bis zur letzten Sekunde hinauszuschieben, es ihm ermöglicht hatte, seine innen- und außenpolitischen Gegner aus einem nur von ihm selbst durchschaubaren und dirigierbaren Chaos heraus so zu überrumpeln, dass ihnen die Chance zur Gegenwehr genommen wurde. Weiters wird von Hitlers „Berauschungs- und Benebelungskünsten als Massenregisseur" gesprochen. Interessant ist in diesem Zusammenhang der Umstand, dass das NS-Regime mindestens ebenso linksradikal wie rechtsradikal war. Die Sozialisierung der Massen entspricht dabei der linken Ideologie, während die nationale Komponente eindeutig rechtes Gedankengut transportiert. Schon die Bezeichnung national-sozialistisch ist demnach ein Widerspruch in sich, an dem sich allerdings nie jemand gestoßen hatte.

Im Dritten Reich war das in Wien befindliche Kabarett „Wiener Werkel", das in seinem ersten Programm den Einmarsch Hitlers parodiert hatte, vermutlich die einzige oppositionelle Kleinkunst-bühne. Unter der Leitung von Adolf Müller-Reitzner, der als NS-„Parteianwärter" über gute Kontakte zu den örtlichen Propagandastellen verfügte, schrieb unter anderem der im Untergrund lebende Fritz Eckhardt regimekritische Programme wie „Das chinesische Wunder". Darin wurde dem Perfektionismus der Nationalsozialisten das berühmte Zitat „mir wern's scho demoralisier'n" entgegengestellt. Selbst Propagandaminister Goebbels konnte nur für die Dauer eines einzigen Programms eine leichte Entschärfung der bissigen Kritik am System bewirken.

Die österreichische Innenpolitik der Zweiten Republik kennt ebenfalls etliche Beispiele der Vereinbarkeit dessen, was man anderswo kaum auf einen gemeinsamen Nenner zu bringen imstande ist. Kurz nach dem Zweiten Weltkrieg gab es in der sich nun ÖVP nennenden christlich-sozialen Partei auch starke „linke" Elemente. Das demonstriert einer der für die Nationalratswahl 1945 affichierten Slogans „Wir sind die österreichische Labour-Party". Johanna Mikl-Leitner, die Nachfolgerin von Maria Fekter in der Funktion als Innenministerin, hatte sich anlässlich ihrer Kandidatur als Bundesobfrau des ÖAAB daran erinnert, dass Innenpolitik mehr sein kann als die Abwehr von Migranten und die Reform der Polizei. In einer nachgerade als Philippika zu bezeichnenden Rede nahm sie gleich auch einen 180-Grad-Schwenk der Parteilinie vor und forderte mit den denkwürdigen Worten: „Her mit den Millionen, her mit dem Zaster, her mit der Marie!" Geld von den Reichen zur Bewältigung der Finanzkrise. Im Frühjahr 2014, so berichtet Christian Ortner, Leiter der Online-Plattform „Zentralorgan des Neoliberalismus" (auch in dieser Namensgebung zeigt sich die Vereinbarkeit des schier Unvereinbaren), in seiner Kolumne „Quergeschrieben", hätten die ÖVP-Minister für Inneres und Wirtschaft ganz im Sinne der „gemäßigt sozialdemokratischen" Doktrin ihrer Partei gefordert, dass die Republik auch weiterhin mindestens 25 Prozent an der Telekom halten müsse. Diese Forderung ist umso bemerkenswerter als der ÖVP-Bundesparteiobmann wenige Monate zuvor die „Wirtschaft entfesseln" wollte.

Der sozialdemokratische Bundespräsident der Republik Österreich, Heinz Fischer, eröffnete 2011 im imperialen Prunksaal der

Nationalbibliothek eine Ausstellung über die Kronländer der Habsburger-Monarchie. Seinen Amtssitz, die imperiale Hofburg, schmückt noch immer ein habsburgischer Doppeladler. Die Fahne der Republik Österreich zeigt die Farben der babenbergischen Herzöge, deren Frauen oft byzantinische Prinzessinnen waren, und in der Schatzkammer befindet sich nicht nur die österreichische und die deutsche Kaiserkrone, sondern auch die böhmische Königskrone.

Die im Jänner 2013 abgehaltene erste Volksbefragung Österreichs ist ein weiterer Beweis für die Tatsache, dass in den politischen Parteien unseres Landes (scheinbar) Unvereinbares vereint werden kann. Die Vorgeschichte: Wohl um bei den jungen Wählern zu punkten, hat der rote Wiener Bürgermeister 2010 vor den Landtagswahlen die Abschaffung der allgemeinen Wehrpflicht zum Thema gemacht und sich damit gegen die durch die Ereignisse des Februar 1934, wo Angehörige des Berufsheeres mit Kanonen auf die im Karl Marx Hof verschanzten Arbeiter geschossen hatten, bedingte Parteilinie der kategorischen Ablehnung einer Berufsarmee gestellt. Im darauffolgenden Jahr fanden im „schwarzen" Niederösterreich Wahlen statt. Der Landeshauptmann vertrat nun plötzlich auch die Meinung, dass die allgemeine Wehrpflicht, die der ÖVP bis dato ein großes Anliegen gewesen war, disponibel sei und die Frage dem Volk zur Entscheidung vorgelegt werden sollte. Was folgte, war die Kehrtwendung des sozialdemokratischen Verteidigungsministers (ein ehemaliger Zivildiener), der sich gegen seinen Generalstabschef durchsetzen musste und sich statt für die bis dahin „in Stein gemeißelte" Wehrpflicht für ein Berufsheer stark machte. Die Volkspartei, die noch bis in die 1990er-Jahre Wehrdienstverweigerer als Drückeberger gesehen hatte, argumentierte in der Propagandaschlacht vor der Befragung plötzlich damit, dass das soziale System zusammenbrechen würde, wenn man mit der Wehrpflicht auch die Zivildiener abschaffen würde. Letztlich entschied sich die Bevölkerung deutlich für die Beibehaltung der allgemeinen Wehrpflicht und der Verteidigungsminister musste den politischen Willen des „Koalitionsgegners" umsetzen, bevor er von seinem Posten weggelobt wurde.

Philippe Aghion, der Berater des französischen Präsidenten Francois Hollande, könnte an Österreich gedacht haben, als er in einem Interview mit der ZEIT im Hinblick auf die täglichen Auswirkungen der Finanz- und Wirtschaftskrise den europäischen Regierungschefs riet, gleichzeitig zu reformieren, zu sparen und strategisch zu investieren. Obwohl hier kaum einer dieser Ratschläge befolgt wird und schon gar nicht alle gemeinsam, hat Österreich die niedrigste Arbeitslosenquote Europas. Wie das genau funktioniert, weiß aber weder der Sozialminister noch wahrscheinlich sonst jemand in der Republik. Vielleicht sind wir einfach nur aus Trotz ein bisserl erfolgreicher als viele andere und größere Nationen in Europa.

Am 1. April 1989 wurde im Stephansdom die Seelenmesse für die verstorbene Kaiserin Zita gelesen. Die damalige Bundesregierung der Republik Österreich nahm fast geschlossen daran teil und intonierte gemeinsam mit den anwesenden Habsburgern die Kaiserhymne „Gott erhalte...". Obwohl niemand in der Zweiten Republik je annahm, dass sich eine ernstzunehmende Anzahl von Österreichern eine Rückkehr zur Monarchie wünschte, wurde seitens der österreichischen Bundesregierung allen Mitgliedern des Hauses Habsburg jahrzehntelang das passive Wahlrecht zum Bundespräsidenten verweigert. Paradoxerweise ließ sich Bruno Kreisky, der „Sonnenkönig" unter den österreichischen Bundeskanzlern, 1979 für eine Wahlbroschüre der damaligen sozialistischen Partei Österreichs unter einem Porträt des jungen Kaisers Franz Joseph I. fotografieren.

Noch vor etwa 60 Jahren wäre es durchaus denkbar gewesen, dass sich der damalige ÖVP-Bundeskanzler Julius Raab beim damaligen SPÖ-Bundespräsidenten Theodor Körner mit den Worten gemeldet hätte: „Herr Oberst, Sappeuroberleutnant der Reserve, Julius Raab, meldet sich gehorsamst zur Stelle ..." Schließlich hatten beide Politiker in der k. u. k. Armee gedient. Viele der republikanischen Ministerien haben noch immer ihren Sitz in ehemaligen Adelspalais. Im bereits erwähnten Palais Starhemberg, das eines der wenigen erhalten gebliebenen Beispiele frühbarocker Palastarchitektur ist, residieren das Bundesministerium für Unterricht und Kunst und das Bundesministerium für Wissenschaft und Forschung. Das Innenministerium logiert im Palais Modena, das Finanzministerium in der Weihburggasse nutzte bis 2013 das ehemalige Winterpalais des Prinzen Eugen von Savoyen, Justitia sitzt im Palais Trautson, das ehedem für Maria Theresias Ungarische Garde als Unterkunft gedient hatte. Und im ehemaligen Kriegsministerium am Stubenring ist nun das Lebens(!)ministerium untergebracht.

Die ehemalige Denkfabrik der SPÖ, der Club 45, befand sich in den Räumlichkeiten der k. u. k. Hofkonditorei Demel am Kohlmarkt und einer der letzten wirklich roten Politiker des Landes, Bürgermeister Helmut Zilk nämlich, war Stammgast im bourgeoisen „Schwarzen Kameel". Dass sozialistische Politiker spätestens seit Bruno Kreisky auch Nadelstreifanzüge tragen und seit Josef Cap, der dem Vernehmen nach gerne nächtelang mit Andreas Khol dem Königrufen, also einer Form des Tarock, frönt, Visitenkarten mit Stahlstich bei Huber und Lehrner beziehen, ist ein weiterer Beweis für diese These. Dass der ehemalige sozialdemokratische Klubobmann im Dachgeschoß des bereits 1212 erstmalig urkundlich erwähnten „Basiliskenhauses" in der Schönlaterngasse wohnt und es seither nicht mehr möglich ist, vom obersten Stockwerk in den noch vorhandenen Brunnen zu schauen, sei nur nebenbei erwähnt.

Die Synekdoche für die politische Macht in dieser Republik lautet nicht umsonst Ballhausplatz! Während die Regierungsgebäude der Engländer und Amerikaner so nichtssagende Adressen wie Downing Street Nr. 10 oder 1600 Pennsylvania Avenue haben, und selbst die Russen ihr Machtzentrum wenig phantasievoll nach einer Festung nennen, deutet die österreichische Adresse des Bundeskanzleramtes, der Präsidentschaftskanzlei, des ehemaligen Metternich'schen Außenministeriums und des derzeitigen Mikl-Leitner'schen Innenministeriums auf eine Stätte von Sport und Spiel hin. Wenn auch am Wiener Kongress viel getanzt wurde, so leitet sich die Bezeichnung des Ballhausplatzes von einem dort befindlichen Haus her, in dem ursprünglich eine Art Federball gespielt wurde. Da können vielleicht gerade noch die Franzosen mit ihrem Elysée-Palast mithalten. Aber schließlich werden die Österreicher ja auch gern als die Franzosen unter den Deutschen bezeichnet.

Der Präsident des Österreichischen Gewerkschaftsbundes ist beim Wiener Philharmonikerball, der ja nachgerade als das Gegenteil eines sozialistischen Faschingsgschnas' bezeichnet werden muss, ganz selbstverständlich in den Logen und Gängen des Musikvereins zu finden. Am Jägerball sieht man in der imperialen Hofburg Wirtschaftskapitäne in kurzen Lederhosen und es tanzt der societyaffine Wiener Dompfarrer, den sogar der Playboy interviewen wollte, im feschen Trachtensakko über dem Kollar mit der Justizministerin Walzer.

Zahlreiche bedeutende Österreicher und österreichische Institutionen wurden und werden mittels eigentlich gegensätzlicher Eigenschaften charakterisiert. Über Grillparzer sagt man, er wäre der einzige „konservative Revolutionär", eine Biografie Joseph II. trägt den Untertitel „Revolutionär von Gottes Gnaden" und den sozialistischen Langzeitbundeskanzler mit jüdischen Wurzeln und großer Ähnlichkeit mit dem Salzburger Erzbischof Kilian nannte man, wie bereits erwähnt, „Sonnenkönig". „Die Demokratie der Könige" lautet der selbstbewusste Titel eines Buches der Wiener Philharmoniker über sich selbst und damit über ein Orchester, das keinen Chef hat, sondern sich Gastdirigenten nach basisdemokratischen Kriterien wünscht und auch meist bekommt. Ein Artikel in den Salzburger Nachrichten über das Orchester trug den passenden Titel „Eine Demokratie wählt Autoritäten".

Gesellschaftliche Belege für die Vereinbarkeit des Unvereinbaren

Hilde Spiel ortet auch im Gesellschaftsleben vor allem der Wiener ein Paradox. „Erfüllt von einem steten Drang zur Einsamkeit, [...] erscheinen sie [die Wiener] doch meist auf das engste zusammenschart."

Die Direktorin des Bischöflichen Oberstufenrealgymnasiums St. Hemma in Gurk führte im Schuljahr 2011/12 unter dem Motto „Glück macht Schule" das Pflichtfach „Glück" ein. Die Schüler der fünften bis siebenten Klasse werden in einer Stunde pro Woche zu glücklichen und selbstbewussten jungen Menschen ausgebildet. Nicht zuletzt soll das Fach auch die von der Wirtschaft vermehrt geforderten „soft skills" vermitteln. Solcherart wird die vom Freimaurer und Illuminaten Joseph von Sonnenfels vor etwa 250 Jahren als Ziel eines gedeihlichen Staatswesens geforderte „Beförderung der Glückseligkeit" in einer katholischen Schule in die Tat umgesetzt.

Im vierten Wiener Gemeindebezirk wohnen in demselben Gründerzeithaus mit separater Dienstbotenstiege ein ehemaliger sozialistischer Verkehrsminister und Bundespräsidentschaftskandidat und ein ehemaliger bürgerlicher Wissenschaftsminister und Vizekanzler unter einem Dach. Der Vollständigkeit halber sei erwähnt, dass der Sozialdemokrat seine Wohnung zwar oberhalb des Christlichsozialen hat, die des letzteren sich aber in der Beletage befindet. Das Dachatelier des Hauses bewohnte bis 2013 die Malerin und Dichterin Henriette Florian gemeinsam mit Johannes Hubert Graf Orssich de Slavetich, ehemaliger Justiz und Professritter des Souveränen Malteser Ritter Ordens. Das Schöne und Versöhnliche an diesem Umstand ist der Name der Gasse, in der das betreffende Haus steht. Es handelt sich um die Wohllebengasse. Und es kommt noch besser: Die Gasse trägt den Namen von Stephan Edlem von Wohlleben, der Finanzbeamter und von 1804 bis 1823 Bürgermeister von Wien war. Er

dürfte dieses Amt in der Zeit der Napoleonischen Kriege trotz Staatsbankrotts im Jahr 1811 zur Zufriedenheit der Bürger ausgeübt haben, weil er von allen Bürgermeistern Wiens jener mit der zweitlängsten Amtszeit war und die Gasse bereits im dritten Jahr derselben seinen Namen erhielt. Nicht unerheblich dürften der Glanz des zu seiner Amtszeit abgehaltenen Wiener Kongresses und die Einführung der ersten öffentlichen Verkehrsmittel, der sogenannten „Gesellschaftswagen", zu seiner Popularität beigetragen haben. Umgekehrt scheint von Wohlleben auch „seine" Wiener sehr geschätzt zu haben. Jedenfalls hat er ihnen eine Gedenktafel mit folgendem Text gewidmet, die im Wiener Rathaus hängt: „Dem Andenken der merkwürdigen Jahre 1805 und 1809 geweiht. Dass, als Frankreichs Kriegsschaaren die Kaiserstadt bezogen, die Bürger Wiens der feindlichen Besatzung zur Seite, nicht von der bürgerlichen abgetreten, sich nachts und bey Tage jeder Mühewaltung zu unterziehen unverdrossen, wo der Fall es forderte, Gefahren furchtlos entgegengegangen, durch Wachsamkeit und Unerschrockenheit den Bewegungen der durch Gerüchte aufgereizten Menge zuvorgekommen, dem Übermut der Krieger Einhalt geboten, und solchergestalt die öffentliche Ruhe erhalten, die Sicherheit geschirmet. Dass sie dann den nach Abzug der Feinde zurückkehrenden Fürsten mit frohen Zurufungen, mit innigst herzlichen Segenswünschungen aller Stände überstimmend bewillkommet, thraenend dem Traenendem, die Sehnsucht, die Tröstung, das Entzücken des gegenseitigen Wiederanblicks bezeuget durch keine Widerwärtigkeiten der Ereignisse erschütterte Treue und Ergebenheit bewähret, der Welt das merkwürdige einzige, selbst durch das Gestaendnis der Feinde gepriesene Beyspiel von Muth, Beharrlichkeit und bürgerlicher Tugend gegeben haben."
Als in den 1970er-Jahren ein Vorstandsmitglied eines auch in Wien ansässigen multinationalen Konzerns am Döblinger Friedhof begraben wurde, sahen sich zu ihrem nicht geringen Erstaunen an seinem Grab einige Herren, die blauumrande-

te Schurze über ihren dunklen Anzügen trugen, einer anderen Gruppe von Herren gegenüber, die in schwarze Umhänge mit dem Malteserkreuz gewandet waren. Der verstorbene Manager war jahrzehntelang sowohl ein „Bruder Freimaurer" als auch ein „Fra'" des Malteserordens gewesen. Und das lange vor der ersten zarten Annäherung zwischen der Großloge und der Diözese. Österreich und seine Bundeshauptstadt waren von jeher ein Schmelztiegel europäischer Nationen und Kulturen. Da Wien überdies die einzige Welthauptstadt ist, auf deren Stadtgebiet Weinbau betrieben wird, liegt es nahe, dass auch beim Wein das Besondere aus der Vielfalt entsteht; so geschehen beim wohl österreichischsten aller Weine, dem G'mischten Satz. Die Bezeichnung für diesen vor allem im Weinbaugebiet Wien anzutreffenden Weißwein bezieht sich darauf, dass verschiedene Rebsorten aus *einem* Weingarten gemeinsam gelesen und vergoren werden. Das unterscheidet ihn vom Cuvée, bei dem Rebsorten aus verschiedenen Lagen verschnitten und erst nach der Gärung gemischt werden. Die ursprüngliche Idee war, durch den verschiedenen Reifegrad und den verschiedenen Säuregehalt der gemeinsam angebauten Trauben das Risiko durch Wetterunbillen und Schädlingsbefall zu verkleinern und eine gleichbleibende Qualität zu erreichen. Als erfreulicher Mehrwert ergibt sich eine größere Vielschichtigkeit des Weins. In den 1980er-Jahren gab es in und um Wien allerdings fast nur mehr rebsortenreine Lagen. Winzern wie Fritz Wieninger ist es zu verdanken, dass der G'mischte Satz eine Wiederauferstehung feiern konnte und mittlerweile rund zehn Prozent der Weinbaufläche in Wien so bewirtschaftet werden. Im Jahr 2008 wurde der G'mischte Satz in die Slow Food Arche des Geschmacks aufgenommen. Der Wein des Jahrgangs 1450, wohl auch ein G'mischter Satz, weil reinsortiges Auspflanzen erst in der zweiten Hälfte des 20. Jahrhunderts in Mode kam, war witterungsbedingt so sauer, dass er zum Trinken ungeeignet war. König Friedrich, der als Kaiser Friedrich III. vor allem wegen seiner Devise „Tu felix Austria, nube!" in die Geschichte eingehen sollte, verbot aber per Erlass die Entsorgung des „Lebensmittels" Wein. Zwar ist unklar, wer die Idee hatte, den 1450er-Jahrgang als Löschmittel für den Branntkalk zu verwenden, der beim Bau der Fundamente des Nordturms zu Sankt Stephan benötigt wurde. Fest steht hingegen, dass der Turmbau, obschon 1511 unvollendet eingestellt, solide genug ausgeführt worden war, um jahrhundertelang die Pummerin zu tragen.

Im barocken Park von Schloss Schönbrunn, in dem 1913 noch Kaiser Franz Joseph wohnte, gingen zu Beginn dieses letzten Jahres vor dem „Großen Krieg" neben dem greisen Kaiser auch jene zwei Männer spazieren, die für den späteren noch größeren Krieg verantwortlich sein sollten: Adolf Hitler und Josef Stalin. Hitler wohnte im Männerwohnheim in der Meldemannstraße, Stalin bei der Familie Trojanowski in der Schlossstraße. Der eine schlug sich als Postkartenmaler durch, der andere arbeitete fieberhaft an dem Aufsatz „Der Marxismus und die nationale Frage". Der eine wird 1938 seine Heimat ans Deutsche Reich anschließen und damit ihre (eigenständige?) Existenz (vorerst) beenden, der andere wird durch eben diese Studie den jüdischen Staatswissenschafter und KPÖ-Funktionär Alfred Klahr dazu inspirieren, ein Jahr zuvor in einer Artikelserie mit dem Titel „Zur nationalen Frage in Österreich" erstmals den Begriff „österreichische Nation" zu verwenden, um einen Nachweis für deren Eigenständigkeit zu erbringen. Jedenfalls werden sich nie mehr drei Männer, die im Laufe von zwei Weltkriegen für den Tod von zig Millionen Menschen verantwortlich sind, so nahe sein wie in diesen eiskalten Jännertagen in der kakanischen Haupt- und Residenzstadt. Und noch ein künftiger Staatenlenker, zu diesem Zeitpunkt allerdings erst Testfahrer für Daimler, war Anfang 1913 in Wien: Josip Broz, später bekannt als Tito.

DIE LIEBE DER ÖSTERREICHER
ZUM UNVOLLKOMMENEN
UND UNVOLLENDETEN

Häufig beklagt wird der Umstand, dass in unserem Land alles „schön langsam" ablaufe, vieles nie zu Ende gebracht werde und „österreichische Lösungen", also Fragmente und Provisorien, denen eigentümlicherweise oft eine jahrzehntelange Haltbarkeit eignet, allerorten „echte" Lösungen ersetzten. Die Reihe der hier zu nennenden Beispiele ist lang und schließt Reformen der Verwaltung und des Gesundheitswesens ebenso ein wie unvollendete Architektur und Literatur.

Kaiser Napoleon I. kommentierte dieses Phänomen mit dem Ausspruch, dass Österreich „immer um ein Jahr, eine Idee, eine Armee zu spät" sei. Kaiser Joseph II., dessen Reformtempo atypisch für Österreich war, kritisierte an seinem Neffen, dem späteren Kaiser Franz, „Unentschlossenheit, Schlaffheit, Gleichgültigkeit im Tun und Lassen" und „Unfähigkeit zu großen Sachen". Der deutsche Reichskanzler Bismarck schrieb 1853: „Die guten Österreicher sind wie der Weber Zettel im Sommernachtstraum." Der österreichische Schriftsteller Gerhard Roth spricht in diesem Zusammenhang vom „Stupor Austriacus", während Hilde Spiel eine „halborientalische Passivität" ortet. Der nicht minder erfolgreiche Autor Thomas Glavinic lieferte jüngst ein treffendes Argument für österreichische Langsamkeit, als er die Frage, ob er ein fleißiger Schreiber sei, mit den Worten „Ich habe Angst vor Anstrengung" verneinte. In Grillparzers „Bruderzwist in Habsburg" schließlich begründet Ferdinand diese österreichische Tradition mit der Zeile: „Wenn man uns drängt, das ist nicht Brauch noch Sitte." Die Ursachen für diese Tendenzen sind mannigfaltig: Ungenaue Planung, zögerliche Umsetzung, unzureichende Geldmittel, voreilige Zufriedenheit und verfrühte Resignation sind wohl unter ihnen die häufigsten. Oft genug erscheinen selbst die progressiven Österreicher deshalb als (zu) langsam und (zu) konservativ, weil ihr Handeln „kaum eine Beziehungslosigkeit, ja naive Eindeutigkeit" zulässt, wie Friedrich Achleitner in seinem Architektur-Aufsatz „Das Haus ohne Augenbrauen" schreibt. Abschließend stellt er fest, dass Wien (und wohl auch Österreich) oft genug nicht in Wien (oder in Österreich), sondern in Ludwigshafen, Amsterdam oder New York verwirklicht (und vollendet) wird. Ein Umstand, der auf die laufende „Verösterreicherung" hindeutet.

Beispiele aus der Literatur und Musik

„Liebe gilt nicht dem Vollkommenen, sondern vollendet das Unvollkommene", konstatiert Hans Weigel in seinem Buch „O du mein Österreich", dessen Untertitel bezeichnenderweise „Versuch eines Fragments einer Improvisation" lautet, und Peter Rüedi ergänzt in einem ZEIT-Interview: „Das Vollendete ist das Gescheiterte, das Fragment das Geglückte."
Österreichs Literatur- und Musikgeschichte bietet ausreichend Belege für die Bedeutung des Nie-Beendeten. Einerseits sinnieren Romanfiguren über dieses Phänomen, andererseits sind verhältnismäßig viele Werke eben unvollendet geblieben.
Arthur Schnitzler lässt in seinem Erstlingsroman „Der Weg ins Freie" den komponierenden Grafen Georg von Wergenthin sagen: „Ich entwerfe viel, aber mache nichts fertig. […] Das Vollendete interessiert mich überhaupt selten. Offenbar bin ich innerlich zu rasch fertig mit den Dingen." Herzmanovskys

Hofsekretär Jaromir Edler von Eynhuf wiederum lebt solange in Ruhe und Frieden, bis er sich in den Kopf setzt, seine bis dahin unvollständige Sammlung von Milchzähnen zu komplettieren, um der von ihm angebeteten Sängerin Höllteufel zu imponieren. Der Schweizer Germanist Peter von Matt thematisierte die Häufung von Fragmenten in der österreichischen Literatur anlässlich seiner Eröffnungsrede der Salzburger Festspiele 2012 mit den Worten: „Ein anderer bringt überhaupt nie einen Roman zu Ende; er hinterlässt nur drei Bruchstücke, das eine heißt ‚Der Process‘, das zweite ‚Das Schloss‘, das dritte ‚Der Verschollene‘, und überdies befiehlt er, dass sie nach seinem Tod vernichtet werden. Welche Verschwendung von Lebenszeit! Doch das Gebot wird missachtet, die drei Zeugnisse des Scheiterns zählen plötzlich zu den vollkommensten Kunstwerken ihres Jahrhunderts."

Grillparzers Drama „Esther" blieb ebenso Fragment wie Herbert Eisenreichs 600-seitiger Band „Die abgelegte Zeit, Ein Fragment" oder Doderers „Der Grenzwald", der ursprünglich unter dem Titel „Roman No 7, Zweiter Teil, Der Grenzwald, Fragment" erschienen war. Die Titelfigur in Hugo von Hofmannsthals einzigem Roman „Andreas oder Die Vereinigten", der ebenfalls unvollendet geblieben ist und erst posthum veröffentlicht wurde, kann symbolisch für den Österreicher stehen, der eine gewisse Aversion gegen die Vollendung zu hegen scheint. „Der Mann ohne Eigenschaften" von Robert Musil ist wohl als Destillat, als Quintessenz des Österreichischen an sich zu bezeichnen und musste auch aus diesem Grund ohne Ende bleiben. Auf den etwa 3.000 Seiten, die wahrscheinlich eines der umfangreichsten Fragmente der neuzeitlichen Literatur darstellen, wird charakteristischerweise ein Beamter zum Gegenpol des eigenschaftslosen Ulrich. Dem diplomatischen Geschick des Sektionschefs Tuzzi (dem Onkel von Mauthes Legationsrat) ist es schließlich zu verdanken, dass die unvereinbar wirkenden Projekte, nämlich die Aufrüstung der k. u. k. Artillerie und die

Abhaltung einer Friedenskonferenz, zum gemeinsamen Ziel der ebenfalls nie verwirklichten Parallelaktion erklärt werden.

Schuberts Symphonie Nr. 8 in h-Moll („Die Unvollendete"), von deren drittem Satz nur neun Takte auskomponiert wurden, gilt als einer der wichtigsten Wegbereiter der musikalischen Romantik. Den Hinweis auf den Verbleib des Autografs verdankt die Nachwelt einem Beamten des Innenministeriums. Joseph Hüttenbrenner, der zeitweilig als Schuberts Faktotum fungierte, informierte den Hofkapellmeister Johann Herbeck darüber, dass Schubert die Originalpartitur seinem Bruder Anselm nach Graz geschickt hatte, und trug dadurch dazu bei, dass dieses Werk der Nachwelt erhalten geblieben ist.

Unvollendete Architektur

Der Bau des Nordturms von Sankt Stephan wurde 1511 unvollendet eingestellt, was zwar einerseits dazu führte, dass er auch im eigentlichen Wortsinn immer im Schatten seines berühmten Bruders, des „Steffls", stand, andererseits aber dadurch kompensiert wird, dass der Adlerturm, wie er auch heißt, seit Jahrhunderten die „Pummerin", die berühmteste Glocke Wiens, wenn nicht gar Österreichs, beherbergt.

Kaiser Karl VI. wollte seine Residenz in Klosterneuburg nach dem Vorbild des Escorial in Madrid umbauen lassen. Im Jahr 1730 wurde mit dem Bauvorhaben begonnen, bereits zehn Jahre später starb der Kaiser unerwartet, woraufhin der Bau gestoppt wurde, weil weder seine Tochter, die Erzherzogin Maria Theresia, noch das Stift der Augustiner Chorherrn in Klosterneuburg das nötige Interesse und die benötigten Mittel aufbrachten. So wurden nur zwei der neun geplanten Höfe realisiert und auch der Ausgang in den Park blieb unvollendet. Zwar hatte der Hofbildhauer Lorenzo Mattielli diese Sala terrena bereits mit acht Atlanten ausgeschmückt, ansonsten bestand der Riesensaal nur aus nacktem Ziegelmauerwerk. Bei den 2005 begonnenen Restaurierungsarbeiten wurde der Urzustand der barocken Baustelle aus dem Jahr 1740 wiederhergestellt und seither dient die Sala terrena als neuer Besuchereingang des Stiftes Klosterneuburg.

Lange Zeit, nämlich von 1735 bis 1893, unvollendet war auch der Michaelertrakt der Wiener Hofburg. Über 150 Jahre lang fehlten die rechte Hälfte und ein Teil der Kuppel des von Josef Fischer von Erlach begonnenen Baues. Der Grund dafür war ein typisch österreichischer. Der Verwirklichung des Planes stand das alte Burgtheater im Weg, und zwar im eigentlichen Wortsinn. Da dem Theater von den Habsburgern aber große Bedeutung zugemessen wurde, konnte der Michaelertrakt erst fertiggestellt werden, nachdem das neue Burgtheater am Ring errichtet worden war.

Gottlob Unvollendetes aus jüngerer Vergangenheit stellen Wiens Flaktürme dar. Der Architekt dieser laut NS-Diktion „Schießdome" hieß Friedrich Tamms und er hatte wahrlich für die Ewigkeit gebaut. Als Vorbild hatten ihm wohl mittelalterliche Burganlagen gedient und es gab den Plan, diese Ungetüme nach dem erwartenden Sieg mit Marmor zu verkleiden, da eine Sprengung in den dicht verbauten Wohngebieten lange Zeit unmöglich schien. Jedenfalls wurden nur sechs (drei Zwillingstürme) statt der ursprünglich projektierten neun Türme gebaut.

Langsamkeit als Ursache für Unvollendetes und dessen Vorteile

Eduard März beschrieb in seinem Beitrag mit dem Titel „Das süße und das raue Leben" in Hilde Spiels Essaysammlung „Wien – Spektrum einer Stadt" das langsame wirtschaftliche Entwicklungstempo Österreichs zu Zeiten der Donaumonarchie und nannte als Gründe dafür die der wirtschaftlichen Leistungsfähigkeit unangemessenen Ausgaben der regierenden Kreise, das

Fehlen eines selbstbewussten Bürgertums und die Laissez-faire-Philosophie der zuständigen politischen Stellen. Dadurch war nach Ansicht Märzens der Kapitalismus in der ersten Hälfte des 19. Jahrhunderts ein lediglich lokales und sektorielles Phänomen. Diese landläufige Langsamkeit kann durchaus als ein Grund für so viel Unvollendetes in Österreich gesehen werden. Interessanterweise hat das Österreichische für Ökonomie und Unordnung (!) dasselbe Wort: nämlich Wirtschaft. Der Argwohn gegen allzu ungebremste, also aus Sicht des Österreichers ungemütliche Formen der Wirtschaft ist bereits aus einer „Faschingskinderlehre" aus der Zeit Josephs II. abzulesen. Dort heißt es unter anderem: „Was hält der Wiener für eine Todsünde? – Einen vernünftigen Diskurs. – Ein nützliches Buch. – Wassertrinken. – Eine schlechte Mahlzeit. – Ökonomie." Der Ökonom Joseph Vogl bestätigt in „Das Gespenst des Kapitals" indirekt diese Skepsis gegenüber dem unproduktiven Handeln (der Finanzmärkte) und belegt seine Kritik unter anderem damit, dass es für diese Tätigkeit in keiner der indogermanischen Sprachen ein eigenes Wort gäbe, sodass das bloße „Beschäftigtsein" nur ex negativo, beispielsweise durch das lateinische *neg-otium*, beschrieben wurde, was ursprünglich das Fehlen von Muße meint. Im Waldviertler Dialekt gibt es für sinnloses Getue den schönen Begriff „umpfistern".

Auch bedächtiges politisches Handeln wird häufig kritisiert, wie beispielsweise Bundeskanzler Fred Sinowatz erfahren musste, kann aber durchaus von Vorteil sein. „Die Langsamkeit und das vorsichtige, anscheinende Schwanken [war] viel mehr die Wirkung einer tiefen Überlegung als des Leichtsinns oder der Unbeständigkeit", schrieb ein preußischer Gesandter im Jahr 1792 anerkennend über den oft zögerlich wirkenden Kaiser Leopold II. an Friedrich Wilhelm.

„Österreich ist dort im Rückstand, wo es Nachteile mit sich bringt, einen Vorsprung zu haben", sagte Hannes Androsch einmal. Der Schriftsteller Wolf Haas lässt in seinem Kriminalroman „Wie die Tiere" seinen Detektiv namens Brenner über

Optimismus und Wahrheit nachdenken. Das Ergebnis dieser Gedankengänge bietet auch gleich ein praktisches Beispiel für die Nützlichkeit des Nicht-zu-Ende-Bringens: „Aber Wahrheit natürlich oft ein bisschen bitter. Da gibt es sehr viele Sätze für die positiven Überlegungen, und für die Wahrheit interessanterweise nur einen Satz, ich glaube ursprünglich stammt der sogar aus der österreichischen Bundeshymne: ‚Da kann man nichts machen.' Man soll nicht überheblich sein, aber unter uns kann man es ja offen aussprechen, dass wir da beim ‚Nichts machen' einen kleinen Vorsprung gegenüber der Welt haben. Und der Brenner wieder einmal typisches Beispiel, dass man mit dem ‚Nichts machen' oft am weitesten kommt."

ÖSTERREICH IST DIE KNAUTSCHZONE EUROPAS

Der Österreicher sitzt meist im Fonds, gelegentlich am Beifahrersitz und nur selten am Volant der europäischen Geschichte, wobei dann bekanntlich besondere Vorsicht geboten ist! Dabei hat er jahrhundertelang miterleben müssen, wie sein Wagen immer wieder frontal mit anderen zusammenstieß oder gegen die Wand der Ereignisse prallte.

Hat man als Österreicher aufgrund der geopolitischen Gegebenheiten nicht die Möglichkeit, den in- und ausländischen Geisterfahrern auf den Autobahnen der Geschichte auszuweichen, und weder die Ressourcen noch die Ausdauer zur Versteifung der Fahrgastzelle, bleibt nur die Option der Anwendung von Soft Skills. Man erfindet also die Knautschzone. Deren Prinzip besteht darin, dass verformbare Längsträger im Front- und Heckbereich eines Fahrzeugs die Bewegungsenergie bei einem Zusammenstoß absorbieren und in Verformungsarbeit umwandeln. Die stabile Fahrgastzelle, in der sich die Insassen befinden, bleibt intakt.

Es nimmt den gelernten Austriaken nicht wunder, dass die (Automobil-)Welt diese Erfindung einem Österreicher verdankt. Béla Barényi wurde am 1. März 1907 als Sohn eines k. u. k. Offiziers in Hirtenberg geboren. Sein Urgroßvater war, fast ist man versucht zu sagen paradoxerweise, der Gründer der Hirtenberger Munitionsfabrik. Der junge Barényi studierte Maschinenbau und Elektrotechnik und reichte 1952 das Konzept der definierten Knautschzonen als Patentschrift DE-854157 mit dem Patentanspruch „Kraftfahrzeuge, insbesondere zur Beförderung von Personen, dadurch gekennzeichnet, dass Fahrgestell und Aufbau so bemessen und gestaltet sind, dass ihre Festigkeit im Bereich des Fahrgastraumes am größten ist und nach den Enden zu stetig oder stufenweise abnimmt" ein. In Verbindung mit Sollbruchstellen und einer hochfesten Fahrgastzelle ist die Knautschzone ein Meilenstein der passiven Sicherheit im Automobilbau. Im Jahr 1959 wurde diese Innovation erstmals in einem Serienauto verwirklicht. Auf die österreichische Seele extrapoliert, besteht ihre Funktion darin, zerstörerisch einwirkende Energie unter Anwendung ebenso subtiler wie genuin österreichischer Soft Skills in Form von Schlamperei, Schlendrian und Schmäh, also den bewährten Mitteln des passiven Widerstands, durch Verformung an geeigneter Stelle abzubauen, um gröbere Schäden zu vermeiden.

Ein anderer österreichischer Offizier hat übrigens einige Jahrzehnte später das Prinzip der Knautschzone auf militärischem Gebiet zur Verteidigungsdoktrin aufgewertet. Emil Graf Spanocchi entwickelte in der heißen Phase des Kalten Krieges das Konzept der Raumverteidigung. Dieses beruhte darauf, statt einer für das österreichische Bundesheer nicht zu bewältigenden Verteidigung der Grenzen strategisch wichtige Raumsicherungszonen und Schlüsselräume zu schützen. Dadurch sollte die „Bewegungsenergie" eines potenziellen Aggressors in der Tiefe des Raumes stückweise und damit nachhaltiger vernichtet werden. Naturgemäß mussten nach diesem Konzept vor allem grenznahe Gebiete (die Knautschzonen) geopfert und Sollbruchstellen eingeplant werden, um das Kerngebiet (die Fahrgastzelle) zu erhalten.

Historisch betrachtet ist wohl der heilige Severin, der vermutlich in Italien geboren wurde und in Mauthern bei Krems verstarb, der erste urkundlich erwähnte Vertreter des Prinzips der österreichischen Knautschzone. Von ihm wird berichtet, dass er um

450 nach Christus zwischen Römern und heidnischen Barbaren vermittelte und bewaffnete Konflikte dissimulierte.

Am Ende des Mittelalters hatte man auch auf österreichischem Boden die Bedeutung von Eheschließungen für Gebietszugewinne und zur Friedenssicherung erkannt. Diesen Intentionen ist die Abhaltung des ersten Wiener Kongresses, der zur Vorbereitung des Fürstentages am 22. Juli 1515 diente, zu verdanken. Dabei kam es im Stephansdom zur Vermählung der ungarischen Prinzessin Anna von Jagello mit Maximilian selbst, der, obwohl schon 60-jährig, stellvertretend für einen seiner Enkel (die hausinterne Erbfolge war noch nicht endgültig geregelt) die Vermählung vollzog, und des ungarischen Prinzen Ludwig mit Maximilians Enkelin Maria. Wilhelm von Rogendorff, aufgewachsen auf der Mollenburg, die 500 Jahre später zum Feriendomizil der Familie Mauthe werden sollte, war neben dem an anderer Stelle bereits erwähnten Diplomaten Matthäus Lang als Obersthofmeister in die vorangegangenen Verhandlungen Kaiser Maximilians mit den beiden Jagellonen-Königen federführend eingebunden gewesen. Nachdem Maximilian, „der Letzte Ritter", 1519 verstorben und somit Anna Witwe geworden war, musste neuerlich eine Ehe „per procurationem" geschlossen werden. Hier schlug die große Stunde des Freiherrn von Rogendorff: Ihm wurde die Ehre zuteil, den Bräutigam zu vertreten. Erst 1521 konnte dann der „richtige" Kaiserenkel Ferdinand die Braut in Linz persönlich ehelichen.

Kurze Zeit später wurde die Devise Kaiser Friedrichs III. „Bella gerant alii, tu felix Austria nube!" zum lange Zeit erfolgreichen außenpolitischen Imperativ der Knautschzone. Nach dem Ende der Habsburgerherrschaft und dem Scheitern der Ersten Republik hat man (in Ermangelung heiratsfähiger Erzherzoginnen) in der Zweiten Republik unter der Regierung Kreisky begonnen, friedenssichernde Akzente auch außerhalb Österreichs zu setzen und heimische Blauhelme unter UNO-Mandat in Krisenherden zu stationieren, wo sie mehr als 40 Jahre lang ihre Funktion als Überwacher sensibler Zonen tadellos erfüllten.

Vom eigentlich zweiten Wiener Kongress, der 300 Jahre später stattfand, ist vor allem das Bonmot des Fürsten von Linge bekannt, wonach der Kongress nicht vom Fleck käme, sondern tanze. Weniger bekannt ist die Tatsache, dass manche der dort gefassten Beschlüsse auch heute noch immer Gültigkeit haben. Auch der Deutsche Bund und die in Wien geschaffene, noch heute bestehende internationale Zentralkommission für die Rheinschifffahrt verdanken ihre Entstehung dem Wiener Kongress, der überdies den bis heute gültigen exzellenten Ruf Wiens als Konferenzstadt begründet hat. Jährlich finden in der österreichischen Bundeshauptstadt etwa 3.000 Kongresse und Konferenzen statt, davon zwischen 550 und 600 internationale. Dies bedeutet etwa eine Million Nächtigungen für den Tourismus.

Dem einzigartigen Fritz von Herzmanovsky-Orlando verdankt die österreichische Nachwelt den Hinweis auf ein unter Historikern wenig beachtetes Resultat des 1821 abgehaltenen Laibacher Kongresses, demgemäß „vernünftiger weise beschlossen worden [war], zwischen deutschen, slawischen und romanischen Gebieten im Südosten Europas einen Pufferstaat zu legen, das „Burgund der Levante", wie einige es poetisch nannten, und sie hatten so unrecht nicht [...] Dass der neuzugründende Staat eine streng monarchische Konstitution bekommen musste, erklärt sich ohne weiteres aus der Epoche seiner Entstehung [...] er [Metternich] schuf das Reich der Tarocke, von Nörglern, denen nie etwas recht ist, auch das „Spiegelreich des linken Weges" geheißen [...] Grundlage für die Wahl der Landesväter war das sogenannte „Normaltarockspiel" [...] Die vier Männer, die man alljährlich zu Monarchen machte, mussten lediglich die Bedingung erfüllen, den Königen des Normaltarockspiels möglichst ähnlich zu sehen [...]." Der tschechische Historiker František Palacký (1798 –1876) meinte noch am Höhepunkt der Konfrontation mit den Habsburgern: „Wahrlich, existierte der österreichische Staat nicht schon längst, man müsste im Interesse Europas, im Interesse der Humanität selbst, sich beeilen, ihn zu schaffen."

Bis zum Jahr 1917 hatte Österreich die schon damals übrigens auch von Amerika äußerst erwünschte Pufferfunktion zwischen Deutschland und Russland im Herzen Europas inne. Vor allem nationale Partikularinteressen innerhalb Österreich-Ungarns verhinderten 1916 die Auflösung des Bündnisses mit dem Deutschen Reich und damit ein Ende des Krieges zu einem Zeitpunkt, der zwar keinen eindeutigen Sieg, aber auch keine existenzbedrohenden Gebiets- und Machtverluste Kakaniens bedeutet hätte. Dies besiegelte den Untergang der Donaumonarchie, von der Hugo Portisch in seinem Buch „Österreich I" schrieb, dass ihr Fehlen „nicht wenig damit zu tun habe", dass „dem europäischen Frieden nach 1918 jede Stabilität abging".

Am Ende des Ersten Weltkriegs hatte Österreich wieder als Knautschzone Europas erfolgreich kommunistischen Strömungen getrotzt, von denen auch die Entente-Mächte fürchteten, dass sie den Kontinent überschwemmen könnten. Ausschlaggebend war nicht zuletzt Friedrich Adlers Entscheidung, sich hinter die gemäßigten Vertreter der Sozialdemokratie statt hinter die putschbereite, bolschewistische Rote Garde zu stellen, die übrigens kurz nach der Ausrufung der Ersten Republik in alter österreichischer Tradition von der Volkswehr absorbiert wurde.

Im Lichte der Tatsache, dass die unbedingte Bindung Österreichs an Deutschland den Ersten Weltkrieg um Monate verlängert und solcherart den Tod Hunderttausender verschuldet hat, scheint es doch erstaunlich, dass jenes danach entstandene politische und psychologische Vakuum gerade durch eine neuerliche Orientierung an Deutschland und später durch eine zwar de nomine linke, de facto aber bekanntlich extrem rechte Ideologie ausgefüllt wurde, vor der man 1938 tatenlos kapitulierte.

Die Bedeutung Österreichs als Pufferzone zwischen Ost- und Westeuropa während des Kalten Krieges ist bekannt und wurde durch die Wahl Wiens als UNO-Standort unterstrichen. Noch immer ist Wien Schauplatz wichtiger, oft genug inoffizieller Beratungen und Verhandlungen zwischen Konfliktparteien, wie der

Sprecher des Außenministeriums Peter Launsky-Tieffenthal in einem Radiointerview erzählte. Dabei werden österreichische Diplomaten, also die personifizierten Vertreter des Prinzips Knautschzone, durchaus regelmäßig gebeten, diese Verhandlungen nicht nur zu ermöglichen, sondern auch aktiv zu gestalten und zu moderieren. Als Beispiele nannte Launsky den Sudan und den Südsudan sowie einige nordafrikanische Länder.

Historisch betrachtet ist es folglich nur konsequent, dass Österreich bei der Entstehung eines geeinten Europas von Anfang an eine wichtige Rolle spielte. Neben Hans Kelsen, der den Primat des Völkerrechts über das nationale Recht postulierte, ist in diesem Zusammenhang auf die Paneuropa-Bewegung zu verweisen. Die Idee geht auf Richard Graf Coudenhove-Kalergie, Sohn eines alt-österreichischen Diplomaten und einer Japanerin, zurück. Er publizierte seine Vorstellung von einem wirtschaftlich und politisch geeinten Kontinent erstmalig 1922 und fand dank der Kraft seiner Idee und dem Charisma seiner Person trotz fehlenden Einflusses und nennenswerter Mittel rasch einflussreiche Anhänger aus Kunst und Gesellschaft, unter ihnen auch den Studenten Bruno Kreisky. Die Politik stand der Paneuropa-Bewegung zurückhaltend bis ablehnend gegenüber. Niemand wollte an die Menetekel glauben, die Coudenhove-Kalergie an die Wand malte. Bereits 1923 warnte er vor einem „Zukunftskrieg" und sah fast hellseherisch voraus, dass Europa nach einem solchen Krieg zwischen den USA und der Sowjetunion aufgeteilt werden könnte. Allein Ignaz Seipel, der die Paneuropa-Idee aufgrund seiner zutiefst österreichischen Gesinnung von Anfang an politisch unterstützte und im Wiener Konzerthaus (!) 1926 den ersten Paneuropa-Kongress eröffnete, ließ sich von Coudenhove beeindrucken. Coudenhove wurde der erste Präsident der Paneuropa-Bewegung und es sollte sein Nachfolger in dieser Funktion, Otto Habsburg, der letzte habsburgische Kronprinz, sein, der durch das von ihm initiierte Paneuropa-Frühstück an der österreichisch-ungarischen Grenze am 19. August 1989 den Fall des Eisernen Vorhangs und in weiterer Folge die Überwindung der Ost / Westteilung Europas herbeiführen konnte. Somit hatte sich die Prophezeiung des deutschen Schriftstellers, Wahlösterreichers und Schwagers von Alfred Kubin, Oscar Schmitz, der 1924 in seinem Buch „Der österreichische Mensch: Zum Anschauungsunterricht für Europäer, insbesondere für Reichsdeutsche" geschrieben hatte: „Das Quellgebiet des Geistes, aus dem einmal die Vereinigten Staaten von Europa entstehen können, liegt in dem heute tief erniedrigten Österreich, aber vielleicht werden die Letzten noch einmal die Ersten sein" erfüllt.

Als innenpolitische Knautschzone oder auch Airbag kann die österreichische Sozialpartnerschaft gelten. Sie verdankt ihre Entstehung zu einem Gutteil der Tatsache, dass rote und schwarze Politiker in den Gefängnissen und Konzentrationslagern der Nationalsozialisten beschlossen hatten, dass sich so etwas nie wiederholen dürfe. Bei allen späteren Auswüchsen, die sie in ihrer Blütezeit zu einem Staat im Staat gemacht hat, verdanken wir Österreicher ihr den Umstand, dass die jährliche Streikdauer (bisher) noch immer in Sekunden gemessen wird, sowie unseren vielzitierten Ruf als „Insel der Seligen".

Kritiker könnten anmerken, dass sich der Österreicher eben leicht verformen lässt und diese Tatsache als Charakterlosigkeit interpretieren. Tatsächlich handelt es sich dabei um die tagtägliche Anwendung zweier äußerst erfolgreicher Prinzipien der Biologie. Das eine trägt den klingenden Name „Apoptose", was aus dem Altgriechischen stammt und sinngemäß das sanfte Abfallen der Blätter von herbstlichen Laubbäumen beschreibt. Auf den menschlichen Organismus übertragen, kommt es in den betroffenen Zellen, sobald Teile des Gewebes so stark geschädigt sind, dass sie nicht mehr repariert werden können, zur Aktivierung eines Selbstmordprogramms. Solcherart werden verhältnismäßig kleine Teile des Gewebes geopfert, um ein problemloses Weiterleben des gesamten Individuums zu ermöglichen. Im Kleinen entspricht die Apoptose also dem zweiten, ebenso erfolgreichen biologischen Prinzip der Evolution. Deren Siegeszug beruht bekanntlich darauf, den genetischen Code einer Spezies so lange zu „verformen", bis dieser den Anforderungen der jeweils herrschenden Umweltbedingungen bestmöglich entspricht.

Auch in der Physik gibt es einen Fachbegriff, der das Wesen der österreichischen Seele treffend beschreibt: die Resilienz. Sie ist ein Maß für die reversible Verformbarkeit eines Materials und somit jene Eigenschaft, die noch vor dem Wirksamwerden der Knautschzone bei Zusammenstößen welcher Art auch immer bedeutsam wird. In der Biologie wird der Begriff zur Beschreibung der Widerstandsfähigkeit von Ökosystemen gegenüber schädlichen Einflüssen verwendet. Auch die Psychologie kennt den Terminus der Resilienz und benutzt ihn als Synonym für ein menschliches Phänomen, das landläufig als das des „Stehaufmännchens" bekannt ist, dessen wienerischster Vertreter zweifelsohne der „Liebe Augustin" war.

Die österreichische Sprache, und hier besonders das Wienerische, das ein deutscher Student einmal despektierlich als „amorphen Soundbrei" apostrophiert hat, kann ebenfalls als Beispiel für das Prinzip der Knautschzone gesehen werden. Kaiser Karl V. soll einst gesagt haben: „Ich spreche Spanisch zu Gott, Italienisch zu den Frauen, Französisch zu den Männern und Deutsch zu meinem Pferd" und schon daraus ergibt sich, dass die Sprache der Österreicher eine Melange sein muss, deren Bestandteile unterschiedlicher kaum sein könnten. Wie so vieles Österreichisches ist sie daher auch immer irgendwie ambivalent. So schreibt Maxim Biller in der ZEIT über den österreichischen Akzent der Autorin Vea Kaiser, dass dieser „fast aus jeder Frau Romy Schneider macht", aber auch nach jemandem klingen könne, „mit dem man nachts um halb elf im Hawelka Streit bekommt". Im Jahr 2004 haben die Schriftsteller Robert Schindel und Marlene Streeruwitz spät, aber folgerichtig begonnen, „Österreichisch" als eigene Sprache zu propagieren. Gut dreißig Jahre zuvor schrieb der Schweizer Urs Jenny, Österreichs Literatur sei in einem Ausmaß österreichisch, wie die deutsche niemals deutsch war. Dass sich in einem Land, das im Kreuzungspunkt so vieler Sprachen liegt, die gefährlichen Ecken und Kanten der Wörter aneinander abgeschliffen haben wie jene Steine, welche die Donau seit Jahrtausenden am Grunde ihres Flussbettes zu Kieseln glättet, ist nachvollziehbar. Hier vermischen sich zwischen Bodensee und Neusiedlersee romanische mit alemannischen und slawische mit finno-ugrischen Sprachen. Das Österreichische absorbiert am nordöstlichen und am südöstlichen Ende der Knautschzone die slawischen und romanischen Sprachelemente und nimmt dadurch am anderen Ende dem preußischen Schriftdeutsch die ihm eigene kalte Klarheit und herrische Härte.

Das Italienische wurde besonders im 18. Jahrhundert erfolgreich ins Österreichische inkorporiert. Vor allem Begriffe oberitalienischer Dialekte wie Bassena, Fasche, Pallawatsch oder Zizibee fanden Eingang ins kakanische Idiom.

Mit dem Ungarischen ist die Sache nicht so einfach. Die Ungarn werden auch in Bezug auf die Knautschzone ihrer angestammten Rolle als Unbeugsame gerecht. Versinnbildlicht wurde diese Problematik bereits zu Zeiten Österreich-Ungarns unter anderem durch die beiden Stiere, welche die von Anton Schmidgruber geschaffene Toranlage am Eingang zum Schlachthofareal von Sankt Marx flankieren. Der auf der linken Seite angebrachte zahme Stier soll für die österreichische Reichshälfte stehen, der ungebändigte rechts befindliche symbolisiert die magyarische. Da das Ungarische ja zur finno-ugrischen Sprachfamilie zählt und für sein Verständnis – wie mir meine ungarischen Freunde versichert haben – die exakt ausgesprochenen und betonten Endungen deshalb unentbehrlich sind, weil es im Ungarischen keine Präpositionen, sondern eben nur Agglutinationen gibt, widersetzt es sich mit seiner mehr als einer Million Abwandlungen der Absorption durch das Österreichische erfolgreich. Ein weiterer, wenn auch wesentlich prosaischerer Grund für den

Umstand, dass nur wenige Worte aus dem Ungarischen ins Österreichische gefunden haben, ist darin zu sehen, dass es in der Monarchie zahlenmäßig keine bedeutende Zuwanderung nach Wien gab („Extra Hungariam non est vita!"). Es nimmt jedenfalls nicht weiter wunder, dass es sich bei den wenigen ungarischen Wörtern im Österreichischen vorwiegend um solche der Küche und Kulinarik handelt. Allenfalls erwähnenswert ist noch die Másik-Seit'n, unter der man bezeichnenderweise die andere, meist „ein bisserl nicht so richtige" Seite versteht.

Die Enden und Endungen unserer Sprache sind weich und rund. So gelingt es beispielsweise selbst aus dem ohnehin schon grauslichen Januar in Österreich einen nicht mehr ganz so kalten Jänner herauszutauen. Beinahe könnte man dem österreichischen Vokabular auch ein Kindchenschema nachsagen – wozu der kakanische auf „-erl" endende Diminutiv nicht unwesentlich beiträgt. Verkleinerungsformen mit „l", „le" oder „li" finden sich zwar auch in anderen Sprachräumen, jedoch erscheint das Wienerische „-erl" besonders liebenswert, weil neben der Verkleinerung auch emotionale Zuwendung in der Bedeutung mitschwingt. Die Besonderheit des wienerischen Diminutivs wurde von Johann Nestroy in seiner Revolutions-Posse „Freiheit in Krähwinkel" gewürdigt. Es heißt dort: „Wir haben ein absolutes Regierungsformerl, wir haben ein verantwortliches Ministeriumerl, ein Bürokraturl, ein Zensurerl, Staatschulderln, weit über unsere Kräfteln, also müssen wir auch ein Revolutionerl und durch Revolutionerl ein Konstitutionerl und endlich ein Freiheiterl krieg'n!". So macht der Österreicher noch aus einem deutschen Schäferhund ein „Hunderl", vor dem man sich gleich ein bisserl weniger fürchten muss, und aus der Tüte wahlweise ein Stanitzel oder ein Sackerl. Das süße Behältnis, aus dem der Österreicher sein Gefrorenes zu schlecken gewohnt ist (oder war), ist als das Paradeexempel für die Knautschzonenfunktion des Österreichischen zu betrachten. Seine Wurzeln liegen wahrscheinlich sowohl im Italienischen *(scartoccio* = Tüte oder *sarnuz-*

zo = gedrehte Papiertüte für Münzen) als auch im Tschechischen mit dessen *skomout* (auch Tüte) es auch eine Verbindung eingegangen sein dürfte, wobei weiters der Polenkönig Stanislaus, von dem erzählt wird, dass er Kindern Zuckerwerk aus gedrehten Tüten geschenkt hätte, mit ins Spiel kommt. Auch *scarniz*, das ein Kosakenzelt bezeichnet, könnte eine Quelle des Stanitzels sein.

Teil der sprachlichen Knautschzone ist unleugbar auch die österreichische Gewohnheit, im Gespräch anstelle des zwar korrekten, aber für österreichische Ohren imperfekten Imperfektums das schlampige Perfektum zu verwenden. Fast noch essenzieller für die Pufferfunktion des Österreichischen ist aber der Conditionalis Austriacus („hätt i, war i" oder „sollt' i?")! Er wird hierzulande nämlich dazu verwendet, eine Angelegenheit noch „rein abstrakt" zu betrachten. Es wird damit angedeutet, dass man noch unsicher ist, ob es sich überhaupt auszahlt zu überlegen, ob man dies oder jenes tun oder sagen sollte. Man könnte ihn also eigentlich als einen Vor-Konjunktiv bezeichnen. Denn unser Land wird wohl immer mehr eine gedachte Möglichkeit und somit das Land zwischen den Gedankenstrichen als eine gelebte Wirklichkeit sein. Und was könnte der rauen Realität besser die Schneid abkaufen als warme Wahrscheinlichkeit? Wie so oft hat Johann Nepomuk Nestroy auch diesen Umstand mit dem Satz: „Die Wirklichkeit ist das schönste Zeugnis für die Möglichkeit" auf den Punkt gebracht.

Die höchste Stufe des Österreichischen stellt aber zweifellos das von einigen wenigen unserer Dichter beherrschte „Plusquam-futurperfektum" dar, das nötig ist, um Begebenheiten zu schildern, die sowohl vergangen als auch zukünftig sind, also auf jene Konstanten in Geschichte und Geschichten hinweisen, deren es bei uns eine erkleckliche Zahl gibt. Beispielhaft für die Anwendung der zukünftigen Vergangenheit oder der vergangenen Zukunft sind die verschiedenen miteinander konfluierenden „wirklichen" und scheinbar dazu synchron verlaufenden „phantastischen" Zeitebenen der Parallelaktion in Musils „Mann ohne Eigenschaften" und jener in Herzmanovskys „Maskenball der Genien". Bei Musil entfernt sich die Planung der Festlichkeiten zum 70-jährigen Thronjubiläum von Kaiser Franz Joseph fast unmerklich von der „realen" Zeit in eine beinah allgemein gültige Zeitlosigkeit. Die von Herzmanovsky geschilderte Reise seines Protagonisten Cyriakus von Pizzicolli, der von Graz ins sagenhafte Tarockanien aufbricht, beginnt um 8 Uhr 30 eines Tages im Jahr 1966 und endet „damals – zur Zeit, da unsere Geschichte spielen wird" und in der Girardi-Hüte wieder in Mode sein werden.

DAS ÖSTERREICHISCHE
PARLAMENT UND
SEINE PFERDE

Der Reichstag, die erste Volksvertretung Österreichs, tagte nach der Märzrevolution von 1848 in der imperialen Winterreitschule. Seine erste Sitzung wurde von Erzherzog Johann am 22. Juli 1848 also dort eröffnet, wo an den Wochenenden im Fasching die Wiener Gesellschaft zum Beispiel am Ball vom Grünen Kreuz – besser bekannt als Jägerball – tanzt und an Werktagen des übrigen Jahres die Lipizzaner bei ihrer Morgenarbeit beobachtet werden können. Die im Revolutionsjahr versammelten 383 Abgeordneten stammten aus den deutschsprachigen und slawischen Kronländern des Kaiserreichs. Das Königreich Ungarn war nicht vertreten. Die wichtigste Tätigkeit des Reichstags war die Aufhebung des Feudalsystems. Allerdings war ihm kein langer Bestand gegönnt. Schon am 22. Oktober 1848 wurde er aufgrund der Wirren der Wiener Oktoberrevolution nach Kremsier verlegt. Dort wurde ein Verfassungsentwurf ausgearbeitet, der die Umwandlung der Donaumonarchie in einen föderalistischen Staat vorgesehen hätte. Der junge Kaiser Franz Joseph und sein Ministerpräsident Felix Fürst zu Schwarzenberg ignorierten dieses Votum und lösten am 7. März 1849 den Reichstag wieder auf.

Auch das heutige österreichische Parlament, über dessen Zentralportikus Kaiser Franz Joseph noch immer die Vertreter der 14 Kronländer, deren Wappen sich dort ebenfalls befinden, dazu einlädt, mit ihm zu regieren, hat einen starken Bezug zu Pferden. Nicht weniger als acht Quadrigen, jeweils von einer geflügelten Nike gelenkt, zieren die Dächer der Saalbauten. Hinzu kommen an den Seiten der Auffahrt noch weitere vier Rösser, welche die Leidenschaften darstellen, die von jungen Männern gebändigt werden. Ruft man sich das Bonmot Kaiser Friedrichs II., wonach das Denken den Pferden überlassen werden sollte, weil sie größere Köpfe hätten, ins Gedächtnis, kann der gelernte Österreicher weiterhin vertrauensvoll auf die Arbeit des Parlaments hoffen. Dass es irgendwann auch den Föderalismus kakanischen Zuschnittes und Ausmaßes abschaffen wird, ist dann nur noch eine Frage der Zeit.

SCHRECKLICHES

Vier österreichische Zuhälter namens Prazberan, Petrakewitz, Serzik und Sevzik waren in den 1960er-Jahren in Hamburgs Rotlichtviertel St. Pauli äußerst erfolgreich und zwanzig Jahre später mischte ein weiterer Österreicher am Kiez kräftig mit. Josef Peter N., eigentlich in Klagenfurt geboren, schaffte es dank seines Charmes, den die Hamburger und noch mehr die Hamburgerinnen als „Wiener Schmäh" verkannten, bis an die Spitze der Rotlichtszene in St. Pauli. Im Gegensatz zu dem in den 1970er-Jahren herrschenden Trend zu Muskeln hatte der „Wiener Peter" seine Prostituierten nicht eingeschüchtert, sondern, ganz wie man es von einem Österreicher erwarten würde, „eingekocht". Auch im Umgang mit den Konkurrenten unterschied er sich merklich. Statt diese bei Konflikten verprügeln zu lassen, wie es bis dahin ortsüblich gewesen war, schreckte der Kärntner zur Verwunderung der wohl ebenfalls nicht gerade verweichlichten Hamburger Kriminellen auch nicht vor Mord zurück. Als schließlich ein vom „Wiener Peter" gedungener Killer verhaftet wurde, wurde auch er gefasst und zu lebenslanger Haft verurteilt, kam aber 2001 frei und lebt jetzt auf Mallorca, wo er seinen Lebensunterhalt nach eigenen Angaben mit der Entwicklung von Handy-Apps bestreitet.

Von dem bereits erwähnten österreichischen Pragmatismus ist es nur ein kleiner Schritt zum Opportunismus und von dort ist es nicht weit zum Mitläufer- und Denunziantentum. Auch diese Eigenschaften haben in unserem Land eine lange Tradition und wurden oft nicht nur geduldet, sondern sogar von höchsten staatlichen Stellen gefördert und gefordert. Kaiser Joseph II. verlangte ganz offiziell von seinen Beamten, dass sie Faulheit und Korruption von Kollegen melden sollten. Die Vernaderung unbescholtener Bürger durch Wiener Hausbesorger, die ausreichend Eingang in die österreichische Literatur gefunden hat [vgl. zum Beispiel Doderer „Untergang einer Hausmeisterfamilie" und Doderer „Die Wasserfälle von Slunj"], gab es lange bevor das nationalsozialistische Regime Blockwarte installierte. Dass Hausmeister auch noch in den letzten Tagen des „Tausendjährigen Reiches" zu unerklärlichen Gräueltaten fähig waren, belegt das Beispiel des Portiers des Palais Salm in Wien. Ohne ersichtlichen Grund erschoss er sechs Personen, die er bis zum Tag der Eroberung Wiens durch die Rote Armee im Keller des Palais versteckt hatte, kurz nachdem er sie mit den Worten: „Der Krieg ist aus, die Russen sind da!" zum Verlassen ihres Unterschlupfs veranlasst hatte.

In Wien bezeichnet man einen Spaß auch gerne als Hetz. Wenige wissen, dass dieser Begriff seinen Ursprung in einer regelrecht organisierten Hetzjagd wilder Tiere hat, die im 18. Jahrhundert eine äußerst beliebte Volksbelustigung war und wofür es im Obersthofmeisteramt sogar ein eigenes Referat gab. Erst der Brand des k. k. privilegierten Hetzamphitheaters im dritten Bezirk, nahe der heutigen Hetzgasse, beendete das grausige Spiel. Dass das Vergnügen an Treibjagden damit nicht beendet war, zeigte sich auf fürchterliche Weise dadurch, dass es nur eines geringen Anstoßes von offizieller Seite bedurfte, um die Freude am Durch-die-Gassen-Hetzen der aus jüdischen Mitbürgern gebildeten Putztrupps wieder anzufachen.

Seinen gesellschaftlichen und politischen Aufstieg verdankt Adolf Hitler, man muss es leider feststellen, auch einigen Eigenschaften, von denen hier bereits als typisch österreichischen die Rede war. So konnte er seine politische Karriere in München unter anderem dank der Protektion einiger vermögender Fabrikantengattinnen finanzieren. Die „Damen aus den Häusern des Verlegers Bruckmann und des Pianofabrikanten Bechstein" bemutterten den zwar linkischen, aber gleichzeitig charmanten jungen Mann. Helene Bechstein brachte dem jungen NSDAP-Führer Benehmen bei und half ihm, sich modisch zu kleiden. Einmal gab sie Hitler die stolze Summe von 45.000 Mark als Darlehen, das er im gegenseitigen Einverständnis nie zurückzahlen musste. Gisevius schrieb über diese Phase am Beginn von Hitlers Karriere: „Kein Thyssen wird je soviel zahlen wie das Haus Bechstein […] Hitler wird durch diese Patronagen kreditwürdig." Der Jubel, mit dem Hitler Jahre später im März 1938 auf dem Wiener Heldenplatz von vielen, zu vielen Österreichern lautstark begrüßt wurde, hängt neben einer ganzen Reihe anderer Gründe auch mit der Tatsache zusammen, dass man hier mehr von jenen hält, die es „draußen" in der Welt zu etwas gebracht haben.

Dass das schon im Biedermeier so gewesen sein muss, beweist der Text eines Couplets aus dem Singspiel „Die moderne Wirtschaft und Don Juans Streiche" von Wenzel Müller und Adolf Bäuerle, das „zum ersten Mahl unter dem Titel ‚Der neue Don Juan' zum Benefiz des Herrn Walter im Theater an der Wien am 24. October 1818" aufgeführt wurde. In einer Bearbeitung des dortigen Schlusschors heißt es:

„Kummst von fern, sogt er
frisch nach Wien, sogt er
sans vor Freud, sogt er
völlig hin, sogt er
Gott behüt, sogt er
Bist aus Wean, sogt er
Hams di durt, sogt er
Net so gern!
Einen Mann, sogt er
Der was kann, sogt er
Schauns bei uns, sogt er

Gor net an, sogt er
Is a hin, sogt er
War er uns'rer, sogt er
Das ist Wien!"

Der Titel von Bäuerles „Posse mit Gesang in zwey Acten" bezieht sich im Übrigen auf die Machenschaften eines der Protagonisten, der als „Negoziant" und „Speculant" in der Wirtschaftskrise nach den napoleonischen Kriegen zu schnellem
Reichtum gekommen ist, sich aber im Laufe der Handlung als
Blender und Bankrotteur erweist. Schuß, dessen Tochter den
Sohn des Negozianten Horst heiraten soll, kommentiert die
herrschende Wirtschaftslage mit den treffenden Worten: „In
den Tagen der Speculation ist gut leben", da sogar „der Fleisch-
hacker der Bank [entflieht] und auf die Börs' [geht]". Zu seiner Zeit wären die Dinge anders gelegen, räsoniert er: „[...] der
Schneider hat sich nur mit der Nadel, der Schuster nur mit der
Ahl was verdient" und man ist „einem Banqueruteur wie einem
Pestkranken ausgewichen". Ironie des Schicksals: Bäuerle, der
seit seinem 18. Lebensjahr Herausgeber der „Wiener Allgemeinen Theater-Zeitung – Originalblatt für Kunst, Musik, Literatur,
Mode und geselliges Leben" war, hatte sich, um sein Blatt mit
teuren handkolorierte Kupferstichen schmücken zu können, in
die Hände unnachgiebiger Geldgeber begeben, was letztlich zu
seinem finanziellen Ruin führte.

Naturgemäß blendet man als gebürtiger, gelernter oder ernann-
ter Österreicher diese Schattenseiten der österreichischen Seele
gerne aus. Mauthe hat in seinem Nachdenkbuch zwar allerlei
„unheimliche und schreckliche Berichte" aufgezeichnet, die
Frage aber, wie und wo unter anderem Adolf Hitler (und seine
vielen österreichischen Helfer) in dieses Genrebild Österreichs
einzuordnen seien, dem Fingerspitzengefühl des „Interministeriellen Komitees für Sonderfragen" überlassen. Gerade einem
Bericht über eben dieses verdanke ich eine mögliche Erklärung.

Als ich eines Abends einigen meiner Freunde vom Vorsitzenden des Komitees, dem Legationsrat Dr. Tuzzi nämlich, erzählte und ihn als Vertreter eines höheren, wenn nicht gar eines hehren österreichischen Prinzips apostrophierte, wurde ich mit der Frage konfrontiert, wie denn nun Qualtingers „Herr Karl" und Adolf Hitler in das von mir so rosig gemalte Bild Österreichs passten. Nun gibt es für einen enthusiastischen Österreicher wenig Schlimmeres als auf genau jene Frage eine Antwort geben zu müssen. In diesem Moment fiel mir ein Satz von Axel Corti aus dem Booklet zu seiner Verfilmung von Franz Werfels Roman „Eine blaßblaue Frauenschrift" ein. „Alles, was in diesem Leben geschieht, geschieht aus Angst vor Schmerz", schrieb er dort. Das beinhaltet zwar keine Rechtfertigung, doch aber eine Erklärung. Denn es legt den Verdacht nahe, dass jener Opportunismus, für den der „Herr Karl" beispielhaft steht und der zu einem Gutteil für den Aufstieg und Erfolg Hitlers maßgeblich war, die Kehrseite der österreichischen Medaille ist, die durch Flexibilität und Anpassungsfähigkeit an widrige Umstände geprägt ist.
Eine weitere Erklärung verdanke ich Inge Merkel. In ihrem Roman „Das andere Gesicht" lässt sie am Tag des Jüngsten Gerichts die Magna Mater mildernde Umstände für die Wiener erbitten und begründet ihre Intervention damit, dass man in Wien vom „Natterngift der Schönheit berauscht" sei und fortan davon trunken durch die allzu kurzen Tage der irdischen Existenz torkele und demnach nur teilweise zurechungsfähig sei.

DAS PHÄAKENTUM
DER ÖSTERREICHER

Hermann Bahr schrieb kurz nach dem Ersten Weltkrieg in „Kritik der Gegenwart": „Was bleibt denn Wien eigentlich noch? Es war die Kaiserstadt. Es war die Hauptstadt eines großen Reiches. Es war ein Wahrzeichen der barocken Welt. Die Welt ist längst nicht mehr barock, der Kaiser ist weg, das Reich ist weg. Es bleibt die Hauptstadt von Niederösterreich. Und seine Schönheit, Anmut und Laune bleibt ihm, für die nur leider aber keine Zuschauer mehr da sind; und gerade Wien hat immer sehr den Zuschauer gebraucht, für den und an dem es immer erst zu voller Entfaltung kam! Wien ohne den Zuruf eines begeisterten Publikums, Wien vor leeren Bänken, Wien mit sich allein?"
Nun, Wien ist schon lang nicht mehr mit sich allein und die Bänke sind wieder dicht besetzt. Daher macht Wien, macht Österreich, was es immer schon gut konnte. Es inszeniert sich selbst, es bietet seinen Besuchern und Bewohnern größere und kleinere Spektakel. Man geht in die Burg, in den Musikverein oder auf den Life-Ball und tanzt wieder einmal (oder noch immer) am Vulkan. Dazu genießt man wahlweise einen G'mischten Satz oder einen Zweigelt und ignoriert, so lange es geht, den ATX und den Wechselkurs des Schweizer Franken.
Apropos Burgtheater: Sollte es noch weiterer Beweise für den Stellenwert dieser Bühne und seines Direktors bei den Wienern bedürfen, so kann ich an dieser Stelle einige liefern. Schon Wochen vor seinem Amtsantritt wurde Matthias Hartmann bei einer Straßenbefragung anhand von Porträtfotos von den meis-

ten Wienern erkannt. In einer Talkshow erzählte er, dass ihm bei einer Taxifahrt mit Peter Turrini vom Fahrer ein selbstverfasstes Manuskript für ein Theaterstück in die Hand gedrückt worden war und dass ihm ein Gast in einem Lokal eine Flasche Rotwein hatte bringen lassen, um sich für das erste Jahr seiner Intendanz zu bedanken. Konsequenterweise löste auch Hartmanns unfreiwilliger Abgang von der Burg große Emotionen aus. In einer Radio-Sendung konstatierte der aus der Schweiz stammende Schauspieler und Ensemblesprecher des Burgtheaters Roland Koch, dass Österreich ein Spezialfall und die Burg kein normales Theater sei. Dies zeige sich daran, dass selbst Menschen, die von sich behaupteten, noch nie dort gewesen zu sein, weil sie nach eigener Einschätzung gar nicht dorthin passten, die Berichterstattung über die Vorgänge im Burgtheater gebannt verfolgten. Beate Meinl-Reisinger, Vorsitzende des parlamentarischen Kulturausschusses, meinte in derselben Diskussion, dass in der Wiener Gesellschaft Liebe und Vernichtung das Burgtheater betreffend eng beieinander lägen. Besorgniserregende Manifestationen der mit dem bedeutendsten Theater im deutschen Sprachraum und seinem Direktor verknüpften Befindlichkeiten stellen wohl die Anpöbelungen, denen Hartmanns Kinder nach der Entlassung ihres Vaters ausgesetzt waren, sowie der mutmaßlich gezielte Schuss auf sein Auto dar.

Auch viele Herrscher aus dem Hause Habsburg widmeten sich gern den schönen Künsten. Man liebte rauschende Feste und pompöse Opernaufführungen. Anlässlich der Hochzeit der spanischen Infantin Margarita Teresa im Jahr 1666 wurde im Areal des heutigen Burggartens eigens ein hölzernes Opernhaus mit drei Rängen und einem Fassungsvermögen von 5.000 Besuchern aufgebaut und kurze Zeit später wieder abgerissen.

Am 14. Jänner 1765 wurde im Schlosstheater von Schönbrunn anlässlich der Vermählung des damaligen Erzherzogs und späteren Kaisers Joseph II. mit seiner zweiten Frau Maria Josefa von Bayern die Oper „Il parnasso confuso" von Christoph Willibald Gluck uraufgeführt. Bemerkenswert ist die Mitwirkung von nicht weniger als vier österreichischen Erzherzoginnen, nämlich Maria Elisabeth, Maria Caroline und Maria Josefa in den Partien der Musen Melpomene, Euterpe und Errato sowie des Apollo (Maria Amalia in einer Hosenrolle). Geleitet wurde die Aufführung von Josephs Bruder und späterem Nachfolger auf dem Kaiserthron Erzherzog Leopold. Die Erfolglosigkeit der Musen in dieser Oper wurde von Reinhold Kubik treffend mit dem Scheitern der Musil'schen Parallelaktion verglichen.

Dass man in Wien schon kurz nach den Verheerungen der napoleonischen Kriege zu feiern verstand, dokumentiert die Anzahl von mehr als 1.500 Bällen, die im Fasching des Jahres 1821 in Wien abgehalten wurden. Es ist also zumindest eine unzulässige Verkürzung der Tatsachen, wenn das Biedermeier als eine Zeit der reinen Introvertiertheit geschildert wird.

Ein weiteres Indiz für die Bedeutung der Kunst in Österreich kann darin gesehen werden, dass gelegentlich sogar Staatsangestellte, einen einflussreichen Bewunderer vorausgesetzt, zwecks Förderung der Kreativität Sonderbehandlungen erfahren können. Franz Grillparzer erhielt nach den Erfolgen von „Ahnfrau" und „Sappho" Urlaub für eine Italienreise, den er von dort aus immer wieder verlängerte. Als er nach zweijähriger Abwesenheit von seiner Dienststelle, der „Allgemeinen Hofkammer", um eine weitere Urlaubsverlängerung auf unbestimmte Zeit einkam, ließ ihn 1821 sein Gönner, Finanzminister Graf Stadion, kurzerhand in sein Ministerium versetzen, um solcherart dem Wunsch des Dichters besser entsprechen zu können. Außerdem erhielt er ab 1823 eine Stelle als Hofkonzipist, die besser bezahlt war und außerdem einen Dienstbeginn erst um zwölf Uhr vorsah. Eine Tagebucheintragung des Dichters vom 19. Februar 1829 bestätigt, dass der Dienst, den Grillparzer versah, ein leichter war: „Um 12 Uhr ins Büro. Keine Arbeit vorgefunden." Auch im Hofkammerarchiv, dessen Leitung er 1832 übernommen hatte, gedachte er „und zwar gerade im Amtslokale, etwas Poetisches zu arbeiten".

An anderer Stelle notierte er: „Dieses Herumstöbern in alten Akten, dieser geschäftige Müßiggang des Beamtenlebens, hat in meiner gegenwärtigen Stimmung etwas Erquickendes."

Nicht nur das Sprechtheater hat einen enormen Stellenwert in unserem kleinen Land. Die Musik ist mindestens ebenso wichtig für das Selbstverständnis Österreichs. Dass man selbst bei der Ausbildung junger Talente bereit ist, das Unmögliche möglich zu machen, zeigt eine Anekdote, die Professor Josef Wallnig vom Mozarteum in Salzburg zu erzählen weiß. Bei einem Vorsingen im Rahmen der Aufnahmsprüfungen war er vom Talent des jungen Countertenors Fritz Spenger so begeistert, dass er ihn unbedingt in seine Musikhochschule aufnehmen wollte. Allein, eine solche Stelle existierte nicht. Ein Telefonanruf im zuständigen Ministerium in Wien genügte nach Aussagen Wallnigs, um eine entsprechende Ausbildungsmöglichkeit kurzerhand zu schaffen! Die Wechselwirkung zwischen Kunst und Wirtschaft lässt sich am Beispiel des Theaters an der Wien zeigen: Es stand durch die Wirtschaftskrise des Jahres 1873 knapp vor dem Bankrott. Die Rettung des Hauses am Naschmarkt erfolgte durch den Erfolg der Operette „Die Fledermaus", die in nur wenigen Tagen komponiert worden war. Nebenbei wurde die Textzeile „Glücklich ist, wer vergisst, was nicht mehr zu ändern ist" zu einer der heimlichen Hymnen dieser Republik.

Dass Kunstgegenstände auch Gegenstand von Korruption sein können, ist eher selten der Fall; in Österreich kann es vorkommen: Die Ernennung Sigmund Freuds zum Professor wurde lange von einflusseichen Kreisen verhindert. Trotz mehrmaliger Interventionen, u. a. des berühmten Philologen Heinrich Gomperz, gelang es erst der Baronin Marie von Ferstel, der Frau eines Diplomaten, die Berufung Freuds durch einen Tauschhandel mit dem Wissenschaftsminister Wilhelm von Hartel zu erwirken. Dieser forderte und erhielt schließlich im Gegenzug für das Ernennungsdekret das in ihrem Besitz befindliche Bild „Die Burgruine" von Arnold Böcklin für die kurz zuvor errichtete Moderne Galerie.

Vor allem am Wiener Rathausplatz, ursprünglich als Erholungs-gebiet an der Stelle der Glacis errichtet, aber auch auf dem Platz zwischen Löwelstraße, Burgtheater und Café Landtmann, dem ursprünglichen „Paradeisgartl", finden beinahe das ganze Jahr über Veranstaltungen oder Events statt, die sich bei den Wie-nern großer Beliebtheit erfreuen. Am Christkindlmarkt öffnen mittlerweile sieben Wochen vor Weihnachten die Punschhütten und Ramschbuden, nach dem Silvesterpfad werden der Rathaus-platz und der umliegende Park für mehrere Wochen in einen Eislaufplatz verwandelt, ehe meterhohe Sandberge aufgeschüttet und nach drei Tagen wieder abgetragen werden, um für das „Bike-Festival" Platz zu schaffen. Schon in der nächsten Woche erfolgt der Aufbau für den „Steiermarkfrühling". Kurze Zeit später werden die Wiener Festwochen eröffnet, in deren Verlauf meist auch die größte Wohltätigkeitsveranstaltung Europas zu-gunsten von HIV-Infizierten, der Life-Ball, vor und im Rathaus über die Bühne geht. Dann folgt die Wiener Radwoche mit der Radarena, und bevor das Burgtheater seine Spielzeit beendet, wird „Rund um die Burg" österreichische Literatur (vor-)gele-sen. Mit Beginn der Sommerferien (in Schulen, Universitäten und im Parlament) werden am Rathausplatz neuerlich Buden und Sessel aufgestellt und das Publikum genießt internatio-nale Kulinarik mit Musikberieselung oder konsumiert Opern-aufzeichnungen mit einem Snack in der Hand.

Lustbarkeiten für den gern zitierten „kleinen Mann" hat es in Wien aber schon lange vor der Zeit gegeben, als man im roten Rathaus erkannt hatte, dass es die Wiener einem nicht vergeben, wenn man „um ein Spektakel sie betrog" (Schiller: „Die Picco-lomini") und sich daher darüber den Kopf zerbrochen hatte, wie man das Wahlvolk bei Laune halten könnte. Im Herbst 1264 veranstaltete der Böhmenkönig Ottokar anlässlich der Hochzeit seiner Nichte Kunigunde mit dem ungarischen Prinzen Béla in der Gegend zwischen dem heutigen Erdberg und Schwechat ein zweiwöchiges Fest. In dessen Verlauf war es der Bevölkerung gestattet, von langen Tischen, die täglich neu mit Speisen und Getränken gedeckt wurden, so viel zu essen und zu trinken, wie sie wollte. Etwa hunderttausend Menschen verzehrten schier unvorstellbare Mengen. Dieses Gelage kostete zwanzigtausend Rindern und zehntausend Schweinen das Leben und getrunken wurden fünf Millionen Liter Wein!

Im Zusammenhang mit dem Phäakentum Österreichs kann das Zeitalter des Barock nicht unerwähnt bleiben. Der Publizist Alfred Missong sen. sagte darüber in einem 1951 in Zürich gehaltenen Vortrag: „Der deutsche Kulturhistoriker Oskar Schmitz behauptet in seinem 1924 erschienenen Buch ‚Der österreichische Mensch‘ sehr treffend, dass das Barock als Versinnlichung des Erhabenen und Erhebung des Sinnlichen dem österreichischen Menschen geradezu wie angegossen passe, dass es gewissermaßen die reinste Ausdrucksform österreichischen Kulturwillens sei. Nur dort, wo Lebenszugewandtheit, Lebensbejahung, Lebensmut und Lebensfreude so selbstverständlich zu Hause sind wie in Österreich, konnte die Barockkultur den für sie notwendigen Nährboden finden. Allerdings muss hier unbedingt darauf hingewiesen werden, dass das Barock keine weltimmanente Lebensfreude, keinen bloß dem Zeitlich-Irdischen verhafteten Drang nach Pracht und Fülle künstlerisch verleibt, sondern dass es vielmehr die beiden Welten – Diesseits und Jenseits, Immanenz und Transzendenz – in genialer Weise zusammenfasst und so zur Verkörperung einer im Tiefsten religiös begründeten Heiterkeit und Lebenslust wird. Nicht umsonst ist ja das Barock der Stil der Gegenreformation, also eine wesenhaft katholische Schöpfung, die noch dazu die dezidierte Antwort auf protestantische Formverachtung und Bilderstürmerei darstellt.“

Bezeichnenderweise erlebt das Barock derzeit eine Renaissance. Im Jahr 2013 wurde im Belvedere eine Ausstellung mit dem Titel „Barock since 1630“ gezeigt. Einer der Beweggründe der Kuratoren war es, eine österreichische Marke zu internationalisieren, was wohl als weiterer Beitrag zur Verösterreicherung gesehen werden kann. Auch in dem mit Millionenaufwand renovierten Schloss Hof setzt man auf eine Wiederbelebung der barocken Lebensfreude und veranstaltet Feste und Bälle, deren Dresscode Reifröcke und gepuderte Perücken vorsieht. Auf dem Gebiet der bildenden Kunst hat Hermann Nitsch mit seinen Mysterienspielen schon vor Jahrzehnten opulente Inszenierungen populär gemacht. Tarockanien (der Begriff stammt übrigens nicht von Herzmanovsky, dieser hatte die Handlung seines Romans „Maskenspiel der Genien" in der „Tarockei" angesiedelt, um den Bezug Österreichs zu Byzanz zu verdeutlichen, sondern von seinem Herausgeber Friedrich Torberg) wird also auch wieder zu „Barockanien". Dass eben diese Wiederbelebung des barocken Lebensstils, die paradoxerweise von einer gleichzeitig zu beobachtenden neuen Lust an der Askese und am Minimalistischen begleitet ist, ein Warnsignal sein kann, legt die Ähnlichkeit des aktuellen Lebensgefühls mit dem des Fin de Siècle nahe. Hilde Spiel schrieb darüber: „Zuweilen bildet sich in der Wiener Wesensart, sonst von einer gewissen natürlichen Eleganz, ein exzessiver Wulst heraus, etwas Wildes und balkanisch Ungebärdiges, fern der Klassik und auch dem Barock nicht verwandt. Jetzt, inmitten der sogenannten Gründerzeit, schien die Stadt wieder einmal auf hybride Weise an den Tag zu legen, dass sie mehr sein wollte als die Residenz des österreichischen Kaisers: die Hauptstadt Europas, die Hauptstadt der Welt. […] Auf die Weltausstellung folgte sogleich dieser ‚schwarze Freitag', zu dessen Todesopfern – die Selbstmorde reichten von Dienstboten bis zum Erzherzog – sich bald die zweitausend Opfer der […] eingeschleppten Cholera gesellten. Wien hatte sich verspekuliert. Doch weiter wütete in der lebenslustigen Stadt das Fieber der Feste." Wie so oft brachte Johann Nestroy das entsprechende Lebensgefühl mit einem Satz auf den Punkt: „Kurzum, oben und unten sieht man, es geht rein auf'n Untergang zu."

WAS ÖSTERREICH SEIN KÖNNTE: VON DER VERSUCHSSTATION FÜR WELTUNTERGÄNGE ZU EINER FÜR WELTANFÄNGE

Zwei Österreicher zeichnen für die zwei Weltuntergänge des zwanzigsten Jahrhunderts verantwortlich. Der greise Kaiser Franz Joseph, der von seinen Militärs zur Kriegserklärung an Serbien, die er schließlich am 27. Juli 1914 in der Sommerfrische in Ischl unterzeichnete, gedrängt worden war und der das Oberkommando über die k. u. k. Armee in die Hände Erzherzogs Friedrichs übergab, und der vergleichsweise jugendliche „Führer" Adolf Hitler, der den anfänglichen Widerstand der Wehrmachtsführung erst brechen musste, indem er das von ihm geschaffene Oberkommando der Wehrmacht selbst übernahm, bevor er am 31. August 1939 seine „Weisung Nummer 1 zur Kriegsführung" geben konnte. Am Anfang beider Weltuntergänge standen übrigens vermeintliche Überfälle „feindlicher" Mächte, im ersten Fall der Serben, im zweiten Fall der Polen, die als Vorwand für die längst beschlossenen Angriffe dienten.

Der in Linz aufgewachsene und nach dem Verbot der NSDAP nach Deutschland ausgewanderte Adolf Eichmann wurde nach dem Anschluss Österreichs nach Wien versetzt. Dort errichtete er mit der „Zentralstelle für jüdische Auswanderung in Wien" eine weitere „Versuchsstation", in der er erstmals in großem Maßstab seine Methoden zur anfänglichen Vertreibung und späteren Vernichtung der jüdischen Bevölkerung erprobte. Nicht zuletzt durch die oftmals in vorauseilendem Gehorsam kooperierende österreichische Bevölkerung gelang es ihm, in weitaus kürzerer Zeit weitaus mehr Juden zu vertreiben, als er selbst geplant hatte. Die Wiener „Erfolge" führten dazu, dass er im darauffolgenden Jahr den Auftrag erhielt, in Prag eine „Auswanderungsbehörde" nach Wiener Vorbild zu etablieren und ab 1940 mit der Leitung der „Reichszentrale für jüdische Auswanderung" in Berlin betraut wurde.

Eines der aktuellen Probleme Europas mit Weltuntergangspotenzial ist zweifellos die hohe Zahl an Arbeitslosen und vor allem die Jugendarbeitslosigkeit. Obwohl die Situation an die Jahre vor den beiden Weltkriegen erinnert und es Anfang 2014 seitens des „World Economic Forum" Warnungen gab, dass die erheblichen Einkommensunterschiede in den westlichen Industrieländern ein enormes Risiko für kaum mehr kontrollierbare Unruhen bergen, wird die soziale Sprengkraft dieses Problems teilweise noch immer unterschätzt. Im Jänner 2013 betrug die Jugendarbeitslosigkeit EU-weit 23,2 %, das waren in absoluten Zahlen 5,5 Millionen registrierte Jugendliche ohne Arbeit. In Griechenland und Spanien waren es gar über 55 %. Zählt man jene 15- bis 24-Jährigen dazu, die weder einen Studien- noch einen Ausbildungsplatz haben, waren 7,5 Millionen junge Europäer ohne Job. Und wir werden uns darauf einstellen müssen, dass die Diagramme der Wirtschaftsentwicklung in den nächsten Jahren weiterhin nach unten zeigen oder bestenfalls um die Nulllinie schwanken werden. Gesellschaftspolitisch ist das insofern höchst problematisch, als sich viele Jugendliche zu Recht um ihre Zukunft betrogen sehen; ein Zustand, der soziale Unruhen fördert.

Die Gründe für die aktuelle Krise sind sicher mannigfaltig und teilweise systemimmanent. Namhafte Wirtschaftswissenschafter sehen jedenfalls einen Hauptgrund für die aktuellen Probleme der Finanz- und Realwirtschaft, die wiederum für die hohe Arbeitslosenrate verantwortlich sind, in den Folgen des Neoliberalismus. Hier ergibt sich auf spannende Weise eine Parallele zur Kybernetik.

Der Begriff stammt von Norbert Wiener, der zwar in den USA geboren wurde, vermutlich aber doch alt-österreichische Vorfahren hatte. Die Kybernetik ist die Wissenschaft der Regeltechnik und umfasst so unterschiedliche Einzeldisziplinen wie Kommunikation und Spieltheorie. Der österreichische Wissenschafter Heinz von Foerster war wesentlich an der Etablierung der Kybernetik in der akademischen Welt beteiligt. Ein wichtiges Element in der Regelung von Maschinen (aber auch anderen regelbaren und zu regelnden Prozessen) ist der Watt'sche Dampfregler oder auch Fliehkraftregler. Diese Regler wurden bereits im 18. Jahrhundert verwendet, um ungleichmäßig einwirkende Kräfte in Maschinen, die gleichmäßige Arbeitsvorgänge ausführen sollen, zu kompensieren. So fanden sie Anwendung in Mühlen und Dampflokomotiven, wo sie die Schwankungen des Windes oder der Dampfzufuhr ausglichen. Ihre Funktion beruht auf dem Prinzip der sogenannten negativen Rückkopplung. Das bedeutet, dass bei für das System zu starken oder zu schwachen Kräften diese entweder abgeschwächt oder verstärkt werden, um Schäden zu vermeiden. Der Fliehkraftregler drosselt also einerseits zu starke Eigendynamik und vermeidet andererseits den Stillstand des Systems. Das Geniale daran ist der Umstand, dass die Maschine selbst die Information liefert, die dazu nötig ist, sie zu steuern. Dies macht es aber auch schwierig, Ursache und Wirkung, Signal und Reaktion zu unterscheiden.

Soziale Netzwerksysteme und neoliberal deregulierte Märkte, die ausschließlich über positive Rückkopplung zu steuern sind, können sich (ähnlich wie Brückenkonstruktionen, wenn sie mit ihrer Eigenfrequenz zum Schwingen angeregt werden) mit hoher Geschwindigkeit aufschaukeln und haben ähnlich wie Krebsgeschwülste eine Tendenz zu fataler Unkontrollierbarkeit. Schon John Maynard Keynes hat die Wirtschaft bekanntlich mit einer Maschine verglichen. Nach seiner Ansicht bestehe die Aufgabe des Kapitalismus im Grunde in der Beseitigung von Mangel. Daher war er auch davon überzeugt, dass der Kapitalismus sich am Ende selbst abschaffen würde. Dieses Prinzip der negativen Rückkopplung wiederum entspricht dem 2. Grundsatz der Thermodynamik, dem zufolge es keine Maschine geben kann, die ohne Zufuhr von externer Energie arbeiten kann. Neoliberale Wirtschafts- und Finanzpolitik besteht nun aber im genauen Gegenteil. Um den zur Gewohnheit gewordenen Trend nach oben nicht zu unterbrechen, begannen die USA und etwas zeitversetzt auch Europa und Asien auf ausschließlich positive Rückkopplung zu bauen. Das heißt, in Zeiten prosperierender Wirtschaft wurde darauf verzichtet, Steuern und Zinsen ausreichend zu erhöhen. Dadurch erhofften sich Politiker diesseits und jenseits des Atlantiks eine weitere Ankurblung des ohnehin schon auf Hochtouren laufenden Konsums sowie ihre Wiederwahl. Fatalerweise wurde den Wählern zusätzlich suggeriert, dass der Markt alleine alles regeln würde und staatliche Eingriffe im Sinne des „deficit spending" oder auch des Austrokeyensianismus übel beleumundet seien. Da die meisten Bewohner westlicher Industriestaaten in den vergangenen Jahrzehnten ausreichend mit allem, was man für ein bequemes Leben braucht, versorgt worden waren, ließ sich auf diese Weise jedoch kaum noch Profit erwirtschaften. Daher wurde einerseits der Aufwand für die Vermarktung neuer Produkte immer weiter erhöht, was anderseits dazu führte, dass die Konsumenten kaum mehr Platz für die von ihnen zunehmend mit geliehenem Geld finanzierten „must haves" hatten, sodass „Selfstorage"-Anbieter zunehmend mit Stauraum Gewinne machen konnten. In weiterer Konsequenz wurde mit der gänzlichen Deregulierung der Finanzmärkte der Fliehkraftregler kurzgeschlossen, indem man Finanzprodukte entwickelte, die fortlaufend aus (mittlerweile meist nur virtuell „existierendem") Geld immer noch schneller immer noch mehr Geld machen sollten. Wie weitblickend mutet es in diesem Zusammenhang an, dass der österreichische Ökonom Joseph Schumpeter bereits in den 40er-Jahren das Paradox der „schöpferischen Zerstörung" des Kapitalismus entdeckte und sich österreichische Schriftsteller wie H. C. Artmann und Gerhard Rühm schon vor 50 Jahren literarisch mit dem Thema „Kybernetik" auseinandersetzten.

Üblicherweise empfindet es der Österreicher als eine Zumutung, sich um Dinge wie das BIP und den ATX kümmern zu müssen. Lieber diskutiert er wahlweise die Leistungen der Netrebko oder der Nationalmannschaft. Allein der ihm ebenso eignende Spieltrieb macht ihn gelegentlich anfällig für Fremdwährungskredite und Termingeschäfte. Das auch deshalb, weil er sich gleich dem liederlichen Kleeblatt schnelles Geld für sorglosen Genuss erhofft, um dann endlich in Ruhe seinen Aktivitäten bei Tarockrunden, Schrebergartensitzungen, Schitouren und Schützenvereinen frönen zu können.

Mauthe hat in seiner Essaysammlung „Der Weltuntergang zu Wien" aufgezeigt, dass diese Republik aus einer Vielzahl von Gründen dazu prädestiniert scheint, Krisen abzuwehren oder zu überstehen. Dies unter anderem deshalb, weil es uns Österreichern genetisch engrammiert zu sein scheint, den Spagat zwischen katholisch barocker Opulenz und protestantisch klassizistischer Geradlinigkeit, zwischen Überfluss und Mangel, himmelhoch jauchzender Euphorie und mieselsüchtiger Todessehnsucht, Fortschritt und Stillstand irgendwie zu schaffen, ohne dabei den Verstand zu verlieren. Und dabei auch noch halbwegs gute Figur zu machen.

In einem ZEIT-Interview zum Thema Energiesicherheit sagte Jochen Homann von der Bundesnetzagentur in Deutschland: „Es lässt sich immer eine Situation denken, für die es keinen Krisenplan gibt." Und der Autor des Buches „Blackout", Marc Elsber, könnte an eines der österreichischen Talente gedacht haben, als er meinte: „Wir sollten auf die Fähigkeit vertrauen, im Katastrophenfall zu improvisieren." Er bestätigte jedenfalls damit die Einschätzung eines Landsmannes. „Er hat immer eine Lösung, wo der Deutsche längst behauptet, es gehe nicht. Der Balkan ist eben dicht dran", sagte der Bahnmanager Rüdiger vorm Walde über seine ersten geschäftlichen Erfahrungen in Österreich.

Dass es möglich ist, als eines der kleinsten Länder der Europäischen Union trotz oder gerade wegen der sich aus dieser Mitgliedschaft ergebenden Interdependenzen und Abhängigkeiten kreativen Denkansätzen zum Durchbruch zu verhelfen, hat nicht zuletzt eine österreichische Finanzministerin dadurch gezeigt, dass die von ihr für das heimische Budget schon antizipierte Finanztransaktionssteuer in einem Teil der Euro-Zone tatsächlich eingeführt werden konnte. Man kann in diesem Zusammenhang vielleicht sogar von einem erfolgreichen Beispiel der „Als-ob-Politik" im Sinne Mauthes oder der im besten Sinne selbsterfüllenden Prophezeiung sprechen. Unter diesem Aspekt kann auch die Forderung des EU-Abgeordneten Hannes Swoboda gesehen werden, der von der Bundesregierung erwartet, europaweit „noch viel offensiver" für das österreichische Modell der Sozialpartnerschaft zu werben.

Daher besteht nach meinem Dafürhalten ein gewisser Optimismus, dass auch in anderen gesellschaftspolitisch relevanten Fragen die viel zitierten „österreichischen Lösungen" Platz greifen könnten. Entgegen vielen Unkenrufen, dass solche fiskalpolitischen Maßnahmen dem Wirtschaftsstandort Österreich schaden würden, belegen die vom Wirtschaftsminister im Februar 2012 präsentierten Zahlen über Betriebsneuansiedlungen eine andere Realität. Die Gründe jener 201 Unternehmen, die 2012 ihre Standorte in Österreich eröffnet haben, sind genau jene Assets, die unser Land beispielgebend wirken lassen sollten für Europa: Qualifikation der Mitarbeiter, Sicherheit in juristischen und gesellschaftspolitischen Aspekten und Infrastruktur. Da sich diese Parameter in vielen Nachbarländern gerade in Zeiten der Krise verschlechtert haben, kann man Österreich durchaus als Krisengewinner bezeichnen.

Die Voraussetzungen für eine mögliche Vorbild- und Vorreiterrolle Österreichs sind so schlecht nicht. Dieser Meinung war auch Joseph Roth, der in den 30er-Jahren des 20. Jahrhunderts im Pariser Exil von Österreich als „Versuchsstation der Übernationalität" gesprochen hat, weil es ihm noch oder schon zu Kaisers Zeiten ermöglicht habe, „ein Patriot und ein Weltbürger zugleich zu sein", wie er im Vorwort zum „Radetzkymarsch" schrieb. Nach unbestätigten mündlichen Berichten von regierungsnahen Experten der amerikanischen Administration galt der Zerfall der Habsburgermonarchie dort in den 1980er-Jahren als Lehrbeispiel für die Ereignisse vor und während des Endes der Sowjetunion. Nicht zuletzt aufgrund ihrer dafür idealen Größe, Struktur und geopolitischen Lage hat die Republik ihren Ruf als „kleine Welt, in der die große ihre Probe hält" zu Recht erhalten und behaupten können. Matthias Hartmann, als Burgtheaterdirektor eine österreichische Instanz, sprach im Zusammenhang mit seinen Österreich-Erfahrungen davon, dass Kakanien als „Labor der Moderne" gesehen werden könne. Außerdem weiß man in Österreich nicht erst seit den Tagen der österreichischen Parallelaktion, was der Sektionschef Tuzzi so treffend mit den Worten *„Natürlich ist es komplizierter"* zusammengefasst hat. Denn damit hat er die Quintessenz dessen, was nicht nur Österreich, sondern eine globalisierte Welt ausmacht, destilliert. Dass die Dinge nicht mehr ganz klar voneinander zu trennen sind, weil sie ineinanderfließen und -greifen, hat auch Jörg Mauthe vorausgeahnt und an mehreren Stellen mit dem Terminus „Interdependenzen" bezeichnet. Seit einigen Monaten trägt die seit mehr als 310 Jahren erscheinende und damit älteste Tageszeitung der Welt, die „Wiener Zeitung", diesem Umstand Rechnung, indem sie die klassische Ressorteinteilung in Inneres, Äußeres, Wirtschaft etc. aufgegeben hat und nun unter dem Slogan „Zusammenhänge verstehen" ganzheitlich berichtet. Am 23. Februar 2013 titelte sie (in Anlehnung an Musils „Mann ohne Eigenschaften"?) folgerichtig: „Die EU ist kompliziert, weil sie auch Kompliziertes leisten soll." Was wenige wissen:

Österreich ist demnach ein Land, in dem man beobachten kann, wie Spinozas Monismus täglich umgesetzt wird. Denn hierorts hat man instinktiv gelernt, dass alles Teil des Ganzen ist, was auch zu einem gewissen Grad zum hier gepflogenen Fatalismus beiträgt. Das österreichische Motto „Mir is' alles ans" hat seinen Ursprung in einem Theaterlied aus dem Stück „Die Büchse der Pandora" mit Musik von Johann Fuß aus dem Jahr 1818.

Schließlich könnten gerade die Dauer und das Ausmaß der aktuellen Krise, die eine Krise des westlichen Konsumdenkens ist, dazu geeignet sein, nicht länger „more of the same", sondern gänzlich neue Ansätze als Lösungsmöglichkeiten auszuprobieren. Dass solche, durchaus gewagte Experimente nur in einem politisch, wirtschaftlich und gesellschaftlich stabilen Kleinstaat mit Verankerung in einem Staatenbund möglich sind, liegt auf der Hand.

Es wird darum gehen, die vorhandene Arbeit, die noch für einige Jahrzehnte eng mit der menschlichen Würde gekoppelt sein wird, gerecht aufzuteilen und parallel dazu ein ganz neues System der Staatsfinanzierung zu erfinden. Eckpfeiler dessen müssen nachhaltiges Verhalten fördern und kurzfristige Gewinnmaximierung teuer machen. Da aber die Befriedigung individueller Wünsche eine menschliche Konstante ist, muss es gelingen, den gesellschaftlichen Konsens dahin zu leiten, dass nicht länger der das höchste Ansehen genießt, der in möglichst kurzer Zeit möglichst viel Lebensstandard (im kapitalistischen Sinn) anhäuft, sondern jener, der über ein Höchstmaß an Lebensqualität verfügt.

Da in Europa in absehbarer Zeit weiterhin bestenfalls mit niedrigen Wirtschaftswachstumsraten zu rechnen ist, wird es essenziell sein, den bestehenden Wohlstand zu verwalten und gerecht zu verteilen. Entgegen dem herrschenden intellektuellen Mainstream teile ich in diesem Zusammenhang die Meinung Mauthes, dass unser Land für diese Aufgabe geradezu prädestiniert ist. Schließlich haben wir in Schlüsselpositionen „Beamte, die das Administrieren mit einer Art von Wolllust zu betreiben imstande sind" und unsere Republik hat die optimale Größe und geopolitische Stellung, um völlig neue gesellschaftliche Konzepte auszuprobieren und im Erfolgsfall zu exportieren. Eine breitere Verteilung des Wohlstandes ist nicht nur der Erhaltung der sozialen Sicherheit zuträglich, sondern kann gerade dadurch auch finanziert werden. Denn in den kommenden Jahren ist es wahrscheinlich, dass sich viele Menschen mit großem Vermögen auf die Suche nach der sprichwörtlichen „Insel der Seligen" begeben werden, um ihr Kapital und ihre teilweise großen Familien in Sicherheit zu bringen, weil in ihren Herkunftsländern die politische, aber auch die ökologische Situation zunehmend unsicher wird.

Da es auch künftig weltweit Regionen geben wird, in denen Produktionskosten auf dem Rücken der Beschäftigten immer weiter nach unten gedrückt werden, ist es sinnvoll, in die Ausbildung der eigenen Bevölkerung zu investieren, und zwar vor allem im Bereich der „green jobs" und der gehobenen Dienstleistung. Der ökologische Tourismus muss weiter gefördert werden und medizinische Prophylaxe und Behandlung sowie umfassende Seniorenbetreuung auf höchstem Niveau und in exklusivem Ambiente sollten international angeboten und vermarktet werden. Voraussetzungen für das Interesse vermögender Menschen an einer Verlegung ihres Lebensmittelpunktes nach Österreich sind neben erstklassiger Infrastruktur eine intakte Umwelt mit ausreichenden Mengen an qualitativ hochwertigem Trinkwasser und die Bereitstellung adäquater Immobilien. Die Relevanz dieser Überlegungen lässt sich mit dem Hinweis auf das zunehmende Interesse von zwei der reichsten Österreicher am Erwerb von exklusiven Stadtpalais und Landschlössern untermauern.

DIE VERÖSTERREICHERUNG

Gleichzeitig zusammenfassend und vorwärts oder besser gesagt um sich blickend konfrontiert Mauthe den Leser seines Romans „Die große Hitze" auf den letzten Seiten mit der Feststellung, dass die von ihm erzählte Geschichte der Errettung Österreichs durch den Legationsrat Dr. Tuzzi im Grunde genommen nur ein Teil des bedeutenderen Prozesses der Verösterreicherung der Welt sei. Dieser Vorgang gehe mit lustvoller Demoralisierung einher (man denke an die Miniröcke tragenden Hostessen, die die arabischen Scheichs am Flughafen empfingen) und beginne „mit der plötzlichen und beglückenden Erkenntnis, dass nichts mehr wichtig oder vielmehr: dass alles gleich wichtig oder gleich unwichtig" sei.

Welche Österreich-Spezifika könnten dazu geeignet sein, um mittels Verösterreicherung die Welt ein wenig lebenswerter zu machen?

Die österreichische Sozialpartnerschaft entstand in den 1960er-Jahren als typisch österreichisches – und daher informelles – Modell der politischen Entscheidungsfindung unter Einbeziehung so unterschiedlicher Institutionen wie der Wirtschaftskammer, der Landwirtschaftskammer, des Gewerkschaftsbundes und der Arbeiterkammer. Laut Wikipedia dient sie „der außerparlamentarischen Konsensbildung in Bezug auf Wirtschafts- und Sozialthemen" und „war Ende des 20. Jahrhunderts nicht unwesentlich für den Ruf Österreichs als Insel der Seligen verantwortlich…". Ebenso wie die jahrzehntelang regierende Große Koalition verdankt die Sozialpartnerschaft ihre Entstehung der Einsicht, dass sich auch vermeintlich unvereinbare ideologische Gegensätze vereinbaren lassen. Über die Große Koalition, die die schlechteste Regierungsform nicht war und auch noch sein könnte, schrieb Jörg Mauthe einmal, dass sie „jede Partei in die nicht unangenehme Lage versetzte, gleichzeitig sowohl Regierungs- als auch Oppositionspartei zu spielen. Ein Zustand, der theoretisch völlig unmöglich war, in der Praxis aber jahrzehntelang funktionierte."

Das Lohn-Preis-Abkommen, auch eine spezielle Kreation der Sozialpartnerschaft, erweckte selbst bei unseren deutschen Nachbarn Interesse und Neugier. Mein Vater, der damals im Zuge der Akquisition österreichischer Betriebe in der Lackindustrie für den deutschen Hoechst-Konzern tätig war, fungierte aufgrund seiner ideologischen Wurzeln, wie er es ausdrückte, als „Linksverbinder" zu den Betriebsräten. Aufgrund dieser Vertrauensstellung zu den Gewerkschaftern in der Kommission konnte er ausloten, bis zu welcher Grenze diese den Forderungen der Industrie zu folgen bereit waren. Die Gewerkschafter bestanden jedoch aus Gründen der Optik und der Tradition darauf, bis ins Morgengrauen zu verhandeln. Ein weiterer Grund für dieses Spiel, das bis heute höchst professionell gespielt wird, war, dass es erst um vier Uhr in der Früh Bier, Gulasch und Würsteln gab. Die Einschätzungen meines Vaters waren so präzise, dass die beteiligte Lackindustrie schon am Vorabend die neuen Preislisten in Auftrag gab und diese daher am nächsten Tag für ihre Kunden parat hatte. Irgendwann erweckte dieses alljährliche Prozedere die Neugierde des Konzernvorstandes und mein Vater wurde zu einem Vortrag vor dem „Allerheiligsten" eingeladen. Der Vortrag dauerte allerdings nur kurz, denn der Vorsitzende fragte bald, wo und wie die Einrichtung des „Lohn-Preis-Abkommens" legistisch einzuordnen wäre. Diese Frage konnte mein Vater, obschon selbst Jurist, dem kopfschüttelnden Vorstandsvorsitzenden nicht erschöpfend beantworten, weil es dafür eben keine andere Grundlage gab als eben die des historischen Konsenses. Der Vorsitzende entließ ihn mit den Worten: „Machen Sie weiter wie bisher, aber versuchen Sie nie wieder, uns das zu erklären."

Diese ungewöhnliche Absprache von Löhnen und Preisen hat nicht unwesentlich zum österreichischen Wirtschaftswunder beigetragen. Es wird berichtet, dass Nikita Chruschtschow den österreichischen Bundeskanzler Raab einst nach dem Geheimnis des Aufschwunges Österreichs nach dem Zweiten Weltkrieg gefragt habe und zur Antwort bekommen hätte, dass der Unterschied zwischen dem deutschen und dem österreichischen Wirtschaftswunder darin läge, dass das deutsche hart erarbeitet sei, wohingegen das österreichische tatsächlich ein Wunder sei. Daran hat sich bis in die Gegenwart nicht viel verändert. Wie sonst wäre es zu erklären, dass unser kleines Land trotz fehlender Bodenschätze, überbordender Bürokratie, hoher Lohnnebenkosten, großzügiger Sozialleistungen, politischem Proporz (bis in die Jugendherbergsvereine), Neidgenossenschaft und Trägheit an dritter Stelle der Pro-Kopf-Wirtschaftsleistung in Europa liegt? Die Anziehungskraft Österreichs ist nicht nur an dem Umstand zu erkennen, dass die Deutschen die meisten Gastarbeiter und Auslandsstudenten in Österreich stellen, sondern auch an der steigenden Anzahl der hier investierenden Industriellen.

In Österreich wird Politik zum nicht geringsten Teil auch von Institutionen gemacht, die es in der Bundesverfassung gar nicht gibt. Weithin unbekannt oder zumindest unbeachtet ist die Tatsache, dass an der Schnittstelle zwischen Bund und Ländern die sogenannte Landeshauptleutekonferenz, die durchaus selbstbewusst und streitbar die Zuteilung der Budgetmittel für die Bundesländer verhandelt, mit keiner Silbe in der Bundesverfassung verankert ist und nicht einmal über eine schriftlich fixierte Geschäftsordnung verfügt. Dessen ungeachtet hat sie sich sukzessive die Kompetenzen des wiewohl tatsächlich verfassungsrechtlich existierenden, realiter aber in der Bedeutungslosigkeit verschwindenden Bundesrates angeeignet.

Das österreichische Arbeitsmarktservice (AMS) hat ein Modell entwickelt, das enormes Potenzial hat, die Verösterreicherung Europas voranzutreiben. Denn das vom AMS und der Bundesregierung etablierte Modell der Ausbildungsgarantie ist für die erfreulich niedrige Arbeitslosenrate unter österreichischen Jugendlichen verantwortlich. Die ZEIT titelte darüber im Juni 2012: „Österreich hat eine Idee – und 26 Regierungschefs hören zu". Das Modell funktioniert so, dass jedem Schulabgänger, der innerhalb von sechs Monaten keine reguläre Lehrstelle findet, eine solche von einem AMS-Lehrbetrieb angeboten wird. Die Ausbildungskosten von jährlich etwa 100 Millionen übernimmt der Staat. Das führt dazu, dass fast die Hälfte der vom AMS ausgebildeten Lehrlinge nach einem Jahr auf eine ordentliche Lehrstelle wechseln kann.

Methoden der Verösterreicherung

Da es selbst für ein Tourismusland wie Österreich unmöglich ist, all jene, die als Ziele der Verösterreicherung in Betracht kommen, lange genug bei uns zu beherbergen, bis sie die Essenz des Österreichischen in ausreichender Dosierung zu sich genommen haben und die Demoralisierung weit genug fortgeschritten ist, hat man in unserem phantastischen Land Möglichkeiten gefunden, unsere Lebensart zu exportieren.

Bekanntermaßen eignet sich Musik gut dazu, Menschen auf subtile und unterschwellige Weise ein bestimmtes Lebensgefühl nahezubringen. Das im Jahr 1818 erstmals aufgeführte Lied „Stille Nacht" kann exemplarisch dafür stehen, dass die österreichische Lebensart selbst Teile der nicht-christlichen Welt zu erobern imstande war. Seit 2011 ist das von Conrad Franz Xaver Gruber geschriebene und von Josef Mohr vertonte Lied immaterielles UNESCO-Kulturerbe. Heute wird das Lied, das viele Amerikaner in der englischen Übersetzung bis in die 1940er-Jahre für ein amerikanisches Volkslied hielten, in mehr als 300 Sprachen und Dialekten gesungen. Hertha Pauli schrieb im amerikanischen Exil ein Buch, um diesen Fehler aufzuklären. Das Neujahrskonzert der Wiener Philharmoniker, das in 70 Länder der Welt übertragen wird, kann wohl zu Recht als ebenso erfolgreiches Instrument zur Verösterreicherung betrachtet werden.

Das Büro für Auslandssteirer arbeitet nach dem Motto „Connecting Styrian People and Winning Friends" und ist weltweit vernetzt. So erfährt man auf der entsprechenden Webseite, dass es nicht nur Verbindungen zum Bundesministerium für äußere Angelegenheiten, sondern auch zur Verbindungsstelle der Bundesländer in Wien sowie mit internationalen Vereinen wie dem „Weltbund der Auslandsösterreicher" mit Sitz in Wien gibt.

Auch das Austrian Tourist Office in New York ist nicht untätig. Im Oktober 2010 veranstaltete es vor der MET in Manhattan eine Walzerstunde mit dem Titel „Dance Austria – The Big Waltz @ Lincoln Center", an der tausende New Yorker teilnahmen. Wer des Walzers unkundig war, dem stellten die Organisatoren Tanzlehrer zur Verfügung. Man ist an das Zitat von Charles Josef de Ligne über den Wiener Kongress erinnert, der ja bekanntlich tanzte. Ist es da nicht als besondere Auszeichnung zu sehen, dass die UNESCO den „Wiener Ball" im November 2010 in das nationale Verzeichnis des immateriellen Kulturerbes in Österreich aufgenommen hat? Nach Bekanntwerden der Tatsache, dass sich auch der Ball des Wiener Korporationsringes (WKR) auf der Liste von 17 Wiener Bällen befand, die ursprünglich ausgezeichnet wurden, hat die österreichische UNESCO-Kommission den „Wiener Ball" vorerst aus dem Verzeichnis gestrichen. Ein neuerlicher Antrag des Kontaktkomitees der Wiener Nobel- und Traditionsbälle auf eine Wiederaufnahme des Elements „Der Wiener Ball" ohne den WKR-Ball in das österreichische Verzeichnis des immateriellen Kulturerbes ist nach Auskunft der UNESCO-Kommission in Wien bislang nicht gestellt worden.

Von etlichen erfolgreichen politischen Aktivitäten zur Verösterreicherung in der Vergangenheit war schon die Rede. Abschließend sollen einige weitere erwähnt werden.

In Bosnien gab es traditionellerweise kaum Spannungen zwischen Islam und Säkularismus. Verantwortlich dafür, dass Sarajevo diesbezüglich lange als Vorbild für Europa gelten konnte, ist teilweise Österreich oder vielmehr der gesellschaftspolitische Weitblick der Donaumonarchie! Als die Habsburger 1878 die Herrschaft in Bosnien erlangten, beschloss man, um die Muslime dem Einfluss des Sultans in Konstantinopel zu entziehen, eine kirchenähnliche Machtpyramide zu etablieren, der es bis in unsere Tagen zu verdanken ist, dass es in Bosnien als einzigem islamischen Land nur <u>eine</u> religiöse Autorität gibt, mit der über Fragen des gesellschaftlichen Zusammenlebens diskutiert und verhandelt werden kann. Es handelt sich also um eine territorial aufgebaute religiöse Hierarchie, die, wie die ZEIT schreibt, „zu österreichisch [wirkt], um es sich in Berlin-Kreuzberg vorstellen zu können". Kein Wunder, denn so die ZEIT weiter: „Die meisten der etwa zwei Millionen Muslime in Bosnien-Herzegowina [...] nehmen die religiösen Regeln nicht besonders ernst, sie beten wenig und trinken viel." Wenn das kein gelungenes Beispiel für die segensreiche österreichische Demoralisierung ist!

Im Extrastüberl des Gasthauses „Zum grünen Jäger" entstand im Juni 1985 unter Mitwirkung des ehemaligen Außenministers Erwin Lanc das „Unterolberndorfer Programm", das zum Sturz des damals in Uganda regierenden Diktators Milton Obote beigetragen hat. Einer der ugandischen Teilnehmer an diesem konspirativen Treffen wurde im darauffolgenden Jahr als Staatsoberhaupt vereidigt und besuchte 1994 im Rahmen eines Staatsbesuches wieder das besagte Gasthaus. Bis heute ist das damals ausgearbeitete Programm Teil der Verfassung von Uganda, wo zwar noch immer keine Demokratie nach westlichem Muster herrscht, aber immerhin fast alle Kinder regelmäßig die Schule besuchen. Die drei Generationen von Wirtinnen des Weinviertler Gasthauses hatten damals dem späteren Präsidenten Yoweri Museveni und seinen Beratern, von denen einige zu dieser Zeit in Wien – ohne für Drogendealer gehalten zu werden – studieren und als Zeitungskolporteure (so etwas gab es damals noch, man konnte bei ihnen auf dem Heimweg an jeder größeren Kreuzung die Morgenausgabe seiner Tageszeitung kaufen) arbeiten konnten, erlaubt, ihre Getränke beim örtlichen Gemischtwarenhändler (auch so etwas gab es damals im Weinviertel noch) zu kaufen, wenn sie im Gegenzug die Gläser selber abwaschen würden.

Der österreichische Außenminister kochte vor einigen Jahren sein damaliges amerikanisches Pendant Hillary Clinton, die noch dazu am österreichischen Nationalfeiertag Geburtstag feiert, äußert medienwirksam und erfolgreich mit Sacher-Torte ein. Der jahrzehntelangen Kleinarbeit des Außenministeriums ist es auch zu verdanken, dass es Österreich 2008 schon im ersten Anlauf gelungen ist, als eines der nichtständigen Mitglieder in den UN-Sicherheitsrat gewählt zu werden. Dies geschah bereits zum dritten Mal. Wie mir ein junger Beamter des Außenministeriums erzählte, hat unser kleines, aber geschicktes Land dort in alter Tradition gute Figur gemacht. Derselbe junge Mann versicherte mir übrigens kürzlich, dass er selbstverständlich sowohl mit Musils „Mann ohne Eigenschaften" als auch Mauthes „Die große Hitze" vertraut sei. Als er mein Erstaunen bemerkte, erklärte er mir, dass österreichische Literatur im Allgemeinen und Musil und Mauthe im Speziellen Teil des Stoffes seien, der vor einer Aufnahme in den höheren auswärtigen Dienst geprüft werde.

Wessen diplomatischem Fingerspitzengefühl es zu verdanken ist, dass selbst die deutsche Kanzlerin Züge von Verösterreicherung zeigt, wird wohl ein gut gehütetes Geheimnis bleiben. Angela Merkel, die es als evangelische Pastorentochter in der DDR an die Spitze der bundesdeutschen katholischen CDU geschafft hat, könnte schon aufgrund ihrer Biografie als Österreicherin gelten. Damit nicht genug, erwies sie sich im Laufe der Wirtschaftskrise als äußerst anpassungsfähig und gab ihre anfangs starre politische Haltung „schön langsam" sukzessive auf, sodass es im Zuge des europäischen Krisenmanagements nicht zu einer „Germanisierung der Währungsunion" kam. Vielmehr wurde Deutschland „europäisiert", wie die ZEIT schrieb, ja, man könnte sagen, „verösterreichert". Der ehemalige deutsche Bundeskanzler Helmut Schmidt ist ein Anhänger des „Durchwurschtelns", wie er einmal in einem Radiointerview sagte. Somit kann er als weiterer deutscher Vertreter der Verösterreicherung gelten. Ein historisches Vorbild hat er damit in einem, wie könnte es anders sein, österreichischen Regierungschef. Eduard Graf Taaffe brachte als Ministerpräsident des bereits in Auflösung begriffenen und lediglich durch Kaiser, Armee und Bürokratie zusammengehaltenen Habsburgerreiches mittels „Fortwurschtelns", wie er seine Politik ebenso selbstironisch wie selbstbewusst nannte, das Kunststück zusammen, 14 Jahre lang der Regierung vorzustehen.

In Johann Pezzls Roman „Faustin oder das aufgeklärte philosophische Jahrhundert" aus dem Jahre 1783, von dem sich ein Exemplar der Erstausgabe im Nachlass Mozarts befand, schickt der Sekretär des Staatskanzlers Kaunitz seinen Titelhelden auf eine Reise quer durch Europa. Dabei begegnet er allerorten Intoleranz und Aberglauben. Erst als der Held 1780 ins josephinische Wien kommt, findet er, was er auf seinen Reisen vergeblich gesucht hat.

Auf einem Plakat des deutschen Siemens-Konzerns, das im März 2014 in Österreich affichiert wurde, stand zu lesen: „Das Überraschende an der Zukunft: Sie kommt aus Österreich". Wer, außer uns selbst, hindert uns daran, diese Utopie im Herzen Europas zu realisieren?

LITERATURVERZEICHNIS

Hermann Bahr: Kritik der Gegenwart. Haas und Grabherr, Augsburg 1922

Edith J. Baumann: Der doppelte Spiegel. Edition Atelier, Wien 1995

Viktor Bibl: Kaiser Joseph II. Johannes Günther Verlag, Wien, Leipzig
1943

Emil Brix: Balkanlust, in: Nachdenkbuch von Österreichern für Jörg
Mauthe, Club Niederösterreich, Wien 2006

Bill Bryson: Eine kurze Geschichte von fast allem. Wilhelm Goldmann,
München 2004

Elisabeth Buxbaum (Hrsg.): Wien und die Wiener in Bildern aus dem
Leben (1844): zwölf Beiträge. Lit Verlag Wien und Münster 2005.

Bundesministerium für Landesverteidigung und Sport /Heeresgeschichtli-
ches Museum: Viribus Unitis Jahresbericht 2008, Heeresgeschichtliches
Museum, Wien 2009

Heimito von Doderer: Die Wasserfälle von Slunj. C.H. Beck, München
1995

Egon Friedell: Kulturgeschichte der Neuzeit. C. H. Beck, München 1974

Oliver Gruen: G'mischter Satz – Weltkarriere in Wien. Ablinger & Garber,
Hall in Tirol 2010

Karl Gutkas: Adel-Bürger-Bauern im 18. Jahrhundert. Schallaburg 1980.
Amt der Niederösterreichischen Landesregierung, Abteilung III/2, Ka-
talog des Niederösterreichischen Landesmuseums, 3. Auflage, 1980

Wolf Haas: Wie die Tiere. Rowohlt, Hamburg 2002

Fritz von Herzmanovsky-Orlando: Maskenspiel der Genien, in: Das Ge-
samtwerk in einem Band, Langen Müller, München, Wien 1957.

Georg von Hohenberg: Österreich lebt von seinen Wundern, in: Nachdenkbuch von Österreichern für Jörg Mauthe, Club Niederösterreich,
Wien 2006

Florian Illies: 1913. Der Sommer des Jahrhunderts. S. Fischer, Frankfurt am Main 2012.

Peter Kampits: Lebensform Wien, in: Jörg Mauthe (Hrsg.) Neues Wiener Lesebuch, Wiener Journal Zeitschriftenverlag, Wien 1985

Karl Kraus: Die letzten Tage der Menschheit. Die Fackel, Wien 1922

Ernst Lothar, zitiert in: Peter Weiser: Klischee. Oder Wirklichkeit, in: Das Neue Österreich, Österreichische Galerie Belvedere, Wien 2005

Jörg Mauthe: Demnächst. Wiener Journal Zeitschriftenverlag, Wien 1986

Jörg Mauthe: Der Weltuntergang zu Wien. Wiener Journal Zeitschriftenverlag, Wien 1989

Jörg Mauthe: Die Bürger von Schmeggs. Edition Atelier, Wien 1989

Jörg Mauthe: Die Vielgeliebte. Molden. Wien–München–Zürich 1979

Jörg Mauthe: Nachdenkbuch für Österreicher. Molden, Wien–München–Zürich, 1975

Peter Melichar: Niederlagen und Reformen. Die Funktion des Krieges in Österreich, in: Ernst Bruckmüller, Peter Urbanitsch (Hrsg.): 996–1996 Ostarrichi–Österreich. Menschen, Mythen, Meilensteine. Berger, Horn 1996

Inge Merkel: Das andere Gesicht. Residenz Verlag, Salzburg und Wien, 1982

Robert Musil: Der Mann ohne Eigenschaften. Rowohlt, Hamburg, 1952

Karl Lukan: Das Waldviertelbuch. Jugend und Volk, Wien 1982

Karl Pisa: Österreich – Land der begrenzten Unmöglichkeiten. Deutsche Verlags-Anstalt, Stuttgart 1985

Hugo Portisch: Österreich I, Die unterschätzte Republik. Kremayr & Scheriau, Wien 1989

Joseph Roth: Radetzkymarsch, Gustav Kiepenheuer, Berlin 1932

Gerhard Roth: Die Stadt. S. Fischer, Frankfurt am Main 2009

Arthur Schnitzler: Das weite Land. Reclam, Stuttgart 2002

Bruno Schimetschek: Der österreichische Beamte. Verlag für Geschichte und Politik, Wien 1984

Harald Skala: www.kuk-wehrmacht.de/regiment/sonstige/donauflotte.html

Benjamin Stein: Replay. C. H. Beck, München 2012

http://www.wien-konkret.at/wirtschaft/medien/printmedien/kurier/50-
jahre-schlagzeilen/1964-1973/1970-hannes-androsch/
Hilde Spiel: Wien – Spektrum einer Stadt. Biederstein München, 1971
Stephan Vajda: Felix Austria. Eine Geschichte Österreichs. Ueberreuter,
Wien, Heidelberg, 1980
Joseph Vogl: Das Gespenst des Kapitals. Diaphanes, Zürich 2010
Hans Weigel: O du mein Österreich. Deutscher Taschenbuch Verlag, München, 1973
Ulrich Weinzierl (Hrsg.): Versuchsstation des Weltuntergangs. Jugend und
Volk, München, 1983
Franz Werfel: Eine blaßblaue Frauenschrift. Fischer Taschenbuchverlag,
Frankfurt am Main, 1990
Sabine Zelger: Das ist alles viel komplizierter, Herr Sektionschef! Böhlau,
Wien, Köln, Weimar, 2009

INHALT

Die Julikrise 1914: Tag für Tag und aus der Sicht der wichtigsten Ent-
scheidungsträger erzählt. Die Geschichte dieses letzten Sommers im
Frieden ist Spannung pur. Sie erzählt von folgenschweren Strategien
und (Fehl-)Entscheidungen. Staunend und kopfschüttelnd erlebt der
Leser, wie Europa sehenden Auges in den Untergang marschiert.

Marko Rostek
33 TAGE
Der letzte Sommer des alten Europa

400 Seiten, 13,5 x 21,5 cm
Gebunden mit SU
€ 22,99 · ISBN: 978-3-222-13442-5

styria premium

Auf der Basis von Originalquellen zeichnet „Der Kaiser schickt Soldaten aus" die Beweggründe des jungen bosnischen Nationalisten Gavrilo
Princip und seiner Mitverschwörer für das Attentat von Sarajevo nach.
Mitreißend und authentisch entfaltet Janko Ferk das Panorama der dramatischen Ereignisse vom 28. Juni 1914.

Janko Ferk
DER KAISER SCHICKT SOLDATEN AUS
Ein Sarajevo-Roman

160 Seiten, 13,5 x 21,5 cm
Gebunden mit SU
€ 19,99 · ISBN: 978-3-222-13408-1

styria premium

ISBN 978-3-222-13472-2

Bücher aus der Verlagsgruppe Styria gibt es
in jeder Buchhandlung und im Online-Shop

styriabooks.at

Lektorat: Stefan Galoppi
Buchgestaltung und Layout: Maria Schuster
Covergestaltung: Bruno Wegscheider
Coverfoto: Bernd Matschedolnig – www.matschedolnig.com

Druck und Bindung:
Druckerei Theiss GmbH, St. Stefan im Lavanttal
7 6 5 4 3 2 1
Printed in Austria